Claudia Choate
Verlorene Seelen 6 – Haus Rosengarten

AF199177

Verlorene Seelen 6

Haus Rosengarten

von
Claudia Choate

Biografische Information der Deutschen Nationalbibliothek: Die Deutsche Nationalbibliothek verzeichnet diese Publikation in der Deutschen Nationalbibliografie; detaillierte bibliografische Daten sind im Internet über dnb.dnb.de abrufbar.

Herstellung und Verlag: BoD – Books on Demand, Norderstedt
1. Auflage 2019

ISBN: 978-3-74947-108-9

INHALTSVERZEICHNIS

Heimkehr 9

Abschied 23

Der Spuk beginnt 38

Geisterstunde 55

Albtraum 70

Beziehungsende 85

Unglaubliche Ereignisse 102

Im Haus der Bärs 117

Neue Erkenntnisse 140

Post aus der Vergangenheit.........158

Geständnisse 174

Überrumpelt 189

In Gefahr 205

Schwere Stunden........................220

Verzweiflung 236

Vorahnung 250

Gemeinsam schweben.................268

Überraschungen 283

Endlich eine Familie 298

Danksagung 318
Weitere Titel von C.Choate 321

II

HEIMKEHR

Das Flugzeug senkte sich immer mehr. Man konnte bereits einzelne Häuser und Fahrzeuge auf den Straßen erkennen. Lisa blickte mit feuchten Augen auf die Stadt, die vor ihnen auftauchte und die sie zuletzt vor knapp zwei Jahren gesehen hatte. Damals war sie jedoch ihren Blicken entschwunden. Nun schien sie immer größer zu werden. Sie flogen über die großen Hochhäuser und Autobahnen hinweg, bis die Maschine schließlich zur Landung ansetzte und mit einem leichten Rumpeln auf der Rollbahn aufkam. Dann bremste der Pilot ab und Lisa und die anderen Passagiere wurden ein wenig nach vorne geworfen. Sie stützte sich am Vordersitz ab und kurz darauf ging die Maschine in eine Kurve und rollte dann langsam auf ihre Parkposition.

Wie immer wurden die Passagiere gebeten, bis zum Stillstand der Maschine auf ihren Plätzen zu bleiben und wie immer hielt sich kaum einer daran. Lisa grinste: es hatte sich nichts geändert. Erschöpft von dem langen Flug lehnte sie sich zurück und schloss für einen Moment die Augen.

„Alles okay mit dir?", fragte ihr Sitznachbar, ein

athletischer, junger Mann Mitte zwanzig mit einer blonden Stoppelfrisur und einem leicht britischen Akzent.

„Alles gut, Leo. Mein Bein tut nur weh, nach dem langen Flug", antwortete Lisa.

„Ich hole dir gleich die Krücken aus der Gepäckablage. Vielleicht solltest du besser nicht ohne laufen, falls dein Bein nachgibt."

Lisa nickte. Sie kannte die Probleme inzwischen gut genug. Meist konnte sie ganz gut laufen, zu mindestens, wenn sie ihre Spezialschuhe mit einem entsprechenden Absatz trug. Dann humpelte sie zwar immer noch leicht, aber es ging. Doch wenn sie zu lange saß oder das Bein überanstrengte, konnte sie oft gar nicht auftreten und benötigte ihre Gehhilfen. Und das alles nur, weil sie vor eineinhalb Jahren ein rücksichtsloser Motorradfahrer einfach auf dem Gehweg über den Haufen gefahren und dann die Flucht ergriffen hatte. Er war ungeschoren davon gekommen, während sie ihr Leben lang mit einem verkürzten Bein und teilweise starken Schmerzen klarkommen musste. Wenigstens hatte sie Leo durch den Unfall kennengelernt. Er war ihr Krankenpfleger gewesen, der sich lange um sie gekümmert hatte, als sie im Krankenhaus lag und mehrere Operationen über sich ergehen lassen musste, um das Trümmerfeld in ihrem linken Bein wieder zu richten. Dabei hatten sie sich angefreundet und waren nun seit etwa einem Jahr zusammen.

Leo war damals zu ihr in ihre geräumige Wohnung in San Franzisco gezogen und ihr, vor allem am Anfang, eine große Stütze gewesen. Trotz ihrer unterschiedlichen finanziellen Möglichkeiten kamen sie gut klar. Leo hatte weiter als Pfleger gearbeitet und ein mittelmäßiges Gehalt erhalten, während Lisa, die in einer großen Firma wichtige Kalkulationen im Millionenbereich ausarbeitete und präsentierte, mehr als das doppelte von Leo verdiente und zusätzlich eine große Wohnung zur Verfügung gestellt bekommen hatte, als sie vor knapp zwei Jahren von ihrem Arbeitgeber in Deutschland nach San Franzisco geschickt worden war.

Eigentlich war ihre Entsendung bis zum nächsten Monat vorgesehen gewesen, aber aufgrund eines Unglücksfalles saß sie schon jetzt im Flugzeug, um nach Hause zurückzukehren. Leo hatte sich entschlossen, sie zu begleiten und deshalb seinen Job aufgegeben. Er würde sehen, ob er sich hier irgendwo als Pfleger bewerben konnte.

Endlich stand die Maschine an ihrer Parkposition und das allgemeine Drängeln und Schubsen nahm seinen Lauf. Lisa hatte Zeit, sie wurden nicht erwartet und konnten die anderen Passagiere in Ruhe aussteigen lassen, bevor Leo sich erhob und ihr Handgepäck aus der Ablage herunterholte. Aus ihrem Handkoffer holte er die beiden Krücken, die man zusammenlegen konnte, und steckte sie zusammen, damit Lisa sie benutzen konnte. Als eine der letzten verließ sie das Flugzeug über die Fluggastbrücke. Gott sei Dank hatte die Maschine nicht irgendwo auf dem Rollfeld gehalten, sodass sie wenigstens keine Treppe hinunter musste. Langsam humpelte sie hinter Leo her, der ihre beiden Handkoffer hinter sich herzog.

Eine halbe Stunde später hatte er ihre Koffer und das Handgepäck auf einem Gepäckwagen verstaut und war durch den Zoll und die Passkontrolle durch. Als sie in die Flughalle traten, blickte sich Lisa suchend um. Aber wer sollte sie schon erwarten? Es war ja niemand mehr da, der sie abholen konnte. Geschwister hatte sie keine und ihre Eltern...

Langsam ging sie zu den Taxiständen – irgendwie mussten sie ja nach Hause kommen. Der Taxifahrer betrachtete einen Moment neugierig die junge Frau, die auf seinen Wagen zu gehumpelt kam. Sie wirkte irgendwie krank. Trotz ihrer leichten Bräune sah sie blass und erschöpft aus und war eindeutig viel zu schmal für seinen Geschmack. Die schwarze Hose und die dunkle Bluse unterstrichen den Eindruck sogar noch. *,Vermutlich irgend so ein Model, das sich nur von Salatblättchen ernährt'*, dachte er kopfschüttelnd, obwohl die Krücken und der hinkende Gang nicht zu seiner Vermutung passen wollten. Er konnte nicht ahnen, dass Lisa vor zwei Jahren noch ganz anders ausgesehen hatte. Damals war sie eine fröhliche, junge Frau gewesen, nicht dick, aber doch um einiges kräftiger als heute, sportlich und lebenslustig.

Doch der Unfall hatte alles verändert. Bereits im

Krankenhaus hatte sie abgenommen. Als sie dann mit Leo zusammengezogen war, hatte er angefangen, sie zu bekochen und zauberte immer wieder tolle Sachen auf den Tisch. Sie fing wieder an, normal zu essen. Seit einiger Zeit jedoch wurde es schwieriger, etwas Essbares in die junge Frau hinein zu bekommen, nämlich seit der Nachricht über den tragischen Unfall ihrer Eltern. Regelmäßig litt Lisa unter Durchfall und Krämpfen und hatte in den letzten Wochen wieder zehn Kilo abgenommen, was man deutlich sehen konnte.

Nachdem Leo und der Fahrer ihr Gepäck verladen hatten, machten sie sich auf den Weg in ihre knapp 50 km entfernte Heimatstadt. Lisa nannte dem Fahrer die Adresse, zu der sie mussten und als das Taxi vor einem Bürogebäude hielt, bat sie den Mann, mit Leo zu warten. Neugierig blickte sie sich um. In dem kleinen Ort hatte sich nicht viel verändert in den letzten zwei Jahren. Seufzend begab sie sich zum Aufzug und fuhr in den fünften Stock. Sie wusste genau, welches Büro es war, denn sie war früher oft hier gewesen. Als sie in die Kanzlei trat, wurde sie von einer freundlichen Dame begrüßt, die sie noch nie gesehen hatte. Sie musste wohl neu sein.

„Guten Tag. Mein Name ist Lisa Bode. Herr Rossi erwartet mich."

„Ja, guten Tag, Frau Bode. Nehmen sie bitte einen Moment Platz. Ich werde sie anmelden."

Während Lisa sich auf einen Stuhl setzte, stand die Frau auf und klopfte an eine Bürotür. Dann öffnete sie die Tür und verschwand in dem Raum. Kurz darauf wurde die Tür erneut aufgerissen und ein Mann in den Vierzigern kam mit einem erfreuten Lächeln heraus, um Lisa zu begrüßen. Als er die Krücken bemerkte, stockte er in der Bewegung.

„Lisa, was hast du denn angestellt?"

„Ich hatte vor längerer Zeit einen Unfall, Angelo. Der lange Flug von San Franzisco hat meinem Bein nicht so gut getan. Mach' dir keine Gedanken."

„Na gut", antwortet der Mann und nahm sie in die Arme. „Es ist so schön, dass du wieder da bist, auch wenn ich mir die Umstände eigentlich anders gewünscht hätte. Ich kenne dich jetzt seit bald zwanzig Jahren und aus dem kleinen Mädchen von damals ist eine erfolgreiche, junge Frau geworden, wie ich gehört habe. Es tut mir leid, dass ich dir die Nachricht nicht persönlich überbringen konnte, aber ich kam hier einfach nicht weg."

„Es ist in Ordnung, Angelo. Das hätte es auch nicht leichter gemacht."

„Komm' erst einmal in mein Büro, Kleines. Dann besprechen wir alles."

Lisa nickte und folgte dem Mann in ein elegantes Büro. „Wo ist eigentlich deine alte Sekretärin, Angelo? Die Dame am Empfang kenne ich noch gar nicht."

„Julia? Die ist zu Hause. Sie ist inzwischen meine Frau und kümmert sich um unsere Kinder."

„Du hast Kinder?" Lisa war überrascht. Sie kannte Angelo eigentlich immer als wilden Junggesellen, der früher keinerlei Anstalten gemacht hatte, einmal sesshaft zu werden.

Der Anwalt wurde verlegen. „In den letzten Jahren hat sich viel getan. Ich war mit Julia schon befreundet, bevor du damals in die USA gegangen bist. Etwas später haben wir geheiratet und seit einem halben Jahr bin ich Papa von zwei wunderschönen Mädchen." Er griff nach einem Bild auf seinem Schreibtisch und reichte es der jungen Frau.

„Eine hübsche Familie", stellte sie traurig fest und reichte das Bild zurück an den jahrelangen Freund und Anwalt ihrer Familie.

„Ich kann dir gar nicht sagen, wie leid mir das alles tut, Lisa. Ich war sehr lange mit deinen Eltern befreundet und für dich war ich immer so etwas wie ein Onkel. Es ist kaum zu glauben, dass sie nicht mehr da sind."

„Ich wäre so gerne auf der Beerdigung dabei gewesen", stellte Lisa leise fest.

„Ich weiß, Lisa. Ich weiß. Aber deine Eltern hätten es verstanden. Du warst zu krank, um früher zu kommen. Wenn du willst, bringe ich dich morgen zum Grab, damit du Abschied nehmen kannst. Wir haben alles so veranlasst, wie deine Eltern es niedergeschrieben haben. Ich glaube, es wird dir gefallen."

„Können wir nicht gleich hin?"

„Lisa, sei mir nicht böse, aber du siehst nicht so aus, als wäre das eine gute Idee. Fahr' nach Hause, erhole dich von dem Flug und ich komme morgen Nachmittag gegen drei vorbei und bringe dich zu ihnen. Okay?"

Die junge Frau nickte, während Angelo Rossi eine Akte mit dem Testament und einigen Unterlagen hervorzog, um mit ihr den Papierkram zu erledigen. Anschließend überreichte er ihr noch den Schlüssel zum Haus. „Ich habe mir erlaubt, den Gärtner zu beauftragen, sich um die Rosen zu kümmern. Ich hoffe, das ist in Ordnung."

„Ja, natürlich. Ich habe sowieso keine Ahnung, wie man die richtig pflegt. Das war immer Papas Steckenpferd. Und ich werde sowieso Hilfe im Garten benötigen. Er soll ruhig erst einmal weiter kommen, bis ich weiß, was wird."

„Überlegst du, das Haus zu verkaufen?"

Lisa dachte einen Moment nach. „Eigentlich nicht. Ich bin im Haus Rosengarten aufgewachsen, es ist meine Heimat. Dort habe ich eine wunderschöne Kindheit verbracht und mich sogar das erste Mal verliebt. Ich denke nicht, dass ich es einfach verkaufe. Ich würde gerne dort bleiben, auch wenn es eigentlich etwas zu groß für mich und meinen Freund ist."

„Na erstens kann man das ja ändern", grinste der Mann zweideutig, „und zweitens brauchst du dir wegen dem finanziellen Aspekt keine Gedanken zu machen. Das Haus ist bezahlt, die Rücklagen deiner Eltern reichen aus, um ein schönes Leben zu führen und wie ich gehört habe, bist du selber auch recht erfolgreich."

„Darüber mache ich mir auch keine Sorgen, auch

16

wenn es mir lieber wäre, wenn ich das Haus erst in vielen Jahren bekommen hätte. Aber manchmal ist das Schicksal eben ungerecht. Wären meine Eltern doch bloß zu Hause geblieben an dem Tag."

„Es ist leider nicht mehr zu ändern, Lisa. – Du solltest jetzt besser nach Hause fahren. Soll ich dir ein Taxi rufen?"

„Nein, danke. Mein Taxi wartet vor der Tür."

Kurz darauf saß Lisa wieder im Fahrzeug und der Taxifahrer fuhr sie zum Haus Rosengarten, einem schönen Anwesen mit großzügig angelegtem Garten, in dem es von Rosen nur so wimmelte. Das Haus selber war ein kleines Schlösschen mit drei Schlafzimmern, Wohnzimmer, Esszimmer, Bibliothek, Arbeitszimmer, Küche und Bädern. Als sie ausgestiegen waren und Lisa den Fahrer bezahlt hatte, öffnete sie die Tür und trat in das für sie vertraute Gebäude. Alles sah so aus wie immer, als wenn ihre Eltern nur kurz aus dem Haus gegangen wären. Die Jacken hingen an der Garderobe, die Schuhe standen ordentlich davor. Angelo hatte lediglich die Lebensmittel entsorgt, das Geschirr gespült und die Post der letzten drei Wochen ordentlich auf dem Schreibtisch ihres Vaters gestapelt. Ansonsten hatte er nichts verändert oder angefasst, seit ihre Eltern gestorben waren.

Seufzend legte Lisa den Schlüssel auf das Schlüsselbrett und zog ihre Jacke aus, die sie anschließend an die Garderobe hängte. „Stell' die Koffer einfach in die Halle, Leo. Die packen wir später aus." Dann

ging sie durch die einzelnen Räume des Erdge-
schosses, sah sich genau um und sog den bekannten
Duft ein. Das war ihr Zuhause und es sah aus, als
wäre sie nie weggewesen.

„Kann ich etwas für dich tun, Lisa?", fragte Leo
leise, als sie in der Bibliothek vor den alten Büchern
stand und sich anschließend auf einen Sessel fallen
ließ, der in einem kleinen Erker stand.

„Hier habe ich immer gesessen und in den
Büchern gelesen. Riechst du das Leder und Papier in
diesem Raum? Er hatte immer etwas Magisches für
mich, hier konnte ich in eine Fantasiewelt eintauchen
oder mich zurückziehen, wenn ich mal Ärger hatte."

Leo hielt ihr die Hand hin. „Komm', Lisa. Wir
schauen mal, ob es noch etwas im Vorratsschrank
gibt, das ich für dich kochen kann und dann bringe
ich dich ins Bett. Du solltest dich ausruhen. Du siehst
gar nicht gut aus."

Die junge Frau nickte und ließ sich von ihm in die
Küche führen, wo sie im Vorratsschrank ein Paket
Nudeln und ein Pulver für Bratensoße fanden, was
er für sie vorbereitete, nachdem Lisa ihm gesagt
hatte, wo er Töpfe und ähnliches fand.

Nach dem Essen brachte Leo die Koffer nach oben
und seine Freundin zeigte ihm das Gästezimmer
und ihr eigenes Zimmer. Sie wollte nicht im Schlafzimmer ihrer Eltern übernachten, auch wenn sie dort
ein Doppelbett zur Verfügung gehabt und zusammen hätten schlafen können. Im Moment war sie
noch nicht bereit dazu. Sie bemerkte zwar, dass Leo

nicht begeistert war, im Gästezimmer schlafen zu müssen, aber er sagte nichts, sondern brachte stillschweigend seinen Koffer in den Raum und hob anschließend ihren eigenen Koffer auf eine kleine Kommode in ihrem Zimmer.

In der Nacht wachte Lisa mehrfach auf. Ab und zu hatte sie das Gefühl, als wenn ihre Eltern durchs Haus gingen, obwohl sie genau wusste, dass das nicht sein konnte. Aber sie wollte auch nicht nachsehen, damit Leo sie nicht für verrückt hielt, wenn sie nicht vorhandene Geräusche hörte.

Als sie am nächsten Morgen erwachte und aus der Dusche kam, wurde sie von ihrem Freund erwartet, der auf ihrem Bett saß. „Guten Morgen, mein Schatz. Ich wollte nicht einfach durch dein Haus wandern, sonst hätte ich schon Frühstück gemacht."

„Natürlich kannst du ohne meine Erlaubnis durchs Haus gehen. Wir wohnen jetzt hier. Allerdings fürchte ich, dass es nicht viel zum Frühstücken geben wird. Wir sollten heute Morgen als erstes einmal zum Einkaufen fahren."

„Mit dem Taxi?"

„Quatsch. Mit dem Auto. Allerdings sollten wir den kleinen nehmen. Der ist sowieso auf mich zugelassen, auch wenn meine Mutter ihn in den letzten zwei Jahren gefahren hat. Das Auto meiner Eltern müssen wir erst einmal ummelden. Ich weiß nicht, ob wir sonst Probleme bekommen im Falle eines Unfalls oder einer Verkehrskontrolle."

„Aber sind deine Eltern nicht bei einem Auto-unfall ums Leben gekommen?", fragte Leo verwundert. „Dann wird ihr Auto wohl kaum in der Garage stehen."

„Sie sind mit einem Leihwagen gefahren, weil ihrer in der Werkstatt war. Unser Anwalt hat mir erzählt, dass er den Wagen später hergebracht hat. Er hat sich auch um die Begleichung der Rechnungen gekümmert."

„Euer Anwalt kümmert sich persönlich um solche Sachen?"

„Angelo Rossi war auch ein Freund meiner Eltern", erklärte sie ihm und Leo nickte.

„Meinst du, es gibt hier wenigstens einen Kaffee? Oder haben deine Eltern genau wie du Tee bevorzugt?"

„Nein, einen Kaffee sollten wir eigentlich in der Küche finden. Meine Eltern waren beide Kaffee-Liebhaber. Keine Angst, Leo. Du bekommst deinen Kaffee, und zwar einen anständigen deutschen und nicht diese Plörre, wie in den Staaten."

„Na, da bin ich ja mal gespannt", grinste der Mann. Zusammen gingen sie in die Küche. Während Lisa einen Kaffee kochte und Wasser für ihren Tee aufsetzte, fing Leo an, die Spülmaschine auszuräumen. Da er natürlich keine Ahnung hatte, wo was hinkam, räumte er es einfach in irgendeinen Schrank, wo er Platz fand.

„Nein, Leo. Die Becher kommen dort hin." Lisa öffnete eine Schranktür.

„Ist das nicht egal?", fragte ihr Freund.

„Nein, die Becher stehen schon immer dort. Und das soll auch so bleiben."

Leo seufzte, holte die Becher wieder aus dem Schrank, in den er sie eben gestellt hatte und räumte sie dorthin, wo Lisa ihm gezeigt hatte. Bei den anderen Sachen fragte er lieber vorher nach, bevor er sie wegräumte. Scheinbar schien sie großen Wert darauf zu legen, wo etwas stand.

Nachdem sie ihre Getränke genossen hatten, blickte sich Lisa ein wenig näher in der Vorratskammer und im Kühlschrank um und machte sich eine Liste. Dann machten sie sich auf den Weg zum Supermarkt, um ihre Vorräte aufzustocken, die sie anschließend in der Küche verstauten. Während Leo das Mittagessen vorbereitete, zog Lisa ihre Jacke an und ging ein wenig in den Rosengarten, den ganzen Stolz ihres verstorbenen Vaters. Schon als sie ein kleines Mädchen war, war sie gerne hier gewesen, hatte an den Blüten gerochen und die Farben bewundert. Natürlich waren die Blumen noch nicht so schön, wie sie es in einigen Wochen sein würden, aber einige Knospen waren bereits da und die ersten Blüten waren auch schon zu betrachten. Bald würden die ganzen Büsche voll davon und der Duft im ganzen Garten zu vernehmen sein.

Sie setzte sich auf eine der Bänke und schloss für einen Moment die Augen. Wenn sie sich richtig konzentrierte, meinte sie die Stimme ihres Vaters zu hören, wie er ihr erklärte, was man bei der Pflege der

Rosen beachten musste, und unwillkürlich huschte ein Lächeln über ihr Gesicht.

Sie war wieder zu Hause.

Kurz darauf rief Leo sie zum Mittagessen ins Haus. Mit einem letzten Blick auf den Garten stand sie auf und betrat die warme Eingangshalle. Es war eben doch noch ein bisschen frisch um diese Jahreszeit und sie genoss die wohlige Wärme, die sie empfing.

„Unser Anwalt holt mich nachher ab, um mich zum Grab zu bringen", erklärte sie ihrem Freund.

Leo blickte auf. „Möchtest du, dass ich mit-komme?"

„Das ist nicht nötig. Du hast meine Eltern ja nicht gekannt und es würde keinen Unterschied machen. Bleib' ruhig hier, ich bin ja nicht alleine."

„Bist du sicher?"

„Ja, bin ich."

„Und was soll ich so lange machen in dem riesen Haus?"

Lisa lächelte. „Was du willst. Höre Musik, schau' Fernsehen, geh' in den Garten oder lese ein Buch. Und wenn du ganz große Langeweile haben solltest, kannst du mal die Post auf dem Schreibtisch durch-gehen und die Sachen sortieren: Zeitungen, Wer-bung und tatsächliche Post. Das macht es mir leichter, die Sachen zu bearbeiten. Außerdem kannst du in den Zeitungen die Stellenanzeigen durch-gehen. Du hast doch gesagt, dass du dir etwas suchen möchtest."

„Na ja, von irgendwas müssen wir ja leben. Du hast zwar deinen Job, aber das Haus hier wird auch einiges an Unterhalt verschlingen."

Lisa lächelte in sich hinein. „Da hast du nicht ganz Unrecht." Sie hatte ihm nicht gesagt, was genau sie alles geerbt hatte, denn sie wollte nicht, dass er wegen des Geldes bei ihr blieb. Sie wollte, dass er *sie* liebte und nicht ihr Geld.

„Also gut, ich bleibe hier und kümmere mich um die Post. Was meinst du, wie lange du weg sein wirst?"

„Ich weiß nicht genau, aber eine Stunde bestimmt. Vielleicht auch länger. Aber Angelo bringt mich schon wieder heil nach Hause. Keine Angst."

Bevor Lisa sich jedoch für den Besuch auf dem Friedhof fertig machte, bekam sie wieder einmal starke Bauchkrämpfe und Durchfall. Leo brachte sie ins Bett und machte ihr eine Wärmflasche, lagerte ihre Beine etwas hoch und wischte ihr mit einem feuchten Tuch den Schweiß von der Stirn. „Vielleicht solltest du heute besser hier bleiben, Lisa", meinte er nach einer Weile. Als es an der Tür klingelte, sagte er: „Ich geh' schon." Leo ging an die Haustür und öffnete. Vor ihm stand ein Mann und blickte ihn irritiert an. „Sie müssen Lisas Freund sein. Guten Tag, mein Name ist Rossi. Ich bin der Anwalt der Familie."

„Guten Tag. Lisa hat mir von Ihnen erzählt. Aber

ich fürchte, Sie haben sich umsonst bemüht. Lisa geht es nicht gut, ich denke nicht, dass sie heute mitkommen kann."

„Ist schon gut, Leo", rief es in diesem Moment vom oberen Ende der Treppe. „Es geht schon wieder. Komm' rein, Angelo, ich bin gleich so weit."

Der Italiener betrat die Eingangshalle und wartete geduldig, während Leo die Tür schloss. Neugierig musterten sich die beiden Männer, sagten jedoch kein Wort. Kurze Zeit später kam Lisa die Treppe hinunter. Sie war noch blasser als gestern, lief aber wieder ohne Krücken. Angelo bemerkte die unterschiedlich hohen Schuhe, die sie trug und den leicht unsicheren Gang.

„Bist du sicher?", fragte Leo und Lisa nickte.

Ohne ihn eines Blickes zu würdigen, reichte Angelo ihr seinen Arm und führte sie aus dem Haus, nachdem sie ihre Jacke und ihre Handtasche gegriffen hatte. „Können wir kurz zum Rosengarten gehen?", fragte sie vor der Tür.

„Natürlich. Was hast du vor?"

„Ich habe vorhin die erste Rose gesehen, die bereits geöffnet ist. Ich würde sie gerne mitnehmen."

Angelo nickte und bald darauf saß die junge Frau neben ihm im Auto und hielt eine der Rosen ihres Vaters in den Händen, während er seinen Wagen zum nahe gelegenen Friedhof lenkte. An seinem Arm ging sie durch die Reihen von Gräbern, bis er schließlich vor einem Hügel stehen blieb. Die Blumenkränze waren bereits entfernt worden und der Grabstein lehnte ebenfalls bereits an einem Baum, war aber noch nicht aufgestellt worden. Scheinbar waren die Friedhofsgärtner gerade dabei, das Grab herzurichten, denn neben dem Grabstein lehnten noch eine Marmorplatte und vier schmale Randeinfassungen.

„Ich dachte eigentlich, sie wären schon fertig, Lisa. Das tut mir leid. Ich hatte extra darum gebeten, dass das Grab heute hergerichtet sein soll."

„Das ist nicht schlimm, Angelo. – Lässt du mich einen Augenblick allein?"

„Natürlich, Kleines. Ich warte dort drüben auf dich. Nimm' dir die Zeit, die du brauchst. Ich habe heute keine Termine mehr." Der Anwalt entfernte sich und setzte sich in einiger Entfernung auf eine Parkbank, während Lisa in die Knie ging, mit der Rose in den Händen, und anfing zu beten, während ihr die Tränen sanft über die Wangen rollten.

Als sie das Gebet beendet hatte, legte sie die Rose auf den breiten Rand des Grabsteines, in der Hoffnung, dass die Friedhofsarbeiter sie nicht einfach wegwerfen würden. Mit dem Finger fuhr sie die Linien nach, die in den Stein gezogen waren. Angelo hatte Recht behalten – er sah genau so aus, wie ihre Eltern ihn im Testament gewünscht hatten. Sie war froh, dass sie sich nicht mehr darum kümmern musste und wenn sie das nächste Mal kam, würde das Grab bereits fertig sein. Noch immer konnte sie nicht so ganz begreifen, dass die beiden Menschen, die sie seit dreiundzwanzig Jahren liebte, nun nicht

26

mehr da sein sollten. Es kam ihr immer noch wie ein Albtraum vor. Leise sprach sie zu dem frischen Erdhügel, redete mit ihren toten Eltern und versuchte zu verstehen, warum das passiert war.

Als sie sich schließlich erhob, spürte sie den Schwindel und klammerte sich an dem Baum fest, um nicht umzufallen. Sofort sprang Angelo auf, kam zu ihr und griff ihr unter die Arme. „Was hast du?"

„Nichts, danke. Ich bin nur ein bisschen zu schnell aufgestanden. Dann wird mir manchmal schwindelig."

„Soll ich dich nicht lieber zum Arzt bringen?"

„Nein, das ist gleich wieder vorbei. Danke, dass du mich hergebracht hast. Aber jetzt würde ich gerne wieder nach Hause. Mein Magen ist nicht in Ordnung", bat Lisa.

Der Anwalt nickte und brachte sie zurück zu seinem Fahrzeug, um sie zurückzufahren. Als sie aus dem Auto stieg, griff er in den Kofferraum und holte eine Plastiktüte hervor. „Das sind die Sachen aus dem Krankenhaus. Ich hatte sie in meinen Safe gelegt und gestern vergessen, sie dir zu geben. Es sind die Wertgegenstände deiner Eltern, die sie bei dem Unfall dabei hatten."

„Danke Angelo", sagte Lisa, nahm die Tüte und gab ihm einen Kuss auf die Wange. Dann ging sie langsam zurück zum Haus, während ihr der Mann nachdenklich hinterherblickte. Er machte sich Sorgen um die Tochter seines Freundes. Aber sie war eine erwachsene Frau, kein kleines Kind mehr. Er konnte nur hoffen, dass sie zu ihm kommen würde, wenn sie ihn brauchte. Ansonsten würde er sie erst einmal in Ruhe lassen und ihr Zeit geben, den Schock zu verdauen, der immer noch tief zu sitzen schien.

Als Lisa das Haus betrat, hörte sie das Rascheln von Papier und ging daher ins Arbeitszimmer ihres Vaters. Leo hatte tatsächlich die Post durchgesehen und sortiert und blätterte gerade in einer Zeitung, als sie eintrat.

„Na, wie war's?", fragte er.

„Es ging", war die kurze Antwort. „Danke, dass du dich um die Post gekümmert hast." Sie legte die Tüte mit den Sachen ihrer Eltern auf den Schreibtisch. Darum würde sie sich morgen kümmern.

„Soll ich die Werbung direkt entsorgen? Es sind alles Prospekte und Flyer von Sonderangeboten der letzten Wochen."

„Ja, kannst du gerne tun. Auch die Zeitungen kannst du ins Papier werfen, wenn du sie durch hast. Ich lese sie sowieso nicht mehr. Ich gehe nach oben."

Leo nickte. Sie wirkte erschöpft und würde sich bestimmt etwas hinlegen. Er wartete, bis sie das Zimmer verlassen hatte und blickte dann neugierig auf die Tüte, die sie auf den Tisch gelegt hatte.

Lisa ging zurück in ihr Zimmer, zog sich um und legte sich auf ihr Bett. Aber lange hielt sie es nicht aus. Irgendwann musste sie sich um die Sachen ihrer Eltern kümmern, sonst würde sie nie über deren Tod hinwegkommen. Also stand sie wieder auf, griff sich eine Rolle mit großen Müllsäcken aus dem Putzschrank und betrat schließlich das Schlafzimmer ihrer Eltern. Eine ganze Weile stand sie einfach in der Tür und ließ ihren Blick über das Bett und den Schrank gleiten.

Alles sah so aus, als wäre nie etwas geschehen; als wenn sie gleich durch die Tür kommen und sich ins Bett legen würden. Sanft strich sie über die Bettwäsche und ging schließlich zum Schminktisch. Dort öffnete sie die Schmuckschatulle und betrachtete die Schmuckstücke ihrer Mutter. Sie wusste, dass es sich hierbei um weniger wertvolle Stücke handelte. Ihre Mutter hatte auch einige hochwertige Ketten, die sich aber sicher im Safe befanden. Nur ihren Verlobungsring, den sie auch nach dreißig Jahren noch trug, hatte sie immer in dieser Schatulle aufbewahrt, weil es einfach zu mühselig war, ihn jeden Abend in den Safe zu legen.

Doch der Ring war nicht da. Lisa durchsuchte die Schatulle, konnte aber den Ring nicht finden. Dann fiel ihr die Tüte mit den Wertgegenständen ihrer Eltern ein, die sie im Arbeitszimmer abgelegt hatte. Vermutlich hatte ihre Mutter ihn während des Unfalles getragen und er befand sich bei den Sachen. Beruhigt schloss sie die Schatulle wieder. Sie würde den Ring später holen. Dann atmete sie tief durch und ging zum Kleiderschrank. Nach und nach holte sie die Sachen ihrer Eltern daraus hervor und sortierte sie in drei Kategorien: Sachen, die sie behalten wollte, legte sie wieder ordentlich zusammen und räumte sie zurück in den Schrank. Die Sachen, die in Ordnung waren, würde sie zu einem Second-Hand-Laden des Roten Kreuzes in der Stadt bringen. Und Unterwäsche oder Sachen mit Defekten packte sie in einen der Müllsäcke. Auch diese Säcke würden an den Laden des DRK gehen, denn die bekamen für Reste noch ein wenig Geld. Das war besser, als sie direkt hier wegzuwerfen.

Als Leo zwei Stunden später nach oben kam, um nach ihr zu sehen, blickte er irritiert auf seine Freundin. „Was machst du da?"

Lisa blickte hoch. „Abschied nehmen."

„Okay. Soll ich dir dabei nicht lieber helfen?"

„Nein, danke. Das muss ich alleine machen."

„Na gut", antwortete der junge Mann. „Ach, übrigens. Das Essen ist gleich fertig. Ich habe belegte Brote vorbereitet."

„Was würde ich nur ohne dich tun?"

Leo grinste. „Vermutlich verhungern, da du regelmäßig vergisst, dass der Mensch auch etwas essen muss."

Auch in dieser Nacht gingen beide in ihr eigenes Zimmer, doch nach einer Weile bemerkte Lisa, wie sich die Tür leise öffnete und sich jemand neben sie legte. Sie lächelte, als er den Arm um sie schlang und anfing, sie zu liebkosen. Eigentlich war sie gerade gar nicht in Stimmung, doch Leo ließ nicht locker und brachte ihren Körper schließlich dazu, seinem Verlangen nachzugeben. Ein Gutes hatte es jedenfalls: als sie schließlich in seinen Armen lag, war sie so erschöpft, dass sie binnen weniger Minuten einschlief.

Am nächsten Tag kümmerte sich Lisa erneut um die Sachen ihrer Eltern, während Leo sich ein wenig die Stadt ansehen wollte, wo er in Zukunft leben würde. Lisa war das recht und machte sich an die Arbeit. Ein paar Stunden später hatte sie alles sortiert und trug die schweren Tüten nach unten, damit sie sie später wegbringen konnten. Anschließend bezog sie das Bett frisch und räumte schließlich ihre Sachen in das ehemalige Elternschlafzimmer. Es war die beste Möglichkeit mit der Vergangenheit abzuschließen.

Nachdem sie auch noch ihr Bett abgezogen und es anschließend mit einer Tagesdecke vor Staub geschützt hatte, ging sie ins Büro, um sich die Post anzusehen. Dabei fiel ihr die Tüte in die Hand und sie öffnete sie. Langsam holte sie die Sachen hervor. Da war eine kleine Handtasche ihrer Mutter mit einem Portemonnaie, in dem sich ihre Papiere und Bankkarten befanden. Allerdings nur wenig Bargeld. Ansonsten war in der Tasche nur der normale Frauen-Kram: Taschentuch, Lippenstift und ein Schlüssel.

Als nächstes öffnete sie die Geldbörse ihres Vaters. Auch hier waren alle Karten noch vorhanden. Auch er hatte nicht viel Geld bei sich, was merkwürdig war. Ihre Mutter hatte, wenn sie wegging, nie viel Geld bei sich, doch ihr Vater trug in der Regel mindestens ein- bis zweihundert Euro im Portemonnaie, da er lieber bar bezahlte, als mit Plastikgeld, wie er es immer genannt hatte. Doch auch in seiner Börse waren nur knapp dreißig Euro, was sehr ungewöhnlich war. Scheinbar hatte sich jemand daran zu schaffen gemacht. Aber beweisen konnte sie das nach einem knappen Monat sowieso nicht mehr und ändern schon gar nicht.

,Was soll's? Es ist ja nur Geld', dachte sie traurig und legte die Börse zur Seite. In der Tüte befanden sich noch die Uhren ihrer Eltern und die beiden Eheringe. Sonst nichts. Wo war der Verlobungsring ihrer Mutter? Hatte sie ihn doch im Safe liegen?

Lisa stand auf und ging auf ein Bild zu, hinter dem sich der Safe befand. Sie kannte die Kombination und öffnete schließlich die Stahltür. Hier fand sie wie erwartet einige wichtige Papiere bezüglich des Hauses, Versicherungspolicen und eine beträchtliche Summe Bargeld. Auch der Schmuck ihrer Mutter befand sich noch hier, jedoch nicht der gesuchte Ring. Ob er bei dem Unfall verloren gegangen sein konnte? Das wäre wirklich schade, denn von all dem Schmuck, den ihre Mutter besaß, war dies das einzige Stück gewesen, das sie gerne für sich behalten hätte. Hoffentlich tauchte er noch irgendwo auf.

Lisa drehte sich wieder zum Schreibtisch, leerte

die Geldbörsen und legte die Ausweise und Bankkarten sorgfältig auf einem Haufen in den Tresor, zusammen mit den beiden Uhren, von denen sie wusste, dass sie wertvoll waren und den Eheringen ihrer Eltern. Dann schloss sie die Tür wieder und hängte das Bild sorgfältig darüber.

Anschließend ging sie die Post durch, sortierte die wichtigen Sachen aus und hängte Unterlagen wie Kontoauszüge in die entsprechenden Ordner, die ihr Vater immer sehr säuberlich beschriftet hatte, sodass es ihr keine Probleme bereitete, sich zurechtzufinden. Schließlich war die Kiste, die als Papiermüll diente, bis oben gefüllt und sie trug sie nach draußen zur blauen Tonne, um sie zu leeren. Als sie wieder ins Haus gehen wollte, kam auch Leo zurück und sie wartete an der Tür auf ihn.

„Was hast du denn vor?", fragte er mit einem Blick auf die Kiste.

„Ich habe nur das Papier in die Tonne gebracht."

„Aber das kann ich doch machen."

„Danke, aber das schaffe ich schon. Aber wenn du willst, kannst du die Tüten in den Wagen laden, dann fahren wir sie schnell weg. Je eher die Sachen verschwunden sind, desto einfacher ist es für mich. Ich hole mir nur schnell etwas zu trinken."

Leo nickte und machte sich an die Arbeit. Über sein Gesicht huschte ein leises Lächeln, das Lisa jedoch nicht bemerkte. Sie ging in die Küche und holte sich eine Flasche Wasser. Als sie jedoch ein Glas aus dem Schrank holen wollte, krabbelte plötzlich etwas über ihre Hand. Sie stieß einen lauten Schrei aus und ließ das Glas fallen, das auf den Fliesen in Tausend Stücke zersprang. Sofort kam Leo in die Küche gerannt. „Was ist passiert?", fragte er besorgt.

„Eine… eine Spinne", stammelte sie und deutete auf das schwarze Tier auf dem Boden. Leo trat mit dem Fuß drauf und nahm Lisa in die Arme.

„Die tut dir nichts. Ist doch nur eine ganz kleine." Das war Lisa jedoch total egal. Sie hatte schon lange eine Spinnenphobie, und es war ihr verdammt nochmal wurscht, wie groß das Vieh war.

„Kannst du bitte nachsehen, ob da noch mehr sind?"

„Klar", antwortete er, blickte in den Schrank und zog ein weiteres Glas hervor. „Alles sauber. Die hat sich bestimmt nur verlaufen. Komm', ich schenke dir etwas zu trinken ein."

Als Lisa sich auf einen Stuhl fallen ließ, holte Leo einen Handfeger aus der Putzkammer und fegte die Scherben zusammen, um sie in den Müll zu schmeißen. Anschließend fuhr er mit seiner Arbeit fort und als Lisa zum Auto kam, hatte er bereits alle Tüten verstaut, die sie anschließend zusammen zum Rot-Kreuz-Laden brachten.

Als sie es sich an diesem Abend im Wohnzimmer bequem gemacht hatten, blätterte Lisa durch ein Fotoalbum, um ihm ein paar Bilder zu zeigen, wie sie als Kind ausgesehen hatte. Dabei stieß sie auch auf ein Hochzeitsbild ihrer Eltern. Leo blickte nachdenklich auf das Foto, das vor vielen Jahren geschossen wurde. „Was würdest du davon halten, wenn wir uns verloben?", fragte er dann und Lisa blickte ihn ein wenig ungläubig an.

Machte er einen Scherz oder sprach er im Ernst? So ganz abwegig war die Frage zwar nicht, immerhin waren sie seit einem Jahr zusammen, aber erstens kam sie ein bisschen plötzlich und zweitens hatte Lisa sich das immer ein bisschen romantischer vorgestellt. Andererseits wusste sie, dass Leo mit Romantik so rein gar nichts anfangen konnte. Er war mehr der pragmatische Typ. Träumereien überließ er ihr. Deshalb brauchte sie sich wohl nicht zu wundern, dass er diese Frage so einfach in den Raum warf. Aber wollte sie sich mit ihm verloben? Konnte sie sich vorstellen, ihn zu heiraten?

Lisa ließ die letzten eineinhalb Jahre Revue passieren. Er hatte sich immer um sie gekümmert, war besorgt um ihr Wohlergehen und war gut im Bett. Okay, er hatte nichts für romantische Gefühle und Liebeserklärungen übrig, aber sie kamen gut miteinander aus. Und mit ihrer Behinderung sollte sie vermutlich froh sein, wenn sie überhaupt irgendjemand heiraten wollte. Vermutlich würde die Chance nie wieder kommen, wenn sie sich von ihm trennte.

„Warum eigentlich nicht?", stellte sie schließlich fest und gab ihm einen Kuss.

Leo grinste und zog ein kleines Päckchen aus der Hosentasche. „Ich finde es zwar überflüssig, aber ich weiß, dass du auf so etwas stehst. Deshalb habe ich dir heute einen Verlobungsring besorgt." Er öffnete die Schatulle und gab den Blick auf einen schmalen Silberreif mit einem kleinen Stein frei. Nichts Weltbewegendes, aber das war Lisa egal. Sie wusste, dass Leo nicht viel Geld hatte und allein der Umstand, dass er sich die Mühe gemacht hatte, einen Ring für sie auszusuchen, rührte sie. Leo steckte ihr den Ring an die linke Hand und gab ihr einen leidenschaftlichen Kuss.

Das Fotoalbum fiel auf den Boden, während er ihre Bluse und Hose öffnete und ihren Körper zum Beben brachte, bevor sie auf der Couch miteinander schliefen. Früher hätte sie so etwas nie getan, doch Leo wusste genau, wie er ihren Körper in Ekstase versetzte und sie hatte nichts daran auszusetzen. Doch manchmal wünschte sie sich etwas anderes. Sie träumte von liebevollen Berührungen, Liebkosungen und sanften Bewegungen. Doch dafür hatte sie wohl den falschen Mann. Leo liebte mehr die harte Tour, er wollte guten Sex, nicht irgendwelche Gefühlsduselei. Und irgendwie kam sie dabei ja auch auf ihre Kosten.

Erschöpft ließ sie sich auf die Couch sinken, während Leo sich wieder anzog. „Ich geh' uns mal Abendessen machen", sagte er dann und verschwand in der Küche.

Lisa blickte ihm nach. Hoffentlich hatte sie keinen Fehler gemacht, sich mit ihm zu verloben. Er war irgendwie so ganz anders, als ihr Traummann sein sollte. Aber hatte sie eine Wahl? Wer würde sie denn haben wollen? Die meisten hätten schon ein Problem damit, wenn ihre Freundin mehr verdiente als sie selber und dann noch ein verkürztes Bein und große Narben an selbigem machte sie auch nicht gerade attraktiver. Nein, es war schon gut so, wie es war. Lächelnd betrachtete sie ihren Ring. Jetzt war sie wohl verlobt!

DER SPUK BEGINNT

Den Rest der Woche verbrachte Lisa damit, im Haus groß zu putzen und sortierte dabei auch noch die einen oder anderen Gegenstände aus, die sie nicht mehr benötigten und die sie irgendwann in ein Sozialkaufhaus bringen wollte, wenn sie Zeit hatte. Auch das Auto ihrer Eltern meldete sie auf ihren Namen um und schloss eine entsprechende Versicherung ab, damit sie es fahren durfte. Da es sich bei dem Wagen um einen Automatik handelte, würde Lisa ihn fahren, weil sie dafür das linke Bein nicht benötigte. Ihren alten Kleinwagen mit Schaltung konnte Leo benutzen, wenn er das wollte.

Zwei Tage nach ihrer Verlobung wachte Lisa morgens auf und hatte keine Ahnung, wie sie am Abend zuvor ins Bett gekommen war. Sie wusste noch, dass sie zu Abend gegessen hatten und dann hatte sie irgendwie einen Filmriss. „Kannst du mir sagen, wie ich ins Bett gekommen bin, Leo? Ich kann mich nicht mehr daran erinnern."

„Wie? War ich so schlecht?", grinste er.

„Schlecht? Wieso?"

„Na, weil wir gestern nach dem Essen den besten Sex hatten, den ich je erlebt habe. Sag' bloß, du kannst dich nicht daran erinnern. Du hast doch nur ein einziges Glas Wein getrunken, da kannst du doch keinen Filmriss haben."

Doch Lisa hatte einen Filmriss und das war ihr peinlich. Tatsächlich tat ihr der Unterleib ein bisschen weh, wie wenn sie es ein wenig übertrieben hätten, was bei Leo durchaus manchmal vorkam. Doch sie wollte nicht zugeben, dass sie sich daran nicht erinnern konnte. „Doch, jetzt erinnere ich mich wieder", sagte sie deshalb, obwohl es eine glatte Lüge war. „Ich war wohl noch ein bisschen verschlafen. Tut mir leid. Du warst echt toll gestern." Sie gab ihm einen Kuss.

Am nächsten Abend trank sie noch eine heiße Schokolade vorm Schlafengehen und holte daher einen der Becher aus dem Schrank. Dabei bemerkte sie, dass die Becher falsch standen. Sie sortierte sie immer in einer ganz bestimmten Art und Weise, genau wie ihre Mutter. Ein Tick von ihr, aber es würde ihr keine Ruhe lassen. Deshalb stellte sie die restlichen Becher richtig, bevor sie ihre Schokolade trank und das benutzte Geschirr in die Spülmaschine räumte.

Anschließend gingen sie ins Bett und Lisa spürte, wie Leo den Arm um sie legte, während er sich an ihren Rücken schmiegte. Dann schlief sie ein und als sie am nächsten Morgen erwachte, lag er genau so, wie gestern Abend und hatte noch immer den Arm um sie. Scheinbar hatte er sich die ganze Nacht nicht bewegt, denn sie hatte einen sehr leichten Schlaf und hätte es sofort bemerkt, wenn er sich gedreht hätte oder aufgestanden wäre.

Die junge Frau stand auf, ging in die Küche und setzte Kaffee und Teewasser auf. Dann öffnete sie den Schrank mit den Bechern und zuckte zurück. Sie wusste genau, dass sie das Geschirr gestern Abend sortiert hatte. Weder sie noch Leo waren danach in der Küche gewesen, sie hatten oben zusammen im Bett gelegen und geschlafen. Wie konnte es dann sein, dass sie nun durcheinander standen? Wie war das möglich? Schlich sich nachts irgendein Fremder ins Haus?

Sie wollte nicht schon wieder Leo verärgern. Vielleicht hatte sie sich ja nur eingebildet, dass sie die Becher gestern sortiert hatte. Erneut stellte sie jeden an seinen Platz und vergaß die Angelegenheit schnell wieder.

Am Montagmorgen musste sie wieder zur Arbeit. Ihre Schonfrist war vorbei. Sie wurde im Büro erwartet und ihr Verlobter wollte sich auf den Weg zum Arbeitsamt machen, da er bisher in den Zeitungen kein verlockendes Angebot gefunden hatte. Vielleicht würde er beim Amt fündig werden und einen guten Job finden.

Auf der Arbeit wurde sie freundlich empfangen. Viele Mitarbeiter kannten sie noch von früher und sprachen der jungen Frau ihr Beileid aus, da sie von dem Unfall ihrer Eltern erfahren hatten. Auch über ihre Verletzungen waren einige entsetzt, versuchten aber, sich aus Rücksicht auf ihre Situation nichts anmerken zu lassen.

Ihr Chef teilte ihr mit, dass er froh war, sie wieder an Bord zu haben. „Ich habe nur Gutes von den Kollegen in den Staaten gehört. Sie sind hervorragend in dem, was Sie tun, Frau Bode. Ich habe bereits ein paar rentable Aufgaben für Sie. Aber zuerst werde ich Ihnen Ihren neuen Arbeitsplatz anweisen. Dann können Sie sich erst einmal in Ruhe einrichten und später haben wir unser erstes Meeting. Dann werde ich Sie über alles Weitere informieren."

Lisa nickte und folgte ihm in ein kleines Büro, in dem nur ein einziger weiterer Arbeitsplatz neben ihrem eigenen war. Das war gut. Für ihre Arbeit brauchte sie Ruhe und da war es besser, wenn sie nicht in einem Großraumbüro saß. Bald war sie wieder voll in ihre Aufgaben vertieft und arbeitete eine wichtige Kalkulation aus, die ihr Chef benötigte. Da sie diese nicht ganz fertig bekam und die Daten am nächsten Tag gebraucht wurden, kopierte sie die fast vollständigen Dateien auf den Laptop, den sie zur Verfügung gestellt bekam, und nahm diesen mit nach Hause, um am Abend noch ein wenig weiterzuarbeiten.

Als sie sich später an den Laptop setzte, ging Leo nach oben, weil er müde war. Eine Stunde lang vervollständigte sie die Unterlagen und ging dann in die Küche, um sich etwas zu trinken zu holen. Als sie wieder zurückkam, blinkte ein Fenster auf dem Bildschirm auf. *Die Datei wurde gelöscht!* Lisa starrte auf den Monitor. Wie zum Teufel konnte das sein? Außer ihr war doch niemand da. Niemand, außer Leo! Schnell ging sie die Treppe hinauf und öffnete die Schlafzimmertür. Doch Leo lag im Bett und seine regelmäßigen Atemzüge ließen vermuten, dass er bereits tief und fest schlief. Vorsichtig legte sie ihm die Hand auf die Schulter. „Leo?" Der Mann rührte sich nicht, sondern schlief einfach weiter. Erst als sie ihn sanft schüttelte, öffnete er verwundert die Augen.

„Was ist los?"

„Warst du gerade an meinem PC?"

„Wie bitte? Warum sollte ich? Ich habe geschlafen. Du hast mich doch gerade selber geweckt."

„Entschuldige bitte. War nur eine Frage. Ich komme gleich auch ins Bett."

Leo nickte, drehte sich um und schloss die Augen wieder. Lisa ging nachdenklich nach unten und blickte erneut auf den Bildschirm. Wie konnte so etwas sein? Sie war nur wenige Minuten in der Küche gewesen, Leo hatte tief und fest geschlafen und sonst war niemand im Haus – hoffte sie zu mindestens. Gott sei Dank hatte sie die Datei nur wenige Sekunden, bevor sie in die Küche gegangen war, per Email an ihren Büro-PC geschickt. Sie klickte auf den Postausgang und konnte sehen, dass sie rausgegangen war. Wenigstens etwas, sonst hätte sie sieben Stunden umsonst gearbeitet. Müde fuhr sie den Laptop herunter und löschte das Licht, um nach oben in ihr Bett zu gehen, nachdem sie die Fenster und Türen im Erdgeschoss überprüft hatte.

Alles war fest verschlossen und ihm Haus war es ruhig.

Kurz drauf kam sie im Schlafanzug aus dem Badezimmer und stand gerade in der Tür, als sie ein leises Klopfen vernahm. Erschrocken drehte sie sich um, konnte jedoch nichts erkennen. Sie blickte ins Zimmer, doch Leo lag bewegungslos in seinem Bett, hatte den rechten Arm unter dem Kopfkissen und seinem Kopf, wie er es oft tat, und schien zu schlafen. Seine linke Hand ruhte auf der Bettdecke. Er konnte das Geräusch nicht verursachen. Mit zwei Schritten war sie bei ihm und schüttelte ihn erneut.

„Leo, hörst du das?" Doch als der junge Mann die Augen aufschlug, verstummten auch die Geräusche plötzlich wieder.

„Was ist denn jetzt schon wieder?", fragte er verschlafen.

„Nichts, alles gut. Ich dachte nur, ich hätte was gehört. Schlaf' weiter", sagte sie schnell und schlüpfte neben ihn. Mehrmals in der Nacht hörte sie das Geräusch wieder und war jedes Mal sofort hellwach, während ihr Freund neben ihr sich nicht rührte. Bildete sie sich das nur ein? Oder gab es wirklich Geräusche in dem alten Haus?

Am nächsten Morgen beim Frühstück sprach sie Leo darauf an. „Hast du letzte Nacht auch Geräusche gehört?"

Leo grinste. „Ja, immer, wenn du mich angesprochen hast. Was war denn los? Warum hast du mich ständig wieder geweckt?"

„Ich weiß auch nicht genau. Ich habe ein Geräusch gehört."

„Was für ein Geräusch?", fragte er neugierig.

„Ein leises Klopfen. Als ich dich geweckt habe, war es wieder verschwunden. Aber es ist noch mehrfach wiedergekommen und ich bin jedes Mal davon aufgewacht."

„Gehört habe ich nichts. Vermutlich war da auch gar nichts. Du wirst einfach gestern Abend zu lange gearbeitet haben. Bist du wenigstens noch fertig geworden?"

„Ja, bin ich. Aber das war auch so etwas Merkwürdiges. Als ich von der Küche zurückkam, war meine Datei gelöscht."

„Wie? Einfach so? Das tut mir leid, Lisa. Du hast so lange daran gesessen."

„Nicht schlimm. Ich hatte sie vorher schon weggeschickt. Es ist also nichts passiert."

Leo stand auf und ging an die Kaffeemaschine, um sich nachzuschenken. „Was ein Glück", sagte er einfach. Dann stellte er seine Tasse wieder auf den Tisch und nahm Lisas Tasse mit, um auch ihr noch einen Tee zu machen.

Die Kalkulation war tatsächlich unbeschädigt angekommen und ihr Chef war begeistert. Doch mitten in der Präsentation bekam Lisa wieder Krämpfe und musste schließlich eine Unterbrechung beantragen, um ins Bad zu gehen. Aufgrund der vielen Störungen in der letzten Nacht war sie sowieso schon recht blass und erschöpft, doch als sie zehn Minuten später ihre Vorführung fortsetzte, wirkte sie richtig krank.

„Möchten Sie nicht lieber nach Hause gehen, Frau Bode? Sie sehen gar nicht gut aus. Soll ich einen Arzt rufen?"

„Nein danke. Alles okay. Ich habe mir nur den Magen verdorben."

Irgendwie schaffte sie es durch die Präsentation und den Rest des Tages, obwohl sie noch mehrfach auf der Toilette verschwand. Was zum Teufel war nur mit ihr los? Mal ging es ihr super, sie konnte alles essen und trinken und dann hatte sie das Gefühl, gleich sterben zu müssen. Es gab auch keinerlei Übereinstimmungen in dem, was sie zu sich genommen hatte, bevor es ihr schlecht ging. Mal waren es Nudeln, mal Fleisch, mal Suppe oder auch einfach Brot. Manchmal hatte sie sogar gar nichts gegessen, sondern nur einen Tee oder ein Glas Wasser getrunken. Sie war sogar schon bei verschiedenen Ärzten gewesen, bevor sie nach Deutschland gekommen war, aber auch die standen vor einem Rätsel. Sie hatten ihr lediglich eine Laktose-Intoleranz bestätigt, die sie aber schon vorher kannte. Auch Leo litt darunter, sodass sie davon ausgehen konnte, dass das nicht das Problem war, denn dann würden sie beide Schwierigkeiten haben.

Die Anfälle hatten angefangen, als sie vom Tod ihrer Eltern erfahren hatte und die Ärzte gingen davon aus, dass es sich um eine psychosomatische

Störung handeln würde, die mit der Zeit verschwände. Na hoffentlich war sie bis dahin nicht mehr nur Haut und Knochen, denn sie nahm nach wie vor ab und konnte gar nicht so viel essen, wie sie durch die Durchfall-Attacken verlor.

In den folgenden Wochen hörte Lisa immer wieder nachts Geräusche: manchmal war es ein leises Klopfen, manchmal sogar ein Stöhnen. Doch immer, wenn sie Leo weckte, war es wieder still. Mehrfach schickte sie ihn durchs Haus, um zu kontrollieren, ob jemand anwesend war. Doch er konnte nie etwas oder jemanden finden. Fenster und Türen waren geschlossen und es befand sich auch niemand sonst im Haus. Leo wurde irgendwann ungehalten, weil sie ihn ständig für nichts und wieder nichts aus dem Schlaf riss. Deshalb verzichtete sie schließlich darauf, ihn zu wecken und lag nur zitternd im Bett, wenn die Geräusche wieder anfingen. Erst wenn es wieder still wurde, konnte sie schlafen, wachte aber oft auf und lauschte. Entsprechend erschöpft war sie jedes Mal am folgenden Morgen.

Hin und wieder schlief sie aber auch durch und konnte sich an keine Unterbrechung erinnern, was ihrem Körper gut tat. Allerdings waren das dann Tage, wo sie morgens eine Veränderung feststellte. Die Becher im Schrank standen durcheinander, ihr Schlüssel lag nicht mehr an seinem Platz, einmal fehlten ihr hundert Euro aus der Geldbörse, ein anderes Mal grinste ihr auf ihrem Laptop eine gehässige Maske entgegen, als sie ihn anschaltete.

Sie wusste genau, dass Leo das Bett in der Nacht nicht verlassen haben konnte und bekam es schließlich mit der Angst zu tun. Lisa hatte noch nie an Gespenster geglaubt, aber langsam zog sie die Möglichkeit in Betracht, dass es in dem alten Haus spuken würde.

Etwa einen Monat nachdem sie in das Haus gezogen waren, kam plötzlich ein neues Phänomen hinzu: die Lampen im Haus schienen ein Eigenleben zu entwickeln. Es fing damit an, dass sie nachts aufwachte, weil im Flur Licht brannte, obwohl sie eigentlich der Meinung war, dass sie es ausgelöscht hatte, als sie ins Bett gegangen waren. Irritiert stand sie auf und klickte auf den Lichtschalter, ging wieder in ihr Bett und vergaß die Angelegenheit. Doch das blieb nicht der einzige Vorfall. Immer wieder schreckte sie hoch, weil irgendwo das Licht anging. Einmal lag sie sogar wach neben Leo im Bett, als im Bad die Lampe aufflammte. Sie zuckte erschrocken zusammen und weckte damit den jungen Mann, der auf ihre Bitte hin schließlich brummelnd ins Bad ging, um das Licht zu löschen.

Lisa wurde mit der Zeit immer schwächer, hatte kaum Antrieb und war nach kurzer Zeit völlig erschöpft, wenn sie etwas im Haushalt oder im Garten erledigen wollte. Zusätzlich hatte sie auf der Arbeit viel zu tun und oft zeitkritische Kalkulationen auszuarbeiten. Nach dem Vorfall mit der gelöschten Datei hatte sie sich angewöhnt, ihre Arbeiten immer unter verschiedenen Dateinamen zu speichern, damit sie wenigstens ein Backup hatte, falls sie erneut versehentlich eine Datei löschte. Dennoch passierte es ein paar Wochen später, dass sie bei der Präsentation nur noch Zahlenkolonnen angezeigt bekam. Selbst in der Backup-Datei sah es ähnlich aus und die junge Frau verstand die Welt nicht mehr. Gestern Abend war noch alles in Ordnung gewesen.

Glücklicherweise schob ihr Arbeitgeber den Fehler auf einen Virus, besorgte ihr einen komplett neuen Laptop und gab ihr einen Tag Zeit, ihre Kalkulation neu zu machen.

Zusätzlich machte ihr Leo zu Hause Stress wegen der Hochzeit. Plötzlich hatte er es eilig, dass sie seine Frau wurde, auch wenn Lisa sich immer noch nicht ganz sicher war, ob es richtig war oder nicht. Schließlich ließ sie sich jedoch erweichen, einen Termin mit dem Standesamt zu machen. Die junge Frau hatte sich zwar immer eine Hochzeit in Weiß mit Kirche und allem gewünscht, aber da ihr zukünftiger Mann mit diesem romantischen Gehabe, wie er es nannte, nichts anfangen konnte, gab es eben nur eine Trauung im Standesamt. Viele Freunde hatten sie eh nicht, Familie schon gar nicht, also war das auch in Ordnung. Schließlich bestellten sie das Aufgebot und vereinbarten einen Termin für November.

Inzwischen arbeitete auch Leo wieder. Er hatte einen Job bei einem Pflegedienst bekommen, der ihm sogar Fortbildungen ermöglichte, weshalb er zukünftig hin und wieder ein paar Tage nicht zu

Hause sein würde, da diese in der Regel in einem Schulungszentrum und mit Übernachtungen stattfanden, weil dieses Zentrum etwas weiter entfernt lag.

An einem schönen Sommertag fuhr Leo mit ihr in ein nahe gelegenes Schwimmbad, um die Sonne und das Wasser zu genießen. Im Bikini wirkte die junge Frau noch schmaler, als in ihren Hosenanzügen auf der Arbeit und zog viele Blicke auf sich. Man konnte sie für eine Magersüchtige halten und als sie sich nach einer halben Stunde des Rumplantschens auf eine Liege legte und die Augen schloss, spürte sie deutlich die Blicke von allen Seiten. Allerdings wusste sie weder, ob es bewundernde oder entsetzte Blicke, noch ob der Grund dafür ihre schmale Figur oder die großen Narben an ihrem Bein waren.

Eigentlich wollte sie es auch gar nicht wissen. Sie wollte den Tag und die Sonne genießen und sich ein bisschen ausruhen. Durch die ständigen Unterbrechungen in der Nacht schlief sie schließlich in der Sonne ein. Als sie erwachte, war der Platz neben ihr leer – Leo war nicht mehr im Liegestuhl neben ihr, doch als sie sich aufsetzte, winkte er ihr vom Wasser aus zu. „Komm' rein, Schatz. Das Wasser ist herrlich nach der Hitze in der Sonne."

Sie folgte dieser Aufforderung und verbrachte noch eine Weile mit ihm im Wasser, bevor sie sich zu den Spinden begaben, um ihre Sachen zum Umziehen herauszuholen. Dabei fiel ihr auf, dass ihre Uhr nicht mehr da war. „Hast du meine Uhr gesehen, Leo?"

„Nee, habe ich nicht. Hast du die überhaupt mitgenommen?"

„Ich denke schon. Bin mir eigentlich ziemlich sicher, dass ich sie hier hingelegt habe."

„Also wenn sie nicht mehr drin ist und der Spind in Ordnung ist, kannst du sie eigentlich nur zu Hause gelassen haben. Vermutlich hast du sie ausgezogen, damit du sie im Schwimmbad nicht verlierst."

Lisa konnte sich das eigentlich nicht vorstellen. Sie ging so gut wie nie ohne Uhr aus dem Haus. Warum also hätte sie es heute tun sollen? Erneut suchte sie den Spind, ihre Tasche und ihre Kleidung ab, aber von der Uhr war nichts zu sehen. Dabei sah sie genau vor sich, wie sie die Uhr auf ihre Schuhe gelegt hatte. Traurig machte sie sich mit dem Gedanken vertraut, dass das gute Stück wohl gestohlen worden war. Es war das letzte Geschenk ihrer Eltern gewesen und bedeutete ihr viel.

Als sie im Haus ankamen, lief Leo die Treppe hinauf, um die Schwimmsachen zum Trocknen aufzuhängen. „Schatz, hast du noch einen Kleiderbügel für mich?"

„Ja, natürlich", antwortete Lisa und ging nach oben ins Schlafzimmer, um einen Bügel für ihn zu holen. Als sie auf ihren Nachttisch blickte, lag dort ihre Uhr. Wie versteinert starrte sie auf das Schmuckstück und konnte es nicht glauben. Sie war doch felsenfest davon überzeugt gewesen, die Uhr dabei gehabt zu haben. Aber wie konnte sie dann hier liegen?

„Hast du einen gefunden?", fragte Leo, der hinter sie getreten war und sie verwundert anblickte. „Was ist los?" Lisa deutete auf die Uhr, woraufhin ihr Freund zum Nachttisch ging, die Uhr aufhob und ihr reichte. „Ich habe dir doch gesagt, dass du sie vermutlich vor dem Besuch im Schwimmbad aus- gezogen hast."

Die junge Frau nahm die Uhr in die Hand, wurde aber das Gefühl nicht los, dass hier irgendetwas nicht stimmte. Wurde sie etwa verrückt? Hörte und sah sie vielleicht Dinge, die gar nicht da waren? Verwirrt ging sie in die Küche, während er die restlichen Sachen aufhängte. Plötzlich piepte ihr Handy und als sie es öffnete, hatte sie eine Nachricht von einer unterdrückten Nummer.

🖃 *Na, ist sie wieder aufgetaucht?*

Lisa starrte auf das Handy. Schnell schrieb sie zurück:

🖃 **Wer bist du?**

Sie wartete. Kurz darauf kam die Antwort:

🖃 *Der Wahnsinn!*

Als sie es erneut versuchte, kam keine Rück- meldung mehr. Schnell steckte sie das Telefon weg. Wer zum Teufel wusste von der Uhr und dass sie sie wieder gefunden hatte? Eigentlich nur Leo, aber dessen Handy hatte er auf den Küchentisch gelegt, als sie das Haus betreten hatten. Und er befand sich noch im ersten Stock, er konnte es also nicht gewesen sein und sein Handy hatte auch nicht gebrummt, als sie geantwortet hatte. Vermutlich erlaubte sich irgendjemand nur einen dummen Scherz.

Doch am nächsten Tag bekam sie immer wieder merkwürdige Nachrichten zugeschickt, die sie verrückt machten und sie sich kaum auf ihre Arbeit konzentrieren ließen. Als sie an diesem Abend nach Hause kam, war sie fix und fertig. Leo bemerkte das und ließ ihr ein Entspannungsbad ein, in dem sie sich eine Weile aufhielt, während er das Abendessen vorbereitete. Als sie wieder in die Küche kam, war das Essen bereits fertig und wartete auf sie. Sie stocherte darin herum, aß aber nur wenig. „Was ist denn heute mit dir los, Schatz? Hast du Ärger auf der Arbeit?"

Lisa schüttelte den Kopf, stand auf und ging zu ihrer Handtasche, um ihr Handy herauszuholen. Sie klickte auf die Nachrichten und zeigte das Handy ihrem Verlobten. „Und was ist damit?", fragte er irritiert.

„Lies' doch mal. Diese Nachrichten bekomme ich seit gestern ständig. Und ich habe keine Ahnung, wer das ist."

Immer noch blickte Leo sie verwirrt an. „Na von mir natürlich. Steht doch dabei."

Mit vor Schreck aufgerissenen Augen riss sie ihm das Telefon aus der Hand. „Du hast diesen Schwachsinn geschrieben?"

„Wieso Schwachsinn? Das ist doch nur die Frage

nach der Einkaufsliste."

Lisa drehte das Telefon um und starrte auf die Nachrichten. Er hatte Recht. Die letzte Nachricht war seine Frage nach den Einkäufen gewesen, die bereits einige Tage alt war. Sämtliche Nachrichten von gestern Abend und heute waren verschwunden. „Das gibt es doch nicht! Ich habe gestern und heute jede Menge Nachrichten bekommen, sogar gestern zurückgeschrieben. Wo sind die denn hin?"

„Ernsthaft, jetzt? Warte, lass' mich mal schauen." Leo nahm das Handy und sie blickte ihm über die Schulter, doch auch in den gesendeten Nachrichten war lediglich ihre Antwort auf seine Frage bezüglich der Einkäufe zu finden. Keine weiteren Nachrichten wurden angezeigt.

Lisa brach in Tränen aus. Sie musste tatsächlich langsam verrückt werden. Was zum Teufel ging hier vor? Im Haus spukte es, sie bekam Nachrichten, die gar nicht da waren und hörte und sah Dinge, die nicht existierten. Die junge Frau zitterte am ganzen Körper und Leo brachte sie schließlich in ihr Bett und deckte sie sorgfältig zu. In dieser Nacht machte sie wieder kein Auge zu, doch diesmal lag es nicht an irgendwelchen Geräuschen, sondern an ihrem eigenen Kopf, der sie nicht zur Ruhe kommen ließ. Entsprechend gerädert fühlte sie sich am nächsten Morgen. Sie hatte dunkle Ringe um die Augen und kaum die Kraft, um aufzustehen.

„Vielleicht solltest du heute besser zu Hause bleiben, Schatz", sagte Leo besorgt. „Ich lasse dich nur ungern allein, aber ich kann die Fortbildung leider nicht verschieben. Glaubst du, dass du alleine klar kommst?"

„Ja, natürlich", antwortete sie schwach. „Geh' nur. Aber vielleicht hast du Recht, ich sollte mich heute krank melden. Kannst du mir mein Telefon bringen?"

„Klar, mach' ich. Lass' es in deiner Nähe, damit du mich anrufen kannst, wenn etwas ist. Aber wundere dich nicht, wenn ich nicht gleich rangehe. Ich kann mitten im Meeting ja schlecht telefonieren. Aber ich rufe umgehend zurück, sobald wir Pause machen. Und heute Abend melde ich mich auf jeden Fall, wenn ich im Hotel bin." Er holte ihr Telefon und reichte es ihr. Bevor er das Haus verließ, gab er ihr noch einen Kuss und Lisa rief auf der Arbeit an, um sich krank zu melden. Anschließend schloss sie die Augen und schlief ein paar Stunden. Danach fühlte sie sich etwas besser und stand auf, um ein wenig an ihrem Laptop zu arbeiten.

GEISTERSTUNDE

Die hin und wieder auftauchenden Geräusche im Haus ignorierte sie schließlich, nachdem sie mehrfach auf der Suche nach deren Ursprung aufgeben musste. „Im Haus ist es ruhig, es gibt weder ein Klopfen noch ein Stöhnen, das ist alles nur Einbildung, Lisa", sagte sie laut zu sich selbst, um sich zu beruhigen und schaffte es schließlich wirklich, die Geräusche auszublenden.

Gegen Abend rief Leo tatsächlich an, erzählte ihr von seinem Tag und dem Hotelzimmer und fragte, wie es ihr ging. Schließlich legte sie auf, machte sich eine Kleinigkeit zu essen und ging ins Bett. In der Nacht wachte sie erneut von den Geräuschen im Haus auf. Dieses Mal schienen sie von unten zu kommen. Nach einem Blick auf den Wecker, der ihr sagte, dass es bereits kurz nach Mitternacht war, griff Lisa zu ihrem Handy, schaltete die Taschenlampenfunktion ein und ging mit Hilfe eines alten Wanderstockes ihres Vaters, den sie zu diesem Zweck neben dem Bett stehen hatte, auf den Flur hinaus, der plötzlich wieder hell erleuchtet war, obwohl sie die Lampe gar nicht angeschaltet hatte. Daraufhin schaltete sie die Taschenlampenfunktion wieder aus und humpelte langsam den Gang entlang, um dem Ursprung des Geräusches endlich auf die Spur zu kommen. Zwischendurch blieb sie stehen und lauschte. Das Geräusch war nach wie vor zu hören. Diesmal hielt es ziemlich lange an. Immer weiter ging sie, bis sie an die Wendeltreppe nach unten gelangte.

Sie hatte Recht: das Geräusch kam vom Erdgeschoss. Leise schlich sie die Treppe hinunter, um den Verursacher der Geräusche nicht aufzuschrecken, als plötzlich die Lampen wieder ausgingen. Lisa hatte versäumt, sich am Geländer festzuhalten, wie sie es eigentlich immer tat, weil sie in der einen Hand das Telefon und in der anderen den Gehstock hielt. Durch die plötzliche Finsternis vollkommen überrumpelt, verfehlte sie die nächste Stufe und spürte, wie sie den Boden unter den Füßen verlor.

Eine Ewigkeit drehte sie sich um sich selbst, während sie die steile Treppe hinunterstürzte. Das Handy und der Stock fielen ihr aus der Hand und sie konnte nichts sehen, da sich ihre Augen noch nicht an die Dunkelheit gewöhnt hatten. Schließlich schlug sie mit dem Kopf auf und verlor das Bewusstsein.

Lisa hatte keine Ahnung, wie lange sie auf dem Boden gelegen hatte, als sie langsam die Lider öffnete. Lag es daran, dass sich ihre Augen an die Finsternis gewöhnt hatten oder ging vielleicht sogar schon wieder die Sonne auf? Auf jeden Fall konnte sie leichte Umrisse erkennen. Ihr Kopf tat weh und ihr ganzer Körper fühlte sich wund an. Sie bekam kaum Luft und als sie den Arm heben und an ihren

Hinterkopf fassen wollte, blieb sie plötzlich an etwas hängen. Erschrocken stellte sie fest, dass ihr der Wanderstock ihres Vaters mitten im Oberkörper steckte. Lisa brauchte eine Weile, bis sie verstand, was los war. Sie fühlte sich noch immer benebelt von dem Sturz und der Kopfverletzung, die zu bluten schien, da sie das Gefühl hatte, in einer Pfütze zu liegen.

Langsam drehte sie den Kopf und versuchte, etwas zu erkennen. Nicht weit von ihr lag das Handy. Hoffentlich hatte es den Sturz überstanden. Sie streckte den Arm aus, der zwar schmerzte, sich jedoch bewegen ließ. Doch sie konnte das Telefon nicht erreichen, sich aber auch nicht darauf zu bewegen. Verzweifelt ließ sie die Hand wieder sinken. Als sie sich erneut umblickte, bemerkte sie den Griff des Gehstockes, der wohl während des Sturzes abgebrochen war und auf ihrer anderen Seite lag. Ihn konnte sie erreichen und gab ihn schließlich an ihre linke Hand weiter. Mit Hilfe der Verlängerung konnte sie das Telefon bewegen, aber es dauerte eine gefühlte Ewigkeit, bis sie es so weit zu sich herangezogen hatte, dass sie es mit der Hand greifen konnte.

Erleichtert stellte sie fest, dass es den Sturz relativ unbeschadet überstanden hatte. Das Display hatte zwar einen Sprung, aber es schien wenigstens noch zu funktionieren. Lisa bekam immer weniger Luft und kämpfte verzweifelt gegen eine erneute Ohnmacht an, als sie endlich die Notrufnummer eingetippt hatte. Ein Mann meldete sich am anderen Ende, doch Lisas Stimme war so schwach, dass er sie kaum verstehen konnte.

„Hallo? Können Sie etwas lauter sprechen? Was für einen Notfall haben Sie?"

Lisa mobilisierte alle ihre Kräfte. „Mein... Name ist... Lisa Bo... gestürzt... Haus Rosengarten... Berggasse..." Dann brach sie ab.

„Lisa? Hören Sie mich? Bleiben Sie wach! Sie sind gestürzt? Wo sind Sie verletzt?"

„Kopf... Brust... keine Luft", stammelte die junge Frau.

„Okay, versuchen Sie gleichmäßig zu atmen, Lisa. Hilfe ist unterwegs. Sie sagten Haus Rosengarten in der Berggasse? Haben Sie die Hausnummer?"

„Acht... zehn."

„Gut machen Sie das. Halten Sie durch. Die Kollegen sind bald bei Ihnen. Sind Sie alleine?"

„Ja."

„Können die Kollegen ins Haus?"

„Nein."

„Okay, dann schicken wir die Feuerwehr mit, damit sie die Tür öffnen. Haben Sie keine Angst. Wo genau befinden Sie sich im Haus?"

„Auf dem... Boden... Treppe..." erneut brach Lisa ab – sie konnte nicht mehr.

„Lisa? Lisa, hören Sie mich?", fragte der Man am Telefon erneut, doch sie gab keine Antwort mehr. Die Hand mit dem Telefon fiel auf den Boden und der Mann in der Notrufzentrale konnte deutlich den

Schlag hören, als es aufschlug. Dennoch versuchte er es weiter.

„Lisa, falls Sie mich hören können: versuchen Sie, ruhig weiter zu atmen. Die Kollegen sind jetzt vor Ort und werden die Tür öffnen. Hilfe ist gleich bei Ihnen. Halten Sie noch ein paar Minuten durch." Er konnte hören, wie die Tür von den Kollegen der Feuerwehr geöffnet wurde und schließlich schwere Stiefel näher kamen. Sie musste in der Nähe der Tür liegen. Da er die Einsatzkräfte nun vor Ort wusste, legte der Mann auf, während zwei Sanitäter und der Notarzt sich um die Verletzte kümmerten.

Als ihr der Notarzt eine Infusion und der Sanitäter einen Stiff Neck angelegt hatten, begutachtete der Arzt die Pfählungsverletzung durch den Stock. „Wie zum Teufel hast du das denn geschafft?", fragte er verwundert, während er ihre Kleidung entfernte.

Der Sanitäter blickte auf, während er ihr eine Sauerstoffbrille umlegte. „Du kennst die Frau?"

„Ja, schon aus meiner Jugend. Aber ich habe sie lange nicht gesehen. Sie ist erst seit kurzem wieder im Lande, war ein paar Jahre in den USA gewesen."

„Ich vermute mal, dass sie die Treppe hinuntergestürzt ist, so wie sie hier liegt."

Der Notarzt nickte nur, während er ihre Lunge abhörte. „Verdammt, Spannungspneu. Thorax-Drainage vorbereiten!"

Der zweite Sanitäter reichte ihm die notwendigen Utensilien und einige Zeit später stabilisierten sich ihre Werte und die junge Frau schlug langsam die Augen auf.

„Lisa? Kannst du mich hören?" Sie wollte nicken, doch die Halskrause hinderte sie daran. „Nicht bewegen. Du hattest einen Unfall. Kannst du sprechen?"

„Ja", kam es sehr leise aus ihrem Mund.

„Versuche, wach zu bleiben, Lisa. Wir kümmern uns um dich. Hast du noch andere Schmerzen als in der Brust und am Kopf?"

„Überall", gab sie Auskunft. „Aber nicht so stark."

Während der Arzt mit ihr sprach, war der Sanitäter damit beschäftigt, ihre Schlafanzughose aufzuschneiden, um seinen Bodycheck durchführen zu können. Dabei bemerkte er die Narben an ihrem linken Bein. „Anton?" Er deutete auf die alte Verletzung.

„Scheinbar ist das nicht der erste Unfall, den sie hatte", stellte der Arzt namens Anton fest. Glücklicherweise konnten sie außer der Kopf- und der Brustverletzung keine Knochenbrüche feststellen. Dennoch betteten sie die junge Frau sehr vorsichtig mit der Schaufeltrage auf eine Vakuum-Matratze, bevor sie sie in den Rettungswagen schoben.

Lisa hatte zwar die Augen geöffnet, war aber nicht wirklich klar im Kopf. Sie begriff nicht, wo sie sich befand und hatte auch keine Ahnung, wer die Menschen um sie herum waren. Dann tauchte plötzlich wieder ein Gesicht in ihrem Blickfeld auf, das sie freundlich und aufmunternd anlächelte. Aber es war nicht dieses Lächeln, das ihren Blick anzog, sondern die Augen des Mannes. Diese leuchtend grünen Augen kamen ihr bekannt vor, auch wenn sie keine Ahnung hatte, woher. Aber sie war sich sicher, dass sie diese Augen kannte. Verwirrt schloss sie die Lider. „Lisa, wachbleiben!", befahl jemand und sie spürte, wie ihr jemand die Wange tätschelte. Langsam öffnete sie die Augen wieder. Als der Wagen über eine Bodenwelle fuhr, stöhnte sie auf vor Schmerzen. Anton klopfte an die kleine Scheibe zum Fahrer.

„Ein bisschen vorsichtig bitte!"

„Tut mir leid. Ich habe die Welle zu spät gesehen", kam es entschuldigend von vorne.

Kurz darauf hielt der Wagen an und Lisa wurde in die Klinik gebracht. „Pfählungsverletzung im Thorax. Die Frau muss sofort operiert werden", teilte Anton der Schwester mit.

„Das wird nicht gehen, Dr. Bär. Wir hatten gerade einen schweren Autounfall mit mehreren Verletzten. Unsere Chirurgen sind alle im Einsatz. Ein weiterer Operateur kann erst in einer halben Stunde da sein."

„Das ist zu lange. Ist ein OP frei?"

„Ja, OP drei ist frei."

„Trommeln sie mir ein Team zusammen. Ich übernehme." Damit zog er sich die Notarztjacke aus und warf sie einem der Sanitäter zu. „Jungs, meldet mich ab. Ich werde hier gebraucht."

Nur wenige Minuten später lag Lisa bereits im Operationssaal und Dr. Anton Bär hatte sich umgezogen und für seinen Einsatz fertig gemacht. Als Anästhesist musste er mit einem Assistenzarzt Vorlieb nehmen, da sonst niemand mehr frei war. Aber das war ihm egal. Das Wissen, um diese Operation durchzuführen, hatte er zweifelsohne, er brauchte nur ein paar weitere ausführende Hände. Dem Arzt war klar, dass Lisa nicht mehr lange durchhalten würde, wenn er nicht sofort etwas unternahm.

Es wurde ein hartes Stück Arbeit, die Verletzungen zu versorgen, aber sie schafften es dennoch. Da Dr. Bär sowieso gleich Dienst auf der Intensivstation hatte, blieb er einfach da. Er war lediglich in der Nacht auf Abruf gewesen, als er den Einsatzbefehl bekommen hatte und war von zu Hause aus mit dem Notarztfahrzeug zum Haus der Bodes gefahren, das nur wenige Meter von seinem eigenen Zuhause entfernt lag. Allerdings hatte er auf seine Kollegen warten müssen, weil er nicht ins Haus konnte.

Nun saß er neben dem Bett seiner Patientin und beobachtete die Monitore. Dabei ließ er erstmals einen genauen Blick über ihren Körper gleiten. Er kannte Lisa, seit sie als kleines Mädchen von vielleicht vier Jahren in das Haus Rosengarten gezogen war. Sein Vater war der Hausarzt und ein Freund der Familie gewesen und sie wohnten nur wenige Meter voneinander entfernt. Aufgrund dessen kannten sich die beiden von vielen gegenseitigen Besuchen, hatten als Kinder oft zusammen gespielt und Blödsinn gemacht. Für ihn war das Mädchen immer wie eine kleine Schwester gewesen, denn er war etwas älter als sie. Irgendwann hatten sie sich dann aus den Augen verloren, als er mit achtzehn zum Studieren in eine andere Stadt gezogen war. Sein Vater hatte ihn ein bisschen auf dem Laufenden gehalten, als sie ihren Job angefangen hatte, bis sie vor etwa zwei Jahren in die USA gegangen war. Aber seit sie im Ausland gewesen war, hatte er nichts mehr über sie erfahren. Er wusste weder, was mit ihrem Bein passiert war, noch wann genau sie zurückgekommen war.

Natürlich wusste er vom Tod ihrer Eltern – er war damals einer der Notärzte gewesen, die zu dem Unfall gerufen worden waren, aber nachdem sie bei der Beerdigung nicht aufgetaucht war, hatte er angenommen, sie hätte sich mit den Eltern über-worfen oder ähnliches. Dass sie inzwischen wieder in Deutschland war, hatte er erst heute Morgen erfahren, als sie schwer verletzt vor ihm auf dem Boden lag.

Lisa bewegte sich leicht und schlug schließlich die Augen auf. Anton lächelte sie an. „Guten Morgen, Prinzessin Lilli. Wieder unter den Lebenden?"

Lisa blickte erneut in diese leuchtend grünen Augen, die ihr schon im Krankenwagen aufgefallen waren. Wo zum Teufel hatte sie die schon einmal gesehen? Und woher kannte er ihren Spitznamen?

Prinzessin Lilli hatte sie schon lange niemand mehr genannt. Genaugenommen gab es nur einen Menschen, der sie so genannt hatte. „Teddy?", fragte sie vorsichtig, als sie begriff, wer da vor ihr saß.

Dr. Bär lächelte erneut. Er hatte fast vergessen, dass sie ihn immer so genannt hatte, als sie klein war. Für sie war er immer ihr Teddybär gewesen, der auf sie aufpasste. Und er hatte sie immer Prinzessin Lilli genannt.

„Wie geht es dir, Lisa? Hast du starke Schmerzen?"

„Es geht, danke. Was machst du hier?" Ihre Stimme war zwar noch etwas schwach, aber deutlich.

„Weißt du nicht mehr, was passiert ist?", antwortete er mit einer Gegenfrage.

Lisa dachte einen Moment nach. „Ich bin die Treppe runtergefallen, glaube ich."

„Weißt du auch, warum?"

Ja, sie wusste, warum. Weil es in ihrem Haus spukte und die Lampen nach Belieben an- und ausgingen. Aber wenn sie ihm das sagte, würde er sie vermutlich gleich in die Klapse einweisen. „Ich bin gestolpert", sagte sie deshalb.

„Wegen deinem Bein? Was ist damit passiert?"

Lisa war froh über die Ausrede, die er ihr frei Haus lieferte. „Ja, wegen meines Beines. Es ist nach einem Unfall verkürzt und manchmal habe ich Probleme beim Laufen." Anton notierte sich in Gedanken, das Bein näher zu untersuchen. Vielleicht konnten sie ja etwas für die junge Frau tun. „Aber

64

ich weiß immer noch nicht, warum du hier bist."

Anton grinste. „Ich war der Notarzt, der dich in deiner Halle aufgelesen und aufgrund eines aktuellen Ärztemangels in der Klinik operiert hat."

„*Du* hast mich operiert? Ich wusste gar nicht…"

„Was? Dass ich Arzt geworden bin?" Lisa nickte. „Bist du jetzt enttäuscht?"

„Nein, natürlich nicht. Du bist bestimmt ein guter Arzt und es war ja immer dein Traum. Ich habe nur nicht erwartet, dich wiederzusehen, nachdem du damals ohne ein Wort weggegangen bist."

„Moment. Ohne ein Wort? Aber ich habe dir doch einen Brief geschrieben und dir erklärt, warum ich weg musste. Du hast mir nur nie darauf geantwortet. Deshalb dachte ich, du wolltest nichts mehr mit mir zu tun haben."

Lisa blickte ihm in die Augen und konnte deutlich erkennen, dass er die Wahrheit sagte. Er wirkte traurig. „Ich habe deinen Brief nie bekommen, Anton. Sagst du mir, was darin stand?"

„Nicht jetzt, Lisa – nicht heute. Du brauchst noch Ruhe. Vielleicht irgendwann einmal. Jetzt ruh' dich erst einmal aus. Ich muss sowieso etwas arbeiten. Später schaue ich wieder nach dir." Anton streichelte sanft ihre Wange, beugte sich dann zu ihr hinunter und gab ihr einen sanften Kuss auf die Stirn. Lisa schloss die Augen und genoss das warme Kribbeln, das sie bei seiner Berührung spürte.

Es war genau wie damals, wenn er ihre Hand genommen oder ihr einen Abschiedskuss gegeben hatte. Anton war ihre erste und einzige große Liebe gewesen, doch davon hatte der Junge damals keine Ahnung gehabt. Wie hätte sie ihm auch erklären sollen, dass sie, das dreizehnjährige, kleine Mädchen, in den achtzehnjährigen Schulabgänger verliebt war? Er hätte sie doch nur ausgelacht. Sie war ein Kind, er ein junger Erwachsener.

Aber als er damals weggegangen war, hatte es ihr das Herz gebrochen. Nächtelang hatte sie geweint und auf eine Nachricht von ihm gewartet. Irgendwann hatte sie dann begriffen, dass er sich nicht melden würde, und versucht, ihn zu vergessen, was ihr nie wirklich ganz geglückt war.

Der Arzt stand auf und ging zur Tür.

„Anton?"

„Ja?"

„Danke, dass du da warst."

„Gern geschehen. Schlaf' jetzt, Prinzessin Lilli. Ich komme später nochmal vorbei."

Gehorsam schloss Lisa die Augen und war bald darauf wieder eingeschlafen. Während seiner Schicht kam Dr. Bär noch mehrfach bei ihr vorbei, doch meist schlief sie friedlich. Erst am frühen Nachmittag war sie wieder wach, als er ins Zimmer trat.

„Na, du siehst ja wieder viel besser aus", begrüßte er sie.

„Ich fühle mich auch schon viel besser, danke. – Du, Anton? Was genau ist mit mir passiert? Ich meine: ich weiß, wie, aber ich habe keine Ahnung, was. Ich weiß nur, dass ich keine Luft mehr bekommen habe, während ich mit dem Notruf telefoniert habe."

„Du hast eine Pfählungsverletzung gehabt, Lisa. Der Gehstock, den du wohl in der Hand gehalten hast, als du die Treppe hinuntergestürzt bist, hat sich in deine Brust gebohrt. Dadurch ist Luft in deinen Brustkorb eingedrungen und die Lunge konnte sich nicht mehr entfalten. Deshalb konntest du nicht richtig atmen. Der Stock selber hat glücklicherweise keine lebenswichtigen Organe verletzt. Du hattest verdammtes Glück bei dem Sturz. Du hättest dir alle Knochen brechen können, aber außer der Brustverletzung und einer Platzwunde am Hinterkopf konnten wir keine Verletzungen feststellen, wenn man mal von einigen Hämatomen absieht."

„Das reicht doch wohl auch", gab Lisa zu bedenken und entlockte ihm erneut ein Lächeln. „Wie lange muss ich in der Klinik bleiben?"

„Ich denke, eine Woche wirst du uns wohl treu bleiben müssen. Soll ich jemanden für dich informieren?"

„Ja, kannst du meinen Verlobten anrufen?"

Anton war für einen Moment sprachlos. „Du hast einen Verlobten?"

„Ist das so abwegig?", fragte sie amüsiert.

„Nein, natürlich nicht. Ich dachte nur… ich meine, ich wusste nicht… Vergiss es einfach! Hast du die Nummer im Kopf?" Lisa nickte und gab ihm die Nummer. „Ich rufe ihn an. Mach' dir keine Sorgen." Damit verschwand der Arzt wieder, diesmal ohne einen Abschiedskuss.

Leo kam zwei Tage später ins Krankenhaus, als Lisa bereits auf ein normales Zimmer verlegt worden war und große Fortschritte machte. In gewisser Weise tat ihr das Krankenhaus gut. Sie konnte sich endlich wieder einmal ausschlafen und hatte in den letzten Tagen auch keine Krämpfe mehr bekommen. Anton kam sie hin und wieder besuchen, wenn er im Krankenhaus war, aber irgendwie hatte sie das Gefühl, dass er sich verändert hatte. Er wirkte distanzierter als am ersten Tag.

Als Leo das Zimmer betrat, war er gerade dabei, die Wunde zu untersuchen. Er warf nur einen kurzen Blick auf den jungen Mann, der einfach auf seine Verlobte starrte und weder etwas sagte, noch sie in den Arm nahm oder sonst irgendetwas von sich gab, was seine Anteilnahme oder Sorge ausdrückte. Das verwunderte den jungen Arzt und als er die Wunde neu verbunden hatte, sah er sich ihn genauer an. Doch noch immer machte dieser keine Anstalten, Lisa zu begrüßen oder zu trösten.

„Ich geh' dann mal wieder. Melde dich, wenn etwas ist", sagte er schließlich und nahm kurz ihre Hand in seine, um sie sanft zu drücken, bevor er das Zimmer verließ.

Leo war diese Geste nicht entgangen und als der Arzt das Zimmer verlassen hatte, kam er auf Lisa zu. „Wer war das?"

„Das ist Anton. Er hat mich operiert."

„Aha. Und seit wann duzt man seinen Arzt?"

„Ich kenne Anton schon, seit ich ein kleines Mädchen war, Leo. Wir haben als Kinder zusammen gespielt."

„Ach so", meinte der junge Mann und schien ein wenig erleichtert zu sein. Er blieb nicht lange im Krankenhaus, sondern verschwand nach einer halben Stunde wieder, kam sie aber einmal am Tag besuchen, bis sie wieder nach Hause durfte.

Während der Zeit im Krankenhaus hatte Lisa viel nachgedacht. Auch wenn Anton nach dem ersten Tag im Krankenhaus eher distanziert und professionell mit ihr umgegangen war, hatte ihr seine Anteilnahme und sein besorgter Blick, als sie aufgewacht war, etwas klar gemacht: so hatte Leo sie noch nie angesehen. Weder, wenn sie ihre Krämpfe und Durfallattacken hatte, noch wenn sie ihm von den Geräuschen erzählte und auch nicht, als er sie im Krankenhaus besucht hatte. Er hatte sie nicht einmal angefasst oder sie in den Arm genommen.

Auch wenn sie vorher wusste, dass Leo kein Romantiker war, wollte sie doch getröstet werden oder eine Schulter zum Anlehnen haben, wenn es ihr schlecht ging. Doch nichts dergleichen war geschehen. Und als sie endlich nach Hause kam, hatte er nichts Besseres zu tun, als mit ihr ins Bett zu wollen. Nachdem sie ihm erklärt hatte, dass sie keine Lust hatte, war er beleidigt abgezogen und kam erst spät am Abend wieder, um sich bei ihr zu entschuldigen.

ALBTRAUM

In den nächsten Tagen gab Leo sich wieder mehr Mühe und kümmerte sich um sie, kochte, half im Haushalt und hatte sogar ein paar nette Worte. Das war gut, denn auch die nächtlichen Geräusche, verschobenen Gegenstände, Lichter, die an- und ausgingen, und hin und wieder ein Anruf mit verzerrter Stimme waren wieder da und machten die junge Frau verrückt. Auch ihre Krampfanfälle, vor denen sie im Krankenhaus Ruhe gehabt hatte, tauchten wieder öfter auf. Hin und wieder gab es aber auch Nächte, in denen überhaupt nichts passierte und wo sie nicht ein einziges Mal wach wurde.

Als Leo einige Wochen später wieder einmal auf einer Fortbildung war, wachte sie erneut mitten in der Nacht auf und hörte ein Stöhnen. Diesmal war es viel lauter als früher und Lisa kauerte sich in der hintersten Ecke des Bettes zusammen und schlang die Arme um die Beine, während sie heftig zitterte. Doch das Stöhnen wollte nicht aufhören. Sie atmete heftig und ihr Hals war ganz trocken. Deshalb griff sie nach der Wasserflasche, die neben ihrem Bett stand und trank den Rest davon aus. Danach fühlte sie sich etwas besser und als das Stöhnen schließlich verebbte, ließ sie sich in die Kissen fallen. Sie war total erschöpft und fühlte sich müde und irgendwie schwindelig. Im Halbschlaf schien ihr ihr Gehirn einen Streich spielen zu wollen, denn sie träumte, dass sich die Tür öffnete, jemand sie auszog und sie anfasste, schließlich sogar heftigen Sex mit ihr hatte. So etwas hatte sie noch nie geträumt und doch musste es ein Traum sein, denn sonst würde sie sich ja wehren, den Mann von sich wegstoßen. Aber sie tat nichts dergleichen, ließ ihn einfach gewähren und es war ihr egal.

Als sie am nächsten Morgen erwachte, kam ihr der Traum wieder in den Sinn. ,Was man doch manchmal für einen Blödsinn träumte', dachte sie kopfschüttelnd und schob das auf das ekelhafte Stöhnen, dass sie gehört hatte, bevor sie eingeschlafen war. Als sie aufstand hatte sie ein Ziehen im Unterleib. Das musste ja ein heftiger Traum gewesen sein, wenn sie ihn sogar körperlich spürte! Doch als sie ins Bad ging, wusste sie, warum sie Schmerzen hatte. Scheinbar bekam sie ihre Tage, denn sie hatte etwas Blut in der Hose. Beruhigt machte sie sich fertig und ging zur Arbeit.

Doch während des Tages wurden die Schmerzen stärker und sie wunderte sich darüber, da sie normalerweise nicht so schlimm waren. Allerdings wurden auch die Blutungen stärker und als die junge Frau immer blasser wurde, sprach ihre Kollegin ein Machtwort.

„Sie sollten besser nach Hause gehen. Oder noch besser: gleich zu einem Arzt. Sie sehen gar nicht gut aus, Frau Bode."

„Das geht nicht. Ich bin doch erst vor kurzem ausgefallen, als ich im Krankenhaus lag", widersprach Lisa und nahm sich etwas zu trinken.

„Sie hatten einen Unfall! Und jetzt sind Sie krank. Wir können Sie nicht gebrauchen, wenn Sie nicht voll bei der Arbeit sind, Frau Bode. Nehmen Sie sich den Rest des Tages frei, es sind eh nur noch zwei Stunden. Gehen Sie zum Arzt und lassen Sie sich gründlich durchchecken. Vielleicht geht es Ihnen dann morgen schon wieder besser."

„Also gut. Ich gehe zum Arzt. Vielleicht haben Sie ja Recht." Damit packte Lisa ihre Sachen zusammen, meldete sich bei ihrem Chef ab und ging zu ihrem Auto. Auf dem Weg wurde ihr kurz schwindelig, doch sie fing sich schnell wieder.

Da sie noch keinen Gynäkologen herausgesucht hatte, fuhr sie einfach zur Praxis von Dr. Bär. Antons Vater kannte sie von klein auf und würde ihr bestimmt auch helfen können. Als sie in die Praxis kam, musste sie jedoch feststellen, dass diese gut gefüllt war. Die Dame an der Anmeldung teilte ihr mit, dass es wohl ein bisschen dauern würde, bis sie dran käme und ob sie so lange warten oder lieber einen Termin für den Montag machen wollte. Da sie aber so lange nicht warten konnte, biss Lisa in den sauren Apfel und setzte sich ins Wartezimmer. Während sich dieses langsam leerte, fühlte sich die junge Frau immer schwächer. Doch sie wollte sich nicht vordrängeln. Die anderen Patienten hatten mit Sicherheit auch Beschwerden, sonst wären sie ja nicht hier.

Endlich wurde sie aufgerufen und stand schwerfällig auf. Sie bemerkte nicht einmal, dass ihre Hose inzwischen blutdurchtränkt war. Und sonst war niemand mehr da, der es hätte bemerken können. Sie war scheinbar die letzte Patientin für Dr. Bär an diesem Tag.

Als sie das Untersuchungszimmer betrat, erwartete sie den freundlichen, älteren Herren, der an einem Schreibtisch sitzen und sie erwartungsvoll anlächeln würde. „Guten Tag, Dr. Bär, ich bin…" Lisa blieb der Satz im Hals stecken, als sie bemerkte, wer da vor ihr stand. „Anton? Was machst du denn hier?"

„Hallo Lisa. Was soll ich hier schon machen? Patienten behandeln natürlich."

„Aber du arbeitest doch im Krankenhaus." Die junge Frau war so überrascht, dass sie für einen Moment sogar ihren Schwindel vergaß.

„Das stimmt so nicht ganz. Montags und freitags bin ich in der Praxis, damit mein Vater sich ein bisschen zurückziehen kann. Er ist inzwischen auch nicht mehr der Jüngste. Den Rest der Woche arbeite ich in der Klinik oder auch mal als Notarzt. Das variiert je nach Bedarf. – Also, was kann ich für dich tun, Lisa?"

„Ich wollte eigentlich zu deinem Vater, Anton. Ich weiß nicht…", fing sie unschlüssig an.

„Hey, ich bin genauso Arzt, wie mein Vater", lächelte Anton und kam langsam auf sie zu. Jetzt erst bemerkte er, wie blass sie wirkte. „Lisa, was ist passiert?" Er griff nach ihrem Arm und in diesem Moment versagten ihr die Beine. „Verdammt!", schimpfte der junge Arzt und fing sie im Fallen auf, um sie auf die Behandlungsliege zu legen. Dabei bemerkte er auch das Blut, dass ihre Hose hinten durchtränkt hatte. „Regina! Ich brauche hier Hilfe!", rief er laut und kurz darauf kam die Sprechstundenhilfe durch die Tür.

„Was ist los?"

„Ich weiß es nicht! Sie ist zusammengebrochen und scheint stark zu bluten. Was hat Frau Bode gesagt, warum sie zu uns kommt?"

„Sie sagte, dass sie seit heute Morgen Unterleibsbeschwerden und in den letzten Stunden mit dem Kreislauf Probleme hätte. Mehr weiß ich auch nicht."

„In Ordnung. Rufen sie einen Rettungswagen! Und falls wir noch Patienten haben, schicken sie sie bitte weg oder rufen Sie meinen Vater an, dass er kommt. Frau Bode muss sofort in die Klinik."

Die Frau nickte und verschwand, während er Lisa einen Zugang legte, um den Blutverlust auszugleichen. Anschließend befreite er sie von der durchweichten Hose und zog das Ultraschallgerät heran, um die Ursache für die Blutung zu suchen. Wenig später waren die Sanitäter da und betteten die junge Frau auf die Trage. Anton begleitete sie, während er versuchte, den Kreislauf seiner Jugendfreundin aufrecht zu halten. „Gib' mir mal die Funke", bat er im Krankenwagen. „Ich brauche eine

Verbindung mit der Lukas-Klinik", sprach er kurz darauf in das Funkgerät.

„Lukas-Klinik. Ich höre."

„Hier ist Dr. Bär. Wir sind auf dem Weg zu euch. Patientin weiblich, dreiundzwanzig, Verdacht auf Spontanabort mit starkem Blutverlust, Kreislauf instabil. Macht bitte einen OP fertig und wir brauchen jemanden von der Gyn und Konserven, Blutgruppe AB negativ."

„Verstanden. Wir bereiten alles vor."

Der Arzt reichte das Funkgerät zurück und wandte sich wieder Lisa zu.

Lisa bekam von alledem nichts mehr mit und hatte keine Ahnung, wie ihr alter Freund und seine Kollegen um ihr Leben kämpften. Als sie endlich wieder zu sich kam und die Augen aufschlug, glaubte sie, ein Déjà-vu zu haben. Sie lag auf der Intensivstation und neben ihrem Bett saß Anton. Doch dann bemerkte sie den Unterschied. Der junge Mann lächelte sie nicht an, wie er es das letzte Mal getan hatte. Im Gegenteil, er starrte traurig auf den Monitor und schien gar nicht zu bemerken, dass sie aufgewacht war und die Augen geöffnet hatte. Lisa blickte sich um und bemerkte zwei Infusionen, die in ihren Körper liefen. Was war nur passiert? Sie war doch nur zum Arzt gegangen, weil sie Unterleibs-schmerzen hatte. Sie wusste noch, dass sie über-rascht war, weil Anton und nicht sein Vater im Behandlungszimmer war und dann setzte es aus.

„Was ist passiert?", fragte sie schließlich. Anton wandte ihr den Blick zu. Hatte er etwa geweint? Doch er sagte kein Wort und blickte sie nur traurig an. Während sie langsam wieder klarer im Kopf wurde und immer noch auf eine Antwort wartete, veränderte sich sein Gesichtsausdruck jedoch und wich eindeutig Enttäuschung. Lisa hatte immer noch keine Ahnung, was los war, als er endlich seine Stimme wiederfand.

„Warum, Lisa?", fragte er nur.

„Warum was?"

„Warum hast du das getan? Warum hast du zuge-lassen, dass er das macht?"

Lisa verstand kein Wort. „Was habe ich getan oder zugelassen?"

Anton stand auf und drehte ihr den Rücken zu, während er versuchte, sich selber unter Kontrolle zu bringen. Dann drehte er sich wütend wieder zu ihr um. „Verdammt nochmal, Mädchen! Kapierst du eigentlich, dass du dein Kind verloren hast? Und dabei selber fast draufgegangen wärst?"

Es dauerte eine Weile, bis Lisa seine Worte begriffen hatte, und sie schüttelte schließlich den Kopf. „Ich habe keine Ahnung, was hier gerade gespielt wird. Aber wovon zum Teufel redest du eigentlich? Wieso habe ich ein Kind verloren? Das kann doch gar nicht sein!"

Anton hob den Kopf und seine Stimme war etwas sanfter, als zuvor. „Du wusstest nicht, dass du schwanger warst?"

„Ist das wirklich dein Ernst? Aber ich kann doch gar nicht schwanger sein. Leo benutzt immer ein Kondom. Das haben wir schon vor langer Zeit vereinbart, weil er… weil ich die Pille nicht vertrage", verbesserte sie sich schnell. Sie konnte Anton ja schlecht sagen, dass sie die Vermutung hatte, dass Leo hin und wieder auch mit anderen Frauen ins Bett ging, um seine Sex-Lust zu befriedigen. Anton hob den Kopf. Er hatte deutlich gemerkt, dass sie eigentlich etwas Anderes sagen wollte. Doch er verkniff es sich, weiter nachzufragen. Eigentlich ging ihn das auch gar nichts an.

„Tatsache ist jedenfalls, dass du im zweiten Monat warst, Lisa. Und letzte Nacht habt ihr es wohl ein bisschen zu sehr übertrieben, du und dein *Verlobter*." Lisa hörte die Bitterkeit in seiner Stimme, als dieser das letzte Wort aussprach.

„Aber Leo ist doch gar nicht da", sagte sie leise.

Das Gesicht des Arztes verzog sich zu einer Grimasse. „Ach, fremdgehen tust du also auch noch!", stellte er fest und stand auf, um den Raum zu verlassen.

Er war bereits an der Tür, als sie endlich ihre Sprache wiederfand. „Anton. Bleib!" Der Arzt stockte nur eine Sekunde, legte dann aber die Hand auf die Klinke. „Bitte, Teddy. Ich brauche dich." Ihre Stimme klang jetzt flehend, als sie die letzten Worte sprach und langsam senkte sich die Hand von der Klinke und er drehte sich um. „Ich schwöre dir, dass es nicht so war", sagte sie leise und er wusste selber nicht so genau, warum er ihr plötzlich glaubte. Langsam kam er zurück und setzte sich wieder auf den Stuhl. „Bitte, Teddy. Du musst mir glauben. – Ja, du hast Recht: Leo ist manchmal ein bisschen... übereifrig. Aber ich habe noch nie ohne Kondom mit ihm geschlafen. Wie kann es daher sein, dass ich schwanger geworden bin? Und ich schwöre dir jeden Eid, den du hören willst, dass ich letzte Nacht keinen Sex hatte. Und auch keinen Männerbesuch. Leo ist auf einer Fortbildung und ich war ganz alleine." ,Ganz alleine mit meiner Angst, merkwürdigen Geräuschen und komischen Träumen', fügte sie in Gedanken hinzu.

„Lisa. Ich bin Arzt. Ich war bei der OP dabei, habe die Verletzungen gesehen: die Risse und die Hämatome. Wenn du das nicht freiwillig mitgemacht hast, dann gibt es nur eine andere Alternative. Lisa, wurdest du vergewaltigt?"

„Nein, verdammt nochmal! Ich sage doch, dass ich alleine war. Ich bin von einem Geräusch aufgewacht, habe etwas getrunken und bin dann eingeschlafen. Das einzig Komische war dieser merkwürdige Traum. So etwas habe ich noch nie geträumt."

„Was für ein Traum?"

Lisa lief leicht rot an. „Ich habe geträumt, dass meine Tür aufging und ein Mann hereinkam, der mich auszog. Er ist über mich hergefallen, ziemlich heftig sogar. Ich wusste, dass es nur ein Traum war, weil ich mich sonst gewehrt hätte. Ich hätte niemals zugelassen, was er mit mir gemacht hat."

„Es sei denn, du konntest dich nicht wehren", sagte Anton leise, stand auf und ging zur Tür. „Schwester?", rief er, als er sie geöffnet hatte.

„Ja, Dr. Bär."

„Wir haben Frau Bode doch bei der Einlieferung Blut abgenommen. Ich möchte, dass sie einen kompletten Tox-Screen fahren. Und das ganze möglichst schnell."

„Irgendetwas Bestimmtes, nach dem wir suchen sollen?"

„Keine Ahnung. Irgendetwas, das einen willenlos macht: LSD, Speed, Extasy... Testet einfach alles."

Als er wieder zurück zu Lisa kam, blickte sie ihn fragend an. „Kannst du mir bitte mal erklären, was hier los ist?"

Er setzte sich auf ihre Bettkannte und nahm ihre Hand. „Es gibt gewisse Drogen, die einen Menschen willenlos machen. So ist es möglich, dass eine Frau vergewaltigt wird, ohne etwas davon mitzubekommen oder zu mindestens, ohne sich zu wehren. Und wenn du die Wahrheit sagst und du und Leo immer nur mit Kondom geschlafen habt, kann es sein, dass das nicht das erste Mal war. Kannst du dich noch an weitere Träume erinnern, ähnlich dem von vorletzter Nacht?"

Lisa schüttelte den Kopf. „Nein, Träume nicht, aber ich hatte ab und zu schon einmal Schmerzen, wenn ich morgens aufgewacht bin. Und das waren meist Nächte, in denen ich durchgeschlafen habe."

„Ist das so ungewöhnlich, dass du durchschläfst?"

Lisa antwortete nicht und senkte verlegen den Kopf.

„Hey, Prinzessin Lilli. Wenn ich dir helfen soll, muss ich schon wissen, was los ist. Warum schläfst du sonst nicht durch?"

„Weil es im Haus spukt", kam es sehr leise aus ihrem Mund.

Anton riss die Augen auf. „Bitte was?"

„Es spukt im Haus Rosengarten."

„Seit wann denn das?"

„Seit dem Tod meiner Eltern."

„Du willst mir jetzt aber nicht weiß machen, dass deine Eltern dich nachts in ihrem Haus heimsuchen, oder?", fragte er leicht amüsiert.

„Das ist nicht lustig!", sagte sie ernst. „Im Gegenteil. Die Sache ist todernst. Einmal hätte es mich fast das Leben gekostet, wenn du nicht rechtzeitig gekommen wärst."

„Der Treppensturz? Du bist also nicht gestolpert?"

„Nein, bin ich nicht", gab sie zu und dann sprudelten die Ereignisse aus ihr hervor. Sie erzählte ihm von dem Klopfen und dem Stöhnen, welche sie regelmäßig hörte, und sie in den Wahnsinn trieben. Dann berichtete sie von den Lampen, die an- oder ausgingen, und die der Grund waren, warum sie die Treppe hinuntergestürzt war. Und von den Sachen, die verschwanden oder woanders standen sowie den verschwundenen und beschädigten Dateien auf ihrem Laptop.

Anton dachte einen Augenblick darüber nach. „Ist

80

das auch der Grund, warum du so blass und… – verzeih', wenn ich das so sage – unterernährt aussiehst?"

„Auch, aber das hat schon vorher angefangen. Seit ich diese Krämpfe bekommen habe."

„Seit wann hast du das?"

„Seit ich vom Tod meiner Eltern erfahren habe. Ich war deshalb auch beim Arzt, aber der konnte nichts finden und meinte, es sei psychosomatisch und würde irgendwann weggehen."

„Was für Symptome hast du da?"

„Hauptsächlich Bauchkrämpfe und meistens heftigen Durchfall. Ähnlich, wie meine Reaktion auf Laktose, da geht es mir genauso dreckig. Aber wir achten streng darauf, keine Laktose zu uns zu nehmen. Leo hat auch eine Intoleranz. Aber ihm geht es gut, deshalb kann es das nicht sein."

„Sag' mal, weiß dein Verlobter eigentlich über deine finanziellen Verhältnisse Bescheid?"

„Na ja. Nicht genau. Er weiß, dass ich gut verdiene und dass ich das Haus geerbt habe, aber von dem Vermögen meiner Eltern kann er eigentlich nichts wissen. Warum fragst du?"

Anton kam sich gerade ein bisschen wie ein Detektiv vor, während er sie ausfragte. „Wäre es vielleicht möglich, dass er hinter allem steckt?"

„Das kann nicht sein", widersprach Lisa. „Wenn die Geräusche kamen oder das Licht anging, lag Leo immer im Bett und hat geschlafen. Er ist weder aufgestanden noch hat er sich gerührt. Wie soll er da irgendwelche Geräusche machen, wenn er doch neben mir liegt?"

„Ich weiß auch nicht. War nur so eine Vermutung. Wie lange kennt ihr euch eigentlich?"

„Seit eineinhalb Jahren. Damals hat mich ein Motorradfahrer angefahren und ich lag lange im Krankenhaus. Leo war einer der Pfleger. Wir haben uns angefreundet und als ich entlassen wurde, hat er sich um mich gekümmert und ist sogar zu mir gezogen. Und als meine Eltern gestorben sind, ist er sogar mit mir nach Deutschland gekommen."

„Und seit wann seid ihr verlobt?"

„Er hat mich kurz nachdem wir angekommen sind gefragt."

„Sei mir bitte nicht böse, Lisa. Aber ich traue dem Kerl nicht. Überleg' mal! Wer macht seiner Freundin einen Heiratsantrag, kurz nachdem ihre Eltern gestorben sind?"

„Na ja, einen Antrag hat er mir eigentlich auch gar nicht gemacht", gab sie zu.

Anton war überrascht. „Aber du hast doch gerade…"

„Er hat mir gesagt, dass es eine gute Idee wäre, wenn wir heiraten würden. Leo ist nicht so der romantische Typ, musst du wissen."

„Den Eindruck macht er auch nicht wirklich. Was mich allerdings überrascht, da ich immer den Eindruck hatte, du wärst ziemlich romantisch veranlagt."

Ein leichtes Lächeln huschte über ihr Gesicht. „Da

hast du ja auch Recht. Das ist auch der Grund, warum ich seit meinem letzten Krankenhausaufenthalt überlege, ob…"

„Ja?", fragte der Arzt.

„…ob es richtig war, sich mit ihm zu verloben. Wir sind so verschieden. Für Leo hat Sex nichts mit Gefühlen zu tun, sondern mit einem Verlangen. Deshalb auch die Kondome. Ich bin mir nicht sicher, ob er…" Lisa brach verlegen ab.

„Du glaubst, er schläft auch mit anderen Frauen?" Sie nickte. „Mensch, Mädel. Schieß' ihn in den Wind. Du verdienst etwas Besseres, als so einen! Selbst wenn er nicht hinter den Spukgeschichten stecken sollte, ist er ein Arschloch. Schmeiß' ihn raus und such' dir jemanden, der dich wirklich liebt."

Lisa ließ ein gehässiges Lachen hören und schlug die Bettdecke von ihrem linken Bein. „Als wenn irgendjemand einen Freak lieben könnte. Ich habe nicht mehr wirklich die Wahl."

Endlich verstand Anton und zog sie tröstend in seine Arme. „So etwas darfst du gar nicht erst denken, Lisa. Wenn die Narben jemanden abschrecken, dann hat er dich nicht verdient. Du bist so viel mehr, als ein kaputtes Bein. Du bist hübsch, erfolgreich, intelligent und liebenswert. Mensch, Kleines. Wenn du doch bloß früher den Mund aufgemacht hättest." Anton hielt sie eine Weile in seinen Armen, bevor er sie schließlich wieder losließ. „Du solltest dich jetzt besser ausruhen, Lisa. Du hast viel Blut verloren."

„Anton?"

„Ja?

„Kann ich…? Ich meine, bin ich noch… eine richtige Frau?"

„Natürlich bist du eine richtige Frau, Lisa. Aber ich vermute mal, dass du wissen willst, ob du noch Kinder bekommen kannst. Die Frage kann ich dir leider nicht hundertprozentig beantworten. Aber wenn alles gut verheilt, stehen die Chancen sehr gut, dass du irgendwann Mutter werden kannst." Er legte ihr sanft die Hand an die Wange, über die eine Träne kullerte, beugte sich zu ihr und gab ihr einen Kuss auf die Stirn. „Schlaf' jetzt ein bisschen."

BEZIEHUNGSENDE

Lisa blieb bis Dienstag in der Klinik. Als sie entlassen wurde, teilte ihr Anton mit, dass sie bei der Blutuntersuchung leider keine Drogen oder Ähnliches nachweisen konnten.

„Ist das jetzt gut oder schlecht?"

„Eher schlecht", stellte der Arzt fest. „Nach dem, was du erzählt hast, kann es eigentlich nicht anders gewesen sein. Aber es gibt Wirkstoffe, die nur sehr kurz nachweisbar sind. Also hat der Test nicht wirklich viel zu sagen. Trotzdem solltest du zur Polizei gehen und Anzeige erstatten. Immerhin haben wir die ärztlichen Unterlagen. Vielleicht reicht das für eine Ermittlung. – Hier ist meine Handy-Nummer, Lisa. Darüber kannst du mich Tag und Nacht erreichen. Ruf' mich bitte an, wenn etwas sein sollte. – Und denke darüber nach, was ich dir bezüglich Leo gesagt habe."

Lisa nickte, nahm den Zettel, den er ihr hinhielt, und umarmte ihn. „Vielen Dank für alles, Teddy."

„Gern geschehen", grinste der junge Arzt. „Allerdings wäre es mir lieber, wenn ich dich das nächste Mal nicht in einem Rettungswagen wiedersehen würde."

„Ich gebe mir Mühe", lächelte sie matt.

Lisa fuhr mit dem Taxi zur Praxis von Dr. Bär und seinem Sohn, weil dort noch ihr Auto parkte. Anschließend fuhr sie die kurze Strecke nach Hause. Als sie das Haus betrat, in dem sie aufgewachsen war, kam es ihr plötzlich richtig bedrohlich vor. Konnte es wirklich sein, dass nachts jemand in dieses Haus eindrang, um sie zu vergewaltigen? Und wenn es so wäre, wie hatte derjenige es geschafft, ihr die Drogen zuzuführen? Lisa dachte darüber nach, als sie ihren Mantel aufhängte. Sie war mitten in der Nacht von den Geräuschen wach geworden, lange nachdem sie das letzte Mal etwas zu sich genommen hatte.

Doch dann stockte sie plötzlich in ihren Grübeleien. Sie hatte in der Nacht einen Schluck Wasser getrunken – aus der Flasche, die immer am Bett stand. Es war eine angefangene Flasche gewesen, das hieß, falls jemand Zutritt zum Haus hatte, hätte er dort etwas hineinfüllen können, was sie dann beim Trinken zu sich nahm. Das wiederum würde aber auch bedeuten, dass Rückstände dieser Substanz noch immer in der Flasche vorhanden sein könnten.

Lisa spürte deutlich die Erregung, die sie ergriff, als sie mit zügigen Schritten die Treppe hinauflief. Doch obwohl sie alles absuchte, war keine Spur der Wasserflasche zu entdecken. „Das gibt es doch nicht", schimpfte sie laut und ging schließlich zum Vorratsschrank in der Küche, in dem sie auch ihr Leergut sammelte. Aber auch dort konnte sie besagte

Wasserflasche nicht finden. Enttäuscht ließ sie sich auf den Küchenstuhl fallen. Ihr fiel ein, dass Anton gesagt hatte, sie solle zur Polizei gehen und eine Anzeige machen. Aber würden die sie nicht auslachen oder für geistig verwirrt halten, wenn sie ihnen ihre Vermutung erzählte, nämlich dass sie glaubt, jemand habe sie mit einer Droge in ihrer eigenen Wasserflasche betäubt, die jedoch spurlos verschwunden sei. Und dass er sie anschließend vergewaltigt hätte, woran sie sich aber nicht wirklich erinnern konnte. Außerdem... woher sollte der Eindringling denn gewusst haben, wann genau sie das Wasser zu sich nahm? Immerhin stand die Flasche schon länger. Eben für den Fall, dass sie nachts mal Durst bekam. Dann musste sie wenigstens nicht bis in die Küche laufen.

Lisa entschied sich dafür, das mit der Anzeige zu lassen. Es war schon schlimm genug, dass sie selber dachte, den Verstand zu verlieren. Damit musste man nicht auch noch hausieren gehen. Vermutlich würden sie die Polizisten gleich einweisen lassen, wenn sie mit ihrer Geschichte dort antanzte.

Während sie noch darüber nachdachte, hörte sie den Schlüssel im Schloss und wenige Minuten später stand Leo in der Küche. „Da bist du ja", stellte er etwas ungehalten fest. „Warum gehst du denn nicht an dein Telefon?"

„Ich konnte nicht", sagte sie einfach und versuchte, in seinem Gesicht zu lesen, ob Antons Vermutungen richtig sein könnten. Steckte er hinter allem?

„Warum nicht?", fragte er verwundert.

„Weil ich im Krankenhaus gelegen habe. Darum."

Leo blickte überrascht. „Schon wieder? Was hast du denn angestellt?"

Die junge Frau glaubte ihren Ohren nicht zu trauen. Da war nicht die Spur einer Anteilnahme oder Sorge zu erkennen. Bei ihrem nächsten Satz beobachtete sie ihn genau. „Ich wurde vermutlich vergewaltigt und habe dabei eine Fehlgeburt erlitten."

„Wie? Du warst schwanger?" Lisa nickte. „Na, ja. Nicht so schlimm. Ich will eh keine Kinder." Damit drehte er sich um, um sich etwas aus dem Kühlschrank zu holen, und Lisa klappte der Mund herunter.

„Ist das alles, was du dazu zu sagen hast?", fragte sie schließlich, als sie endlich ihre Stimme wiedergefunden hatte.

„Was soll ich denn sonst sagen. Fehlgeburten passieren eben."

„Das glaub' ich jetzt aber nicht. Wie konnte ich die ganze Zeit nur so blind sein? Ich wurde überfallen, habe mein Kind verloren und wäre fast dabei gestorben und alles, was dir dazu einfällt ist ‚*das passiert halt*'?" Lisa streifte sich den Ring vom Finger und drückte ihn Leo in die Hand. „Hier ist dein Ring. Ich will ihn nicht mehr. Ich hätte der Verlobung nie zustimmen dürfen. Verschwinde aus meinem Leben. Ich gebe dir bis Ende der Woche, dann verlässt du mein Haus!"

„Bist du jetzt völlig durchgedreht?"

„Im Gegenteil", antwortete Lisa ruhig. „Ich bin seit Wochen das erste Mal richtig klar im Kopf. Du hast mir damals im Krankenhaus sehr geholfen und dafür danke ich dir. Aber ich hätte nie eine Beziehung mit dir anfangen dürfen. Das war ein Fehler, den ich inzwischen bereue."

„Du spinnst, Lisa. Was haben die im Krankenhaus mit dir gemacht? Oder steckt da dieser komische Arzt dahinter?"

„Du meinst Dr. Bär? Nein, der hat damit nichts zu tun. Er hat mir nur zum wiederholten Male das Leben gerettet. Und ich habe nicht vor, dieses Leben wegzuwerfen, nachdem er mich zweimal wieder zusammengeflickt hat."

„Jetzt übertreibst du aber!", stellte er wütend fest.

„Ach ja? Tu ich das? – Na, du musst es ja wissen!"

Leo blickte nun verwirrt. „Wie meinst du das?"

„Genauso wie ich es gesagt habe! Wenn du zurück in die Staaten willst, spendiere ich dir ein Flugticket. Falls du in Deutschland bleiben willst, kannst du von mir aus das kleine Auto behalten. Ich brauche es nicht. Du kannst es auf dich ummelden. Aber bis Ende der Woche bist du verschwunden und dann möchte ich dich nicht mehr sehen." Lisa drehte sich um und ging in Richtung Treppe. Sie wollte alleine sein, doch Leo hielt sie am Handgelenk fest und drehte sie zu sich um.

„Nach allem, was ich für dich getan habe, schießt

du mich einfach so in den Wind? Ich habe für dich meinen Job aufgegeben und bin mit dir nach Deutschland gekommen. Und du willst mich mit einem Flugticket oder einem alten Auto abspeisen?"

„Das ist also der Grund, warum du mich heiraten wolltest. Du willst an die Kohle meiner Eltern. Nimm' dich in Acht, Leo. Oder du fliegst schneller hier raus, als dir lieb ist."

„Keine Angst. Ich melde das Auto morgen um, wenn du mir die Unterlagen gibst und dann suche ich mir was Neues. Jetzt muss ich erst einmal hier raus." Damit nahm er seine Jacke und den Autoschlüssel und verschwand wieder.

Als Lisa hörte, wie das Auto die Auffahrt entlang fuhr, ging sie ins Arbeitszimmer und holte aus dem Safe die Fahrzeugpapiere des Kleinwagens hervor, die sie dann im Schlafzimmer auf sein Bett legte. Anschließend schnappte sie sich ihr Bettzeug, ihren Schlafanzug und ein paar Kleidungsstücke und ging in ihr altes Kinderzimmer, wo sie nun übernachten wollte. Sorgfältig verschloss sie die Tür, drehte den Schlüssel um und kontrollierte erneut, ob die Tür zu war, bevor sie sich im kleinen, angeschlossenen Badezimmer für die Nacht fertig machte und schließlich ins Bett ging.

Erst als sie auf der Matratze lag und an die Decke starrte, wurde ihr bewusst, was passiert war. Sie fing leise an zu weinen, aber nicht, weil sie ihren Freund verloren hatte. Es waren Tränen der Wut und der Enttäuschung. Hatte es Leo die ganze Zeit nur auf ihr Geld abgesehen? War das der Grund gewesen, warum er in San Franzisco zu ihr gezogen war? Weil sie eine große Wohnung hatte und gut verdiente? Und als ihre Eltern gestorben waren und ihr Anwalt ihr mitgeteilt hatte, dass sie Alleinerbin ihrer Eltern sei – war er deshalb mit nach Deutschland gekommen und hatte ihr kurz darauf gesagt, er wolle sie heiraten? Weil er dann ein Anrecht auf einen Anteil an dem Vermögen hatte? Und sie war die ganze Zeit auf ihn reingefallen, hatte geglaubt, er würde sie trotz ihrer Behinderung lieben.

Doch wenn sie ganz ehrlich zu sich selber war, hatte sie ihn auch nicht wirklich geliebt. Sie war froh gewesen, dass er da war, dass sie jemanden hatte, wenn es ihr schlecht ging – aber wirklich geliebt hatte sie ihn nicht. Sie hatte sich mit ihm arrangiert, aber dieses Gefühl, von dem sie so oft in Büchern gelesen hatte, als wenn kleine Schmetterlinge im Bauch herumflogen – das hatte sie nie gespürt. Weder bei Leo, noch bei irgendeinem anderen Mann, mit dem sie jemals zu tun hatte, seit sie erwachsen war. Dieses Gefühl hatte sie nur einmal gehabt – und damals war sie noch ein Mädchen gewesen und viel zu jung, um für dieses Gefühl zu kämpfen, auch wenn dieser Kampf sowieso aussichtlos gewesen wäre.

Lisa machte sich auf eine unruhige Nacht gefasst, erwartete jeden Moment die Geräusche oder die Lichter im Haus, doch nichts geschah. Vielleicht hatte Anton doch Recht und Leo war dafür verantwortlich. Und da er weggefahren war, konnte er natürlich nicht spuken. Doch dann fiel ihr ein, dass Leo weder in der Nacht, in der sie die Treppe hinuntergestürzt war, noch in der Nacht der Vergewaltigung anwesend gewesen war. Er war auf seiner Fortbildung kilometerweit entfernt und konnte also gar nichts damit zu tun haben.

Schließlich schlief sie doch ein und so gut hatte sie schon lange nicht mehr in diesem Haus geschlafen. Nur ein einziges Mal wachte sie auf, als Leo nach Haus kam. Sie hörte, wie er die Tür aufschloss und die Treppe hinauf ins Schlafzimmer ging. Kurz darauf war es wieder ruhig und Lisa schlief bald erneut ein.

Da sie die Woche noch krankgeschrieben war und sich noch ein bisschen schonen sollte, blieb sie am Morgen einfach in ihrem Bett, während sie hörte, wie Leo sich für die Arbeit fertig machte. Erst als sie das Auto davon fahren hörte, stand sie auf, machte sich fertig und ging schließlich in die Küche, um sich etwas zu Essen zu machen. Sie fühlte sich nach einer heißen Schokolade und nachdem sie die laktosefreie Milch aufgewärmt und das Kakaopulver untergerührt hatte, setzte sie sich gemütlich an den Küchentisch. Das warme Getränk fühlte sich angenehm in ihrem Bauch an. Dazu aß sie eine Scheibe Toast.

Anschließend ging sie erneut an den Safe und holte den Schmuck ihrer Mutter hervor. Nachdem sie einige Stücke aussortiert hatte, die sie gerne behalten wollte, packte sie den Rest ein. Sie wollte zu einem Geschäft fahren, das Schmuck an- und wieder verkaufte und die Stücke schätzen lassen. Vielleicht würde sie sie verkaufen, sie war sich noch nicht sicher. Aber eigentlich brauchte sie den Schmuck nicht – er würde sowieso nur im Safe liegen. Eine halbe Stunde später betrat sie das Geschäft, musste aber noch einen Moment warten, da sich noch Kunden im Laden befanden.

Deshalb nutzte sie die Zeit, um sich ein wenig umzusehen. Es gab eine große Auswahl an allen möglichen Ketten, Uhren, Ringen und Armbändern. Da sie nun keinen Verlobungsring mehr trug, fühlte sich ihre Hand ein wenig leer an und sie beschloss, nach etwas hübschem Ausschau zu halten. Deshalb blieb sie an einem Kasten stehen, in dem dutzende von Ringen steckten.

„Suchen Sie etwas Bestimmtes?"

Lisa wirbelte herum. Sie hatte gar nicht bemerkt, wie der Besitzer des Ladens hinter sie getreten war. „Ehm. Ja. Ich würde mir gerne mal die Ringe ansehen."

„Kein Problem. Folgen Sie mir bitte." Der Verkäufer holte den Kasten aus der Vitrine und führte sie zu einem Tresen. In den nächsten Minuten probierte sie einige Ringe an, bis ihr Blick auf ein Stück fiel, dass ihr bekannt vorkam. Als sie danach griff und die Innenseite betrachtete, traten ihr Tränen in die Augen.

„Diesen hier nehme ich", sagte sie schließlich.

„Aber wollen Sie ihn nicht erst einmal anprobieren?"

„Nicht nötig. Ich kenne diesen Ring. Er gehörte meiner Mutter. Wissen Sie noch, wo sie ihn herhaben?"

„Tut mir leid. Das kann ich Ihnen nicht mehr sagen. Es ist schon einige Wochen, wenn nicht Monate her. Ich meine mich zu erinnern, dass ein junger Mann ihn verkauft hat, aber sicher bin ich nicht mehr. – Der Ring wurde doch wohl nicht gestohlen?"

„Das weiß ich leider nicht. Aber ich möchte ihn zurückhaben."

„Er ist aber nicht ganz billig."

„Das ist mir bekannt. Ich kaufe ihn trotzdem. Aber ich möchte gerne einen Beleg haben, falls sich doch noch herausstellen sollte, dass er gestohlen wurde."

Der Verkäufer nickte, packte den Ring ein, stellte eine Quittung aus und Lisa bezahlte den veranschlagten Preis. „Kann ich sonst noch etwas für Sie tun?"

„Ja", sagte Lisa, „eigentlich bin ich gekommen, weil ich das hier schätzen lassen wollte." Sie holte den Schmuck ihrer Mutter hervor und breitete ihn auf dem Tisch aus.

„Da sind sehr schöne Stücke dabei, junge Frau. Gehört das alles Ihnen?"

„Ja, es ist der Schmuck meiner verstorbenen Mutter, den ich nicht mehr benötige. Ich habe nur ein paar besondere Stücke behalten."

„Das wird allerdings eine Weile in Anspruch nehmen. Wir müssen die Stücke erst prüfen. Wenn Sie möchten, gebe ich Ihnen eine Quittung und Sie lassen den Schmuck hier. Wir melden uns dann bei Ihnen, wenn wir die Schätzung fertig haben und Sie können entscheiden, ob Sie ihn verkaufen wollen oder nicht. Wäre das ein Angebot?"

„Natürlich, das können wir gerne machen. Wie lange wird das dauern?"

„Ein paar Tage, nicht mehr als eine Woche", antwortete der Mann, während er die Stücke ordentlich sortierte und nebeneinander aufreihte, um anschließend eine Quittung über die Gegenstände auszustellen. Zum Schluss machte er noch zwei Polaroid-Fotos. Eins davon händigte er Lisa zusammen mit der Quittung aus, während er das zweite, die Schmuckstücke und Lisas Namen und Telefonnummer, die er sich auf einem Zettel notiert hatte, vorsichtig in eine Schatulle legte.

Während er arbeitete, merkte Lisa, wie ihr übel wurde und sie Krämpfe bekam. Deshalb verabschiedete sie sich recht schnell, nachdem sie das Foto und die Quittung entgegengenommen hatte und machte sich so schnell wie möglich auf den Weg nach Hause. Dort warf sie ihre Sachen einfach auf den Schreibtisch und schaffte es gerade noch ins Badezimmer, bevor der Durchfall losging und die Schmerzen immer stärker wurden. Erst zwei Stunden später ging es ihr wieder etwas besser und sie ging nach unten. Sie kontrollierte die Milch, die sie heute Morgen getrunken hatte und auch den Brotaufstrich und das Toast. Sie las sogar die komplette Zutatenliste des Aufstrichs durch, um sicher zu stellen, dass dort keine Laktose enthalten war. Aber alles schien vollkommen in Ordnung zu sein. Sie verstand das einfach nicht.

Vielleicht hatten die Ärzte Recht und es war wirklich etwas Psychosomatisches. Immerhin hatte sie sich gerade von ihrem Verlobten getrennt und im Geschäft den Ring ihrer Mutter wiedergefunden, den sie bereits vermisst hatte. Und dann hatte sie noch die restlichen Schmuckstücke zum Geschäft gebracht. Vielleicht nahm sie das alles doch mehr mit, als sie glaubte und ihr Körper zeigte es ihr eben auf eine recht unangenehme Art.

Lisa fühlte sich schlaff und ausgelaugt und legte sich daher wieder auf ihr Bett, wo sie schließlich erschöpft einschlief. Erst am frühen Nachmittag wachte sie wieder auf und ging ein wenig in den Garten, um die frische Luft zu genießen. Sie hörte, wie Leo nach Hause kam und den Wagen abstellte, blieb aber dennoch auf der Bank sitzen und genoss die warmen Strahlen der Sonne, die vom Himmel schienen. Sie hatte sich beim Rausgehen ein Buch mitgenommen und griff schließlich danach, um ein bisschen zu lesen. Dabei vertiefte sie sich so in die Lektüre, dass sie ganz erstaunt den Kopf hob, als Leo plötzlich vor ihr stand.

„Möchtest du etwas mitessen, Lisa? Ich würde gerne mit dir reden."

Die junge Frau nickte, klappte das Buch zu und folgte dem Mann ins Haus. Es gab Kartoffeln, Mais und Putenschnitzel. Alles völlig ungefährlich, doch Lisa hatte Angst, ihr könnte wieder schlecht werden, sobald sie etwas aß und hielt sich daher zurück. Lediglich ein kleines bisschen zwang sie sich zu essen. Leo fiel das natürlich auf und er schien besorgt, als er fragte: „Ist alles in Ordnung mit dir? Davon kannst du doch nicht satt werden."

„Ich habe keinen Hunger, danke. Habe vorhin schon etwas gegessen", log sie, damit er nicht weiter nachfragte. Ihr Gesundheitszustand ging ihn schließlich nichts mehr an. „Du wolltest etwas mit mir besprechen?"

„Ja, ich wollte dir sagen, dass ich ein möbliertes Zimmer gefunden habe. Das Auto habe ich auch schon umgemeldet. Morgen bist du mich los, wenn du das immer noch willst. – Lisa, es tut mir leid, wenn ich dich enttäuscht habe. Das war nicht meine Absicht. Und ich bin auch nicht mit dir nach Deutschland gekommen, weil ich an das Erbe deiner Eltern wollte, sondern weil ich gedacht habe, dass es funktioniert. Aber vielleicht hast du Recht – wir sind einfach zu verschieden. Bitte verzeih' mir."

Lisa blickte ihn ein wenig erstaunt an. Meinte er das ernst oder wollte er sie nur umstimmen? Doch sie hatte sich bereits entschieden. Es würde nicht funktionieren, auch wenn er plötzlich so anders war. Vielleicht wurde ihm selber ja klar, dass er sich bescheuert benommen hatte. Sie wünschte es ihm.

Vielleicht konnte er dann eine neue Liebe finden – solange es nicht sie war. „Mir tut es auch leid, wenn ich dich zu Unrecht beschuldigt habe, Leo. Aber glaube mir: es ist besser so. Wir passen nicht zusammen – sind eigentlich grundverschieden."

„In Ordnung. Dann werde ich mal meine Sachen packen gehen. Ich komme morgen nach der Arbeit und hole den Rest, falls ich nicht alles ins Auto bekomme. Ist das in Ordnung?"

„Ja, natürlich. Ich hatte ja gesagt, du kannst bis zum Ende der Woche bleiben. Aber vielleicht ist es besser, wenn wir einen Schlussstrich ziehen. Sag' Bescheid, wenn du Hilfe brauchst."

„Danke, aber das schaffe ich schon alleine. Ist ja nicht viel, was ich in letzter Zeit angeschafft habe."

Nach dem Essen ging Leo nach oben, während Lisa ihre Handtasche und den Schlüssel, die noch immer auf dem Schreibtisch lagen, an ihren Platz räumte. Dabei dachte sie über Leo nach. Er verdiente nicht allzu viel und würde vielleicht für seine neue Wohnung etwas benötigen. Außerdem schien es ihm aufrichtig Leid zu tun.

Dann fasste sie einen Entschluss, schloss die Tür zum Arbeitszimmer und öffnete den Safe. Noch immer lag hier einiges an Barvermögen herum, das ihr Vater vor Monaten dort hingelegt hatte. Sie hatte bisher nur wenig davon benutzt, da sie meistens kaum Bargeld benötigte. Sie streifte den Ring ihrer Mutter vom Finger und legte ihn in den Safe. Dann nahm sie eines der Geldbündel und zählte 5000 € ab, die sie in einen Umschlag steckte. Anschließend verschloss sie die Tür sorgfältig und hängte das Bild wieder davor.

Als sie kurz darauf in den ersten Stock ging, konnte sie Leo im Schlafzimmer packen hören. Sie klopfte an die Tür.

„Ja?", fragte Leo und trat an die Zimmertür.

„Leo? Ich habe hier noch etwas für dich." Sie drückte ihm den Umschlag in die Hand. „Vielleicht brauchst du etwas für die neue Wohnung oder einfach für einen Neustart. Von mir aus nimm' es als eine Entschädigung, weil du dein altes Leben aufgegeben hast. Das ist mir egal. Es gehört dir."

Leo öffnete den Umschlag und bekam große Augen. Ein Lächeln flog über sein Gesicht. „Lisa, das ist total lieb von dir. Vielen Dank. Ich kann es gut gebrauchen. Tatsächlich fehlen noch ein paar Kleinigkeiten in meinem Zimmer. Sachen wie Bettwäsche oder Handtücher zum Beispiel."

„Wenn's weiter nichts ist. Eine Garnitur Bettwäsche und Handtücher kannst du auch mitnehmen. Ich brauche ja eh nicht so viel. Warte, ich hole dir was."

Kurz darauf drückte sie ihm einen Stapel Wäsche in die Hand, bevor sie sich schließlich in ihr Zimmer zurückzog, weil sie schon wieder die Übelkeit in ihrem Magen aufsteigen spürte. Dabei hatte sie doch kaum etwas gegessen! Wenig später rannte sie schon wieder auf die Toilette, obwohl sie geglaubt hatte, ihr Magen-Darm-Trakt müsste eigentlich noch leer sein. Dennoch hatte sie erneut Durchfall und Krämpfe und lag lange wach. Als sie endlich einschlief, fingen wieder die Geräusche im Haus an.

Eine Weile versuchte sie, das Klopfen und Stöhnen zu ignorieren, konnte es aber nicht ausblenden. Schließlich öffnete sie leise ihre Tür und ging zum Schlafzimmer hinüber. Leo lag in seinem Bett und rührte sich nicht. Aber die Geräusche waren immer noch da. Er konnte nichts damit zu tun haben! In diesem Moment flammte das Licht im Flur auf und schien Leo direkt ins Gesicht. Er zuckte zusammen und öffnete verschlafen die Augen. „Was ist los? Warum hast du das Licht angemacht?"

„Das war ich nicht. Das war... Ach, vergiss es. Ich mach' es schon wieder aus. Schlaf' weiter." Verwirrt schaltete sie das Licht aus und ging zurück in ihr Schlafzimmer, wo sie die Tür erneut sorgfältig abschloss. Auf ihrem Bett kauerte sie sich in die Ecke und zog die Beine an. Obwohl es eine milde Nacht war, zitterte sie heftig und zog sich die Decke über, während sie darauf wartete, dass die Geräusche, die in Abständen von zehn bis fünfzehn Minuten kamen, endlich aufhörten. Irgendwann war sie so erschöpft, dass sie schließlich einnickte und erst von Leo geweckt wurde, der das Haus einige Stunden später verließ.

Als sie sich endlich aufraffen konnte, war es fast zehn. Nachdem sie kaum etwas gegessen hatte, fühlte sie sich sehr schlapp und ging in die Küche, wo sie zehn Minuten lang unschlüssig vor dem

Kühlschrank stand. Sie wollte nichts essen, wusste aber gleichzeitig, dass sie etwas essen musste. Schließlich holte sie einen Zwieback aus dem Vorratsschrank und bestrich ihn lediglich mit ein wenig Margarine. Dazu brühte sie sich einen Tee auf und süßte ihn mit ein wenig Zucker. Danach fühlte sie sich etwas besser, war aber immer noch antriebslos und ließ sich einfach auf die Couch sinken, bis die Krämpfe erneut anfingen und sie kurz aufstand, um ins Bad zu gehen, bevor sie sich wieder auf die Couch legte.

Dort lag sie noch, als Leo nach Hause kam, seine restlichen Sachen ins Auto brachte und anschließend ins Wohnzimmer ging. „Alles in Ordnung, Lisa?"

„Ja, ich bin nur müde."

„Dann ruh' dich aus. Ich habe jetzt alles. Wollte mich nur kurz verabschieden und dir deinen Schlüssel geben. Mach's gut." Damit drückte er ihr einen Kuss auf die Wange und den Schlüssel in die Hand, bevor er sich umdrehte und die Wohnungstür hinter sich zuzog. Kurz darauf hörte sie, wie sich das Fahrzeug entfernte.

Nun war es also vorbei! Sie war wieder Single und alleine. Lisa konnte nicht verhindern, dass ihr doch eine Träne über die Wange rollte.

Auch den Rest des Tages hatte sie nicht wirklich die Kraft, etwas zu erledigen. Hin und wieder trank sie etwas Wasser, traute sich aber nicht, etwas zu essen. Der Erfolg war, dass sie zwar keine Krämpfe oder Durchfall bekam, dafür ihr aber der Hunger Qualen bereitete und sie nicht einschlafen ließ. Und als sie endlich einnickte, fingen die Geräusche wieder an. Inzwischen war sie völlig am Ende. Ihr Körper wollte nicht mehr nach dem Blutverlust, dem ständigen Durchfall und dem Schlafmangel, unter denen sie litt.

Lisa wusste, dass sie nicht mehr lange durchhalten würde und schleppte sich schließlich in die Küche, wo sie eine Banane zu sich nahm – nicht viel, aber wenigstens etwas. Zu ihrem Erstaunen hatte sie das erste Mal in den letzten Tagen keine Krämpfe. Leider war es aber auch ihre letzte Banane gewesen, sodass ihr nichts Anderes übrig blieb, als einkaufen zu gehen. Also schnappte sie sich ihre Handtasche und ihren Autoschlüssel und fuhr zum nächsten Supermarkt. Auf dem Rückweg hielt sie noch an der Apotheke an und besorgte sich ein starkes Schlafmittel. Sie musste unbedingt die Nacht durchschlafen!

Nachdem sie noch zwei weitere Bananen über den Tag verteilt gegessen hatte, fühlte sie sich wieder etwas besser, traute sich aber nicht, noch etwas Anderes zu sich zu nehmen. Schon früh am Abend ging sie ins Arbeitszimmer, wo sie das Medikament auf den Schreibtisch gelegt hatte und nahm sich eine der Tabletten sowie ein Glas Wasser mit nach oben in ihr Schlafzimmer.

Eine Stunde später schlief sie tief und fest und bekam nichts mehr um sie herum mit: Weder die Geräusche, noch als sich mitten in der Nacht leise ihre Tür öffnete, die sie vergessen hatte, abzuschließen. Erst als die Haustür sich schloss, schreckte sie plötzlich hoch, wusste aber nicht, was sie geweckt hatte. Sie schaute auf die Uhr – es war kurz vor zwei. Vermutlich war die Wirkung des Schlafmittels langsam abgeklungen, da sie es bereits um fünf genommen hatte. Sie hatte Durst und griff nach ihrem Glas, das noch immer auf dem Nachtschrank stand und leerte den Rest in einem Zug. Beim letzten Schluck stutzte sie, als sie ein wenig Pulver bemerkte, das auf dem Boden des Glases zurückblieb. Es sah aus wie der Rest einer Tablette oder ähnlichem, die sich nicht vollständig aufgelöst hatte.

Sofort gingen ihre Alarmglocken los. Sie hatte keine Ahnung, was sie da genommen hatte, aber wenn es das Zeug war, was sie schon einmal bekommen hatte, würde sie bald nichts mehr mitbekommen und vielleicht wieder vergewaltigt werden. Sie musste so schnell es ging Hilfe holen. Lisa griff auf ihrem Nachtschrank nach ihrem Handy. Doch es war nicht dort. Dann fiel ihr ein, dass sie es zusammen mit dem Schlafmittel auf den Schreibtisch gelegt hatte und sprang aus dem Bett. Schwindel empfing sie und sie musste sich am Bett festhalten, um nicht umzufallen. Dann ging sie auf den Flur hinaus. An der Treppe hielt sie sich mit beiden Händen am Geländer fest, damit sie nicht wieder stürzte und humpelte die Stufen hinunter. Sie merkte, wie sie schläfrig wurde und riss krampfhaft die Augen auf, um nicht einzuschlafen.

Endlich hatte sie das Arbeitszimmer erreicht und ließ sich in den Bürostuhl sinken, um kurz durchzuatmen. Während sie nach dem Handy griff, fiel ihr Blick auf den Computer, der zu ihrer Verwunderung angeschaltet war. Auf dem Bildschirm war eine Datei geöffnet – ein Brief. Ein Brief von Lisa Bode an ihren Verlobten Leo Fisher, in dem sie sich dafür entschuldigte, dass sie ihn so schlecht behandelt hätte und dass sie wollte, dass er ihr Vermögen erben würde, falls ihr etwas zustieß. Dann stand da noch etwas davon, dass sie Schuld am Tod eines Mädchens in den USA gewesen wäre und mit dieser Schuld nicht leben könne und deshalb den Freitod gewählt hätte. Lisa war so geschockt, als sie die wenigen Zeilen überflog, dass sie vergaß, Hilfe zu holen. Wertvolle Minuten verstrichen, bis sie endlich zu einem Gedanken fähig war und als sie schließlich ihr Handy hochhob, bemerkte sie die Packung mit den Schlafmitteln, in der sämtliche Tabletten fehlten. Nur noch die leeren Blister lagen neben der

Packung.

Obwohl sie kaum noch die Kraft hatte, das Handy anzuschalten, wurde ihr mit einem Mal alles klar. Sie spürte, wie ihr die Sinne schwanden und stemmte sich hoch, damit sie nicht auf dem Stuhl einschlief. Ein Telefongespräch mit der Notrufzentrale würde zu lange dauern, die Zeit hatte sie vermutlich nicht mehr, bevor sie das Bewusstsein verlor. Deshalb öffnete sie WhatsApp und schrieb eine Nachricht an Anton, in der Hoffnung, er würde sie auch lesen. „Hilf' mir, er hat mich vergiftet." Noch während sie tippte, schleppte sie sich zur Haustür, um diese zu öffnen und als sie auf senden gedrückt hatte, wählte sie doch noch den Notruf. Sie hörte noch, wie sich jemand meldete und konnte gerade noch „Haus Rosengarten" sagen, bevor sie mit der Türklinke in der Hand zusammenbrach.

Anton hatte tief und fest geschlafen, als ihn die Nachricht erreichte. Automatisch griff er nach seinem Diensthandy, während er in seine Sachen schlüpfte, da er von einem Notarzteinsatz ausgegangen war. Doch zu seinem Erstaunen, war dort weder eine Nachricht noch ein verpasster Anruf aufgelistet. Verwirrt griff er nach seinem eigenen Telefon und öffnete die Nachricht, die er erhalten hatte. Er hatte sich Lisas Nummer eingespeichert, sodass er wusste, woher die Nachricht kam und war mit einem Mal hellwach. Zwei Minuten später saß er im Notarztwagen und nahm das Funkgerät in die

Hand. „Zentrale. Ich habe einen Notruf von einer Freundin erhalten. Haus Rosengarten, Berggasse 18. Scheinbar eine vorsätzliche Vergiftung. Bin schon auf den Weg. Könnt ihr mir eine Streife vorbeischicken und einen RTW[1]?"

„Habe verstanden. Streife ist bereits unterwegs. Wir haben einen abgebrochenen Notruf erhalten. Die Kollegen müssten gleich vor Ort sein."

„Danke. Ich bin jetzt da." Damit legte er auf, schnappte sich den Notfallkoffer und rannte zur Tür von Haus Rosengarten. Zu seinem Erstaunen stand die Tür einen Spalt breit offen, er konnte sie aber nicht so einfach öffnen, da Lisa direkt dahinter lag. Vorsichtig versuchte er, den Arm durch die Öffnung zu bekommen, um sie ein wenig zur Seite zu schieben, sodass er wenigstens die Tür öffnen konnte. Wertvolle Minuten verstrichen, bis er endlich zu ihr vordrang. Auch die Polizisten waren inzwischen eingetroffen und halfen ihm. Während er Lisa untersuchte, schauten sich die Beamten im Haus um und kamen kurz darauf mit der leeren Medikamentenschachtel zurück, die sie dem Arzt reichten. „Sieht nach Suizidversuch aus."

„Niemals", widersprach der Arzt. „Sie hat um Hilfe gerufen, weil sie vergiftet wurde. Jemand hat ihr das Medikament gegeben. Aber das können Sie später klären. Ich brauch Ihre Hilfe. Das Zeug muss raus." Er hatte es inzwischen geschafft, dass Lisa die

---

[1] Rettungswagen

Augen geöffnet hatte, jedoch nicht allzu viel mitbekam. Während der eine Polizist sie in kniender Stellung festhielt, hielt er ihr einen Beutel vor den Mund und löste einen Brechreiz bei ihr aus. Lisa fing an zu würgen und spuckte ihren Mageninhalt in die Tüte. Der zweite Polizist hatte in der Küche ein Glas geholt und mit Leitungswasser gefüllt, das er der Frau reichte, während Anton ihr ein Gegenmittel spritzte, da er ja nun den Wirkstoff kannte, den sie eingenommen hatte. Anschließend legte der Polizist sie wieder auf den Boden.

Lisa wollte die Augen schließen, wurde aber von Anton daran gehindert. „Lass' die Augen auf, Lisa. Nicht einschlafen. Rede mit mir. Was ist passiert?"

„Ich habe eine Schlaftablette genommen – gestern Abend und bin eingeschlafen", kam es langsam und abgehackt aus ihrem Mund.

„Okay, weiter. Was ist dann passiert."

„Bin aufgewacht. Habe was getrunken und da war so ein Pulver im Glas, als es leer war."

„Pulver von der Tablette?", fragte der Polizist.

„Nein, die habe ich ganz geschluckt. Ich dachte, er wollte mich wieder betäuben und… und vergewaltigen und bin runter, um Hilfe zu rufen. Hatte mein Handy im Arbeitszimmer."

Der zweite Polizist wollte etwas fragen, doch Anton winkte ab. „Später – Lisa, was war dann?"

„Da war ein Brief auf meinem PC – von mir an Leo, den ich nie geschrieben habe. Und dann habe ich die leere Packung Schlafmittel gesehen und wusste, was er getan hat. Ich konnte nur noch einen Hilferuf an dich schicken, bevor ich eingeschlafen bin." Lisa merkte, wie sie langsam wieder klarer im Kopf wurde und auch ihre Sprache wurde deutlicher und flüssiger. Das Gegenmittel wirkte.

Inzwischen waren auch die Kollegen vom Rettungswagen eingetroffen und standen abwartend in der Tür. Jetzt winkte Anton sie heran und sie legten die Trage neben die Frau. „Ich will nicht schon wieder in die Klinik, Anton. Muss das sein?"

„Ja, Kleines. Das muss sein. Du bist noch nicht über den Berg, auch wenn wir dich noch rechtzeitig gefunden haben. Aber hab' keine Angst. Ich komme mit. Mein Dienst ist eh morgen – nein, heute früh zu Ende, dann habe ich frei und kann mich um dich kümmern. Du sollest auf keinen Fall hierbleiben." Er gab den beiden Sanitätern ein Zeichen, dass sie die Frau auf die Trage betten konnten und bat einen der Polizisten, kurz mitzukommen.

In kurzen Worten erklärte er dem Beamten seine Vermutung, dass Leo es irgendwie im Haus spuken ließ und seine Ex-Verlobte vermutlich sogar betäubt und vergewaltigt hatte, sie aber keine Beweise dafür hätten. Vielleicht könnte die Polizei die Gelegenheit nutzen, und das Haus entsprechend durchsuchen.

Kurz darauf machte sich der Rettungswagen auf den Weg in die Klinik. Einer der Sanitäter folgte ihnen mit dem NEF[2] des Arztes. Im Krankenhaus

---

2 Notarzt-Einsatz-Fahrzeug

musste Lisa noch einige Untersuchungen über sich ergehen lassen, fühlte sich aber schon wieder viel besser. Anschließen durfte sie noch ein wenig schlafen, während Anton neben ihrem Bett saß.

Als eine Schwester das Frühstück brachte, weigerte sich Lisa, etwas zu essen. „Ich kann nichts essen, Anton. Sonst wird mir gleich wieder schlecht. In den letzten Tagen konnte ich nichts essen, ohne Durchfall zu bekommen. Nur gestern habe ich ein paar Bananen über den Tag verteilt gegessen. Das ging."

„Und sonst ist dir bei allem schlecht geworden?"

„Ja, egal was es war. Dabei war nirgends Laktose drin – weder in der Milch, noch im Brot oder im Tee oder im Zwieback. Und trotzdem habe ich mich jedes Mal gefühlt, als wenn ich einen Berg Milchzucker verdrückt hätte."

„Einen Berg Milchzucker", wiederholte der Arzt nachdenklich. „Vielleicht ist das die Lösung. Lisa, du musst unbedingt etwas essen. Ich habe da gerade eine Vermutung, woran es liegen könnte. Und wenn ich Recht habe, wird dir nichts passieren, wenn du ausgiebig frühstückst. Und wenn ich falsch liege, können wir gleich testen, woran es liegt."

Die junge Frau war davon noch nicht so ganz überzeugt, fügte sich aber ihrem Freund und Arzt und zwang sich, etwas zu sich zu nehmen. Es war nicht sehr viel, würde aber reichen, um eine Reaktion zu bekommen, sollte sie Essen generell nicht vertragen. Während sie aß, blickte Lisa plötzlich auf.

„Ich möchte mich bei dir entschuldigen, Anton."

Überrascht drehte sich der junge Arzt um, der gerade am Fenster gestanden und hinausgeblickt hatte. „Warum?"

„Du hast gesagt, du möchtest mich das nächste Mal nicht im Rettungswagen sehen. Hat leider nicht funktioniert", lächelte sie matt.

Jetzt grinste auch Anton. „Stimmt allerdings. Das wird langsam zur Routine. Aber das können wir ganz einfach lösen."

„Ja?"

„Du kannst im Moment sowieso nicht in dein Haus zurück, weil die Polizei dort noch alles überprüft. Wir müssen ja endlich herausfinden, wie Leo es geschafft hat, es spuken zu lassen, obwohl er geschlafen hat oder gar nicht da war. Auch das Türschloss muss getauscht werden. Deshalb dachte ich mir, du könntest vielleicht ein paar Tage zu mir kommen, wenn es dir Recht ist."

Lisa blickte ihn überrascht an. „Zu dir?"

„Zu mir und meinem Vater, um genau zu sein. Ich wohne im Moment wieder bei ihm. Und es gibt auch ein Gästezimmer, in dem du schlafen kannst", beeilte er sich schnell zu sagen.

„Und was ist mit deinem Vater? Ich meine... ich kann doch nicht einfach so unangekündigt bei ihm aufschlagen. Was wird er denn dazu sagen?"

„Gar nichts. Mein Vater kennt dich, seit ihr in das Haus Rosengarten gezogen seid. Damals warst du, glaube ich, vier oder so. Außerdem war er viele

Jahre mit deinen Eltern befreundet. Er wird sich freuen, dich endlich wiederzusehen. Er hatte schon die ganze Zeit vor, dich mal zu besuchen, seit ich ihm erzählt habe, dass du wieder da bist."

„Also gut. Ich glaube, ich wäre ganz froh, nicht in das Haus zurück zu müssen. Ich habe Angst dort, so alleine. Vielleicht sollte ich es einfach verkaufen und mir etwas Anderes suchen."

Anton trat wieder an ihr Bett und nahm ihre Hand. „Warte mit dieser Entscheidung bitte noch eine Weile. Ich weiß, es ist viel passiert in den letzten Monaten. Aber Rosengarten ist deine Heimat, der Ort, an dem du aufgewachsen bist und der dich mit deinen Eltern verbindet. Und wenn Leo wirklich hinter allem steckt und dafür bestraft wird, kann alles wieder so werden, wie früher. Dann würdest du es vielleicht bereuen."

Lisa nickte. „Du hast Recht. Ich sollte nichts überstürzen."

Als zwei Stunden später ein Polizist das Krankenzimmer betrat, ging es Lisa immer noch gut, sie hatte weder Krämpfe noch Durchfall und fühlte sich viel besser. Sie trank regelmäßig Tee oder Wasser, das Anton ihr brachte und scherzte bereits wieder herum. Auch die Nachwirkungen des Schlafmittels hatten sich komplett verzogen. „Guten Tag, Frau Bode. Wie geht es Ihnen", grüßte der Beamte freundlich und Anton erkannte in ihm einen der beiden Polizisten vom Morgen wieder.

„Danke. Schon wieder ganz gut."

„Fühlen Sie sich in der Lage, mir ein paar Fragen zu beantworten?"

„Ja, natürlich." Anton stand auf, um den Raum zu verlassen, doch Lisa hielt ihn zurück. „Bitte bleib', Anton." Der Arzt warf dem Polizisten einen fragenden Blick zu und als dieser nickte, setzte er sich wieder auf seinen Stuhl.

„Können Sie mir bitte noch einmal genau erzählen, was in den letzten Monaten alles passiert ist und vor allem letzte Nacht?"

Lisa nickte und fing an, ihm von dem Spuk im Haus zu erzählen, wie sie deshalb sogar von der Treppe gestürzt und sich dabei schwer verletzt hatte. Auch von den gelegentlichen Black-Outs berichtete sie ihm und dass ihr Arzt die Vermutung habe, sie sei in diesen Zeiten vermutlich vergewaltigt, dabei sogar schwanger geworden und hätte das Kind dann aber nach einem weiteren Angriff verloren. Auch von dem verschwundenen Geld erzählte sie und schließlich von den Ereignissen der letzten Nacht und wie sie den Brief auf ihrem PC gefunden hatte, der ihr endlich die Augen geöffnet hatte.

Als sie geendet hatte, erhob Anton seine Stimme. „Da gibt es noch etwas, dass du nicht erzählt hast, Lisa. Und nachdem es dir nach dem Frühstück immer noch gut geht, habe ich die Vermutung, dass die Vorgänge auch damit zusammenhängen. Seit wann genau hast du die Bauchkrämpfe und Durchfallattacken?"

„Seit ich vom Tod meiner Eltern erfahren habe",

gab die junge Frau Auskunft, wusste aber nicht, worauf er hinauswollte.

„Wann genau? Fingen sie an, als du den Anruf oder den Brief geöffnet hattest? Oder etwas später?"

„Am nächsten Tag, glaube ich. – Ja, ich denke, es war der nächste Tag. Ich hatte das Schreiben von unserem Anwalt bekommen und war total fertig. Leo hat mich gefragt, was los sei und da habe ich ihm den Brief gegeben."

„Was genau stand in dem Brief? Ich meine, außer dass deine Eltern gestorben waren. Wurde darin zum Beispiel das Erbe erwähnt?"

„Nicht im Detail. Aber unser Anwalt hatte mir mitgeteilt, dass ich Alleinerbin bin und damit auch Rosengarten in meinen Besitz übergehen würde. Leo hat mich gefragt, was das ist, und ich habe ihm von dem Haus erzählt."

Der Polizist hörte aufmerksam zu und fing langsam an zu verstehen. Anton fragte weiter: „Und wann genau fingen die Krämpfe an?"

„Das war am nächsten Mittag nach dem Mittagessen. Ich war zu Hause geblieben und Leo hat sich um mich gekümmert und gekocht. Wieso fragst du?"

„Gleich – Vorher noch eine andere Frage. Wusste Leo zu diesem Zeitpunkt von deiner Laktose-Intoleranz und deren Auswirkungen?"

„Ja, natürlich. Seit ich im Krankenhaus einmal normale Milch erhalten hatte, weil die Küche etwas verwechselt hatte. Aber ich verstehe immer noch nicht, worauf du hinaus willst."

„Verzeihen Sie, Frau Bode. Aber ich glaube, ich verstehe sehr gut. Dr. Bär vermutet wahrscheinlich, dass er ihnen absichtlich Laktose verabreicht hat, um sie krank zu machen. Damit hatte er einen guten Grund, mit nach Deutschland zu kommen. Und nach dem, was sie mir von letzter Nacht erzählt haben, könnte es sein, dass es von Anfang an sein Plan gewesen war, Sie zu heiraten und dann... zu entsorgen, um es mal vorsichtig auszudrücken. – Liege ich da richtig, Dr. Bär?"

Anton nickte. „Ich würde Sie bitten, die Lebensmittel im Haus von Frau Bode entsprechend zu untersuchen. Wenn meine Vermutung stimmt, müssten die verschiedensten Lebensmittel, die eigentlich keine Laktose beinhalten, nun Spuren dieses Stoffes enthalten, was dafür gesorgt hat, dass sie kaum noch Nährstoffe aufnehmen konnte, und dadurch schwächer und anfälliger für alles andere wurde. Ein ziemlich perfider Plan, wenn Sie mich fragen."

„Du glaubst wirklich, er wollte mich umbringen?"

„Nach letzter Nacht sollte das wohl außer Frage stehen, oder?", antwortete Anton ernst.

Lisa sah aus, als würde sie gleich zusammenbrechen, so blass war sie geworden. „Ja, natürlich", gab sie zu, „Aber ich dachte, das war mehr eine spontane Sache, weil ich mich von ihm getrennt habe."

„Ich fürchte nicht, Frau Bode. Aber ich habe noch

114

eine andere Frage. In dem Brief – dem angeblichen Abschiedsbrief – stand etwas von dem Tod eines kleinen Mädchens. Wissen Sie etwas darüber?"

„Nicht direkt. Aber ich habe eine Vermutung: bei dem Unfall in den USA, bei dem ich schwer verletzt wurde, kam auch ein kleines Mädchen ums Leben. Ich vermute, er spielt darauf an, obwohl ich nicht weiß, woher er diese Information hat."

„Können Sie mir sagen, wann das war und was damals passiert ist?"

Lisa atmete tief durch. „Das war im August vorletzten Jahres. Ich bin damals zu Fuß in San Franzisco unterwegs gewesen, als ein Motorradfahrer plötzlich auf den Fußgängerweg gebrettert ist. Ich konnte nicht mehr ausweichen und er hat mich frontal erwischt. Dabei wurde ich durch die Luft geschleudert und bin gegen ein kleines Mädchen geprallt. Sie ist gestürzt und unglücklich mit dem Hals auf dem Bordstein aufgeschlagen. Soweit ich weiß, war sie sofort tot." Lisa liefen bei den Erinnerungen einige Tränen über das Gesicht und Anton nahm sie tröstend in den Arm.

„Das war doch nicht deine Schuld, Lisa."

„Ich weiß. Das hat auch die Polizei festgestellt. Es war die Schuld des Motorradfahrers, der nie ermittelt werden konnte."

„Hast du Leo davon erzählt?", fragte er nun, doch Lisa schüttelte den Kopf. „Nein, ich habe ihm nie von dem Mädchen erzählt, weil ich am Anfang selber geglaubt habe, dass ich Schuld war. Und soweit ich weiß, wurde in den Zeitungen auch nie berichtet, wie das Mädchen gestorben war, nur dass es sich um einen Verkehrsunfall gehandelt hatte."

Anton warf dem Polizisten, dem ebenfalls ein Verdacht in den Kopf geschossen war, einen Blick zu. „Ich werde mir die Unterlagen von damals mal anfordern und die Kollegen informieren. Sie sagten, dass der Motorradfahrer nie gefunden wurde, richtig?"

„Ja, er läuft immer noch frei rum, soweit ich weiß."

Der Mann erhob sich, bedankte sich für ihre Aussage und verabschiedete sich schließlich von Lisa und Anton. Auch die junge Frau durfte bald darauf das Krankenhaus verlassen. Anton wollte sie in das Haus seines Vaters bringen, das sie seit vielen Jahren nicht mehr betreten hatte, genaugenommen seit Anton weggegangen war.

IM HAUS DER BÄRS

Auf dem Weg zum Zuhause der Bärs hielten sie am Haus Rosengarten an, in dem die Spurensicherung gerade dabei war, die Lebensmittel zu sichern.

„Ich würde mir gerne ein paar Sachen zum Anziehen einpacken, wenn das möglich ist", sagte Lisa zu dem Beamten, der ihr die Tür öffnete und sie einließ. Dieser nickte und zehn Minuten später hatte Lisa das Wichtigste für die nächsten Tage in eine Tasche gepackt. Anton trug ihr die Tasche nach unten. Da Lisa am Montag wieder arbeiten wollte, ging sie noch schnell an den Safe, um ihren Ring und ein bisschen Bargeld herauszuholen, wobei ihr Freund in der Halle auf sie wartete.

Als sie die Halle wieder betrat, steckte sie sich gerade den Ring an die Hand. Anton bemerkte die Bewegung und blickte neugierig auf das Schmuckstück. „Ist das nicht der Ring deiner Mutter?"

Lisa war überrascht. „Ja, das ist er. Aber woher weißt du das?"

„Ich habe ihn oft genug an ihr gesehen, wenn wir sie besucht haben. Zuletzt…" Er machte eine Pause. „…zuletzt nach dem Unfall. Ich war es, der ihn ihr abgenommen hat", fügte er mit gesenktem Kopf hinzu.

„Du hast ihn ihr abgenommen?" Die junge Frau

war verwirrt.

„Ja. Deine Mutter hat ja noch gelebt, als wir eintrafen. Ihr Arm und ihre Hand waren geschwollen, deshalb habe ich den Ring und die Uhr abgenommen. Ich wusste ja nicht, dass sie kurz darauf..." Erneut brach er bei der Erinnerung des Unfalls ab.

„Und was hast du dann mit ihm gemacht?", fragte Lisa nun.

„Mit dem Ring? Ich habe ihn in eine Tüte getan – mit den anderen Gegenständen, wie der Uhr zum Beispiel. Warum fragst du – die Tüte hast du doch von der Klinik bekommen, sonst wäre er ja nicht an deinem Finger."

„Eben nicht!", widersprach sie. „Ich meine: die Tüte habe ich schon bekommen, aber als ich sie durchgesehen habe, war der Ring nicht dabei. Den habe ich letzte Woche durch Zufall bei einem Händler entdeckt und dort gekauft."

„Ich bin mir aber ganz sicher, dass er in der Tüte war! Hat denn sonst etwas gefehlt?"

„Ich denke nicht. Ich hatte mich nur gewundert, dass kaum Bargeld in der Geldbörse meines Vaters war. Normalerweise hatte er immer recht viel Geld dabei, er mochte keine Kreditkarten."

„Das war auch diesmal so! Ich habe es natürlich nicht gezählt, aber meiner Schätzung nach waren es mindestens zwei- bis dreihundert Euro. Von wem hast du die Tüte bekommen?"

„Von dem Anwalt meiner Eltern. Er hatte sie im

Safe liegen und ich glaube nicht, dass er etwas herausgenommen hätte."

„Und hast du sie direkt durchgesehen?"

„Nein. Sie lag auf dem Schreibtisch, zusammen mit der Post, die..." Sie stockte und man konnte deutlich die Erkenntnis in ihrem Gesicht sehen. „...die Leo für mich geöffnet und durchgesehen hat", gab sie schließlich zu. „Und der Verkäufer meinte, sich an einen jungen Mann erinnern zu können, der ihm den Ring verkauft hat. – Verdammt! Wie kann ein einziger Mensch nur so doof sein?", schimpfte sie mit sich selbst.

„Du bist nicht doof, Lisa. Vielleicht ein bisschen zu vertrauensselig, aber nach allem, was du erzählt hast, ist Leo auch ein guter Schauspieler. Das hätte jedem passieren können."

„Dir bestimmt nicht!", sagte sie wütend.

„Das kommt vermutlich auf die Frau an", grinste er, wurde dann aber wieder ernst. „Hast du zufällig ein Foto von Leo auf deinem Handy?"

„Ja, wieso? Ich hatte noch keine Zeit, sie zu löschen."

„Das ist gut. Wir beide fahren jetzt zu dem Geschäft, wo du den Ring gekauft hast und fragen den Verkäufer, ob er sich an Leo erinnert." Damit zog er sie zum Auto und schob sie auf den Beifahrersitz.

„Was ist mit meinem Wagen?", fragte sie, da sie das Fahrzeug am Montag brauchen würde.

„Den holen wir später – oder morgen." Anton war

jetzt richtig aufgeregt.

‚So wie damals, wenn wir Räuber und Gendarm gespielt haben und er einen wichtigen Fall zu lösen hatte‘, dachte Lisa und lächelte vergnügt.

„Was ist los?", fragte er daraufhin.

„Nichts. Ich musste nur gerade an unsere Kindheit denken."

Als sie an dem Geschäft ankamen, ging Lisa direkt auf den Besitzer zu, der sie auch das letzte Mal bedient hatte. „Guten Tag. Ich weiß nicht, ob Sie sich noch an mich erinnern. Ich war vor ein paar Tagen schon mal hier und habe diesen Ring gekauft." Sie hob ihre Hand, sodass er das Schmuckstück sehen konnte. „Sie haben mir damals erzählt, dass dieser Ring von einem jungen Mann verkauft wurde. Könnte es der hier gewesen sein?" Lisa hielt ihm ihr Telefon hin, auf dem sie ein Foto von Leo geöffnet hatte, das sein Gesicht gut erkennen ließ.

„Ja, genau. Das ist er. Ihr Verlobter, wie ich heute erfahren habe."

Lisa warf Anton einen Blick zu. „Wie kommen sie darauf?"

„Na, er war doch heute Morgen da und hat ihren Schmuck wieder abgeholt, weil sie ihn doch behalten wollen."

„Was hat er getan?" Die junge Frau war total irritiert. Woher zum Teufel wusste Leo, dass sie den Schmuck hierhergebracht hatte? Und warum wurde der einfach so an ihn rausgegeben?

Anton blickte ebenfalls ein wenig verwirrt. „Kannst du mich bitte mal aufklären?"

„Ja, natürlich. Entschuldige… Ich habe den alten Schmuck meiner Mutter – oder zu mindestens die Stücke, die ich sowieso nicht trage – hierher gebracht für eine Schätzung und wollte mich dann entscheiden, ob ich sie verkaufe oder nicht. Leo wusste davon aber überhaupt nichts."

„Moment, junge Frau. Sie haben ihm also nicht die Quittung und das Foto gegeben, um die Sachen abzuholen?"

„Nein, ganz bestimmt nicht. Der Mann hat mich bestohlen und versucht, mich umzubringen." Inzwischen hatte Lisa Tränen in den Augen. „Ich werde ihm mit Sicherheit nicht diese Quittung geben!"

Der Mann ging zur Kasse und kam kurz darauf mit der besagten Quittung und dem Foto zurück, die er Lisa reichte. „Das ist die Quittung, die ich ihnen ausgestellt hatte, richtig?"

Lisa nickte. „Er muss sie mir aus der Handtasche genommen haben. Dort steht auch die Anschrift und mit dem Foto wusste er auch, um was es ging."

Lisa schwankte ein wenig und Anton griff ihr um die Hüfte, um sie zu stützen. „Haben Sie die Schätzung schon fertig gehabt?", fragte er dann.

„Noch nicht ganz, wir waren noch dabei. Aber es werden insgesamt so um die zwanzig Tausend Euro sein."

Anton klappte der Mund auf und auch Lisa blickte den Mann erstaunt an. Sie hatte keine

Ahnung gehabt, dass der Schmuck so wertvoll gewesen war. „Können wir das Foto mitnehmen für die Polizei?"

„Ja, natürlich. Ich habe noch ein weiteres in meinen Unterlagen. Es tut mir Leid, Frau Bode, aber weil er die Quittung hatte, musste ich davon ausgehen, dass alles seine Richtigkeit hat."

„Schon okay. Vielen Dank für die Auskunft." Als Lisa zum Auto ging, war ihr Schritt immer noch recht unsicher und Anton halft ihr auf dem Weg und dann ins Fahrzeug. Wortlos setzte er sich hinter das Steuer und fuhr zur Polizei, wo sie die Anzeige wegen mehrfachem Diebstahl zu der Liste an Vergehen hinzufügten, die Leo gerade sammelte. Dann endlich fuhren sie zum Haus von Antons Vaters.

Dr. Bär Senior hatte sich nicht sehr verändert. Seine Haare waren zwar heller geworden und im Gesicht hatte er einige Falten mehr, aber vom Charakter her war er noch genauso, wie Lisa ihn in Erinnerung hatte. Er hatte die junge Frau seit fast drei Jahren nicht mehr gesehen und blickte sie erstaunt an, als Anton sie ins Haus brachte.

„Mensch, Mädel. Dich hätte ich ja fast nicht mehr erkannt. Du brauchst dringend ein paar Kilo auf die Rippen."

„Vater, bitte", unterbrach ihn Anton, obwohl er natürlich Recht hatte, denn Lisa hatte in den letzten Wochen weiter abgenommen und sah ein bisschen wie ein Gerippe aus. Sogar mit Kleidung konnte man einige Knochen deutlich erkennen. Doch Anton hatte die Frau bei den Untersuchungen auch ohne gesehen und da war es sogar noch schlimmer. Dennoch wollte er sie nicht in Verlegenheit bringen und stoppte seinen Vater, bevor er sich erst einmal in Rage geredet hatte. „Sie hat nicht mit Absicht so viel abgenommen."

„Ein medizinischer Grund?", fragte der alte Herr, während er Lisa die Hand schüttelte.

„Arztgeheimnis", grinste sein Sohn und stellte ihre Tasche auf einen Stuhl, um ihr anschließend aus dem Mantel zu helfen. „Ich hoffe, du hast nichts dagegen, wenn Lisa ein paar Tage im Gästezimmer wohnt, Vater?"

„Nein, natürlich nicht. Ich bin froh, dass du wieder da bist, Lisa. Dann kann ich dir auch endlich mein Beileid persönlich aussprechen. Es tut mir sehr leid, was mit deinen Eltern passiert ist."

„Danke, Dr. Bär. Das bedeutet mir sehr viel", sagte Lisa und meinte es auch so.

„Komm', Lisa. Ich zeige dir, wo du schlafen kannst", sagte Anton nun und führte sie in den hinteren Bereich des Hauses, das lediglich ein Stockwerk hatte. Dort öffnete er eine Tür zu einem kleinen Gästezimmer, das mit alten Holzmöbeln eingerichtet war und eine Tür zu einem Gäste-Bad hatte. „Ich hoffe, dass du dich hier wohlfühlst."

„Natürlich. Vielen, vielen Dank, Anton. Ich weiß gar nicht, wie ich das je wieder gutmachen kann. Du hast mir inzwischen dreimal das Leben gerettet und jetzt nimmst du mich sogar bei euch auf."

„Das ist schon in Ordnung, Lisa. Mach' dir darüber keine Gedanken. Wir sind doch Freunde."

Lisa nickte. Ja, sie waren Freunde, auch wenn Lisa vor vielen Jahren viel mehr als das hatte sein wollen. Warum zum Teufel war sie damals nur so jung gewesen? Und warum hatte er unbedingt woanders studieren müssen? Vielleicht wäre alles anders gekommen, wenn er nicht fortgegangen wäre. Vielleicht hätte er dann mit ihrem zunehmenden Alter ihre Gefühle irgendwann erwidert. Sie schüttelte den Kopf, um ihre Gedanken zu vertreiben und Anton fing an zu grinsen. „Wie darf ich das denn jetzt verstehen?" Ein fragender Blick war die Antwort. „Na, erst nickst du und dann schüttelst du den Kopf", klärte er sie auf und Lisa begriff.

„Entschuldige. Ich habe nur versucht, meine Gedanken zu vertreiben."

„Lässt du mich an ihnen teilnehmen?"

„Lieber nicht. Nicht jetzt. Sei mir bitte nicht böse", bat sie und errötete leicht.

Anton schien das nicht zu bemerken oder überspielte es zu mindestens geschickt und hielt ihr die Hand hin. „Hast du Lust auf einen kleinen Spaziergang an der frischen Luft?"

„Ja, gerne." Er nahm ihre Hand in seine und zusammen gingen sie wieder nach draußen. Da es ein milder Herbsttag war, ließen sie die Jacken an der Garderobe hängen und gingen einfach ein wenig durch die Nachbarschaft. Lisa genoss die frische

Herbstluft und den leichten Wind in ihren kurzen Haaren. „Darf ich dich mal etwas Persönliches fragen, Teddy?"

Erstaunt blickte der junge Mann hoch. „Natürlich. Was möchtest du wissen?"

„Bist du... ich meine... hast du eigentlich eine Beziehung? Ich dachte nur, weil du bei deinem Vater lebst."

Anton lächelte. „Dass ich bei Vater wohne, hat einfach den Hintergrund, dass ich noch nicht wirklich dazu gekommen bin, mir etwas Eigenes zu suchen. Und nein, ich habe aktuell keine Freundin oder Beziehung. Habe ehrlich gesagt auch keine Lust dazu. Natürlich hatte ich die eine oder andere kurze Beziehung während des Studiums, aber zu mehr hat es einfach nicht gereicht. Richtig verliebt war ich eigentlich nur einmal."

„Und warum hat es da nicht geklappt?", fragte Lisa sanft.

„Vielleicht, weil ich zu feige war, ihr die Wahrheit ins Gesicht zu sagen. Vielleicht auch, weil es das Schicksal anders gewollt hat. Ich weiß es nicht genau. Es hat einfach nicht sein sollen."

Lisa bemerkte, dass ihn die Erinnerung traurig machte und fragte nicht weiter nach, obwohl sie gerne mehr darüber erfahren hätte. Immerhin hatte sie ja etwas Ähnliches mitgemacht. Auch sie war damals unsterblich verliebt gewesen und hatte nicht den Mut aufgebracht, ihm das zu sagen. Deshalb konnte sie seinen Schmerz gut nachvollziehen.

Als sie weiter gingen, löste der Mann seine Hand und legte seinen Arm sanft um ihre Schultern. Lisa hatte nichts dagegen und genoss das warme Gefühl, das diese Geste in ihr auslöste, während sie den Kopf sanft an seine Schulter lehnte.

Im Haus duftete es nach gekochtem Fleisch und Nudeln, als sie in die Tür traten. Dr. Hubert Bär stand in der Küche und bereitete das Abendessen vor. „Kann ich Ihnen etwas helfen?", fragte Lisa sofort, doch der Mann lehnte ab.

„Du bist unser Gast, Lisa."

„Aber…", fing die junge Frau an, wurde jedoch von ihm auf einen Stuhl am Tisch gedrückt.

„Hinsetzen, junge Dame! Das Essen ist gleich fertig. Kannst du schon mal die Teller holen, Anton?"

Dieser grinste über das perplexe Gesicht der Freundin und ging zum Schrank, um Teller, Besteck und Gläser zu besorgen, die er ordentlich auf dem Tisch platzierte. Lisa kam sich ein bisschen komisch vor, von allen Seiten bedient zu werden, ergab sich aber in ihr Schicksal.

Kurz darauf stellten die beiden das Essen auf den Tisch und setzten sich zu ihr. Obwohl Lisa immer noch Angst vorm Essen hatte, roch es doch sehr verführerisch und sie fühlte sich ein wenig hin und her gerissen. Anton schien ihren Zwiespalt zu bemerken. „Du brauchst keine Angst zu haben. Es wird nichts passieren", sagte er sanft und sein Vater blickte ein wenig überrascht in die Runde, sagte aber nichts.

Erst nach dem Essen – Lisa hatte immerhin eine halbe Portion verspeist – als die junge Frau sich in ihr Zimmer zurückzog, blickte Dr. Bär seinen Sohn auffordernd an. „Erzählst du mir, was geschehen ist? Das ist nicht mehr das fröhliche, gutgenährte Mädchen, das ich gekannt habe."

„Vater, du weißt genau, dass ich dir keine medizinischen…"

„Ich will nicht ihre Diagnose wissen, Anton. Ich will wissen, was mit ihr geschehen ist. Außerdem habe ich Augen im Kopf. Das verkürzte Bein ist mir bereits aufgefallen, als sie das Haus betreten hat, genauso wie die Mangelernährung. Ich bin lange genug Arzt, um das zu erkennen. Und nach deiner Reaktion bei Tisch, gehe ich mal davon aus, dass sie Angst vorm Essen hat, warum auch immer. Was ist los?"

Anton überlegt, wie viel er sagen durfte. „Also gut", sagte er schließlich. „Lisa hatte kurz nachdem sie in die Staaten gegangen ist, einen schweren Unfall und lag dann lange im Krankenhaus. Dabei hat sie leider den falschen Mann kennengelernt – ihren damaligen Pfleger. Nach allem, was wir bisher herausgefunden haben, scheint er es von Anfang an auf ihr Geld abgesehen zu haben und als ihre Eltern gestorben sind, hat er angefangen, sie systematisch zu vergiften, damit sie ihn als Unterstützung mit nach Deutschland nimmt. Es sieht so aus, als ob er sie heiraten wollte, um sie anschließend aus dem Weg zu räumen. Ob er sie von Anfang an töten wollte, weiß ich nicht, aber er hat zu mindestens versucht, sie in den Wahnsinn zu treiben, in dem er es im Haus hat spuken lassen. Gleichzeitig hat er weiter das Essen vergiftet, sodass sie nichts mehr zu sich nehmen konnte, ohne krank zu werden und auch noch andere Sachen gemacht. Und nachdem sie sich von ihm getrennt hat, hat er gestern versucht, sie mit Schlaftabletten umzubringen. Aber Lisa hat es glücklicherweise rechtzeitig gemerkt und mich gerufen. Die Polizei durchsucht gerade Rosengarten nach Spuren. Deshalb habe ich sie zu uns eingeladen und auch, damit sie sicher ist, falls der Kerl zurückkommt."

Sein Vater musterte ihn genau, während er sprach. „Er hat sie vergewaltigt, nicht wahr?"

„Bitte frag' mich nicht, Vater. Du bringst mich in Teufels Küche", bat Anton und drehte sich weg, um ihm nicht in die Augen sehen zu müssen.

Sein Vater legte ihm die Hand auf den Arm und zog ihn zurück. „Es tut mir leid, mein Sohn. Ich werde nicht weiterfragen. Sag' ihr, sie kann so lange bleiben, wie sie möchte. Und Anton – kümmere dich ein bisschen um sie, okay?"

Anton nickte. „Das habe ich vor."

Lisa schlief in dieser Nacht so gut, wie schon lange nicht mehr. Kaum hatte sie sich in das gemütliche Bett gelegt, war sie auch schon eingeschlummert. Bei ihrem Erwachen war es bereits acht Uhr morgens. Da sie keine Ahnung hatte, um welche

Uhrzeit die beiden Ärzte an einem freien Sonntag aufstanden, schlich sie leise ins Badezimmer und zog sich anschließend an. Als sie etwas später in die Küche kam, musste sie jedoch feststellen, dass die beiden ebenfalls schon munter waren.

„Guten Morgen", grüßte sie verlegen.

„Guten Morgen, junge Dame. Setz' dich doch. Wir wollten dich nicht wecken. Anton hat erzählt, dass du ein bisschen Schlaf gebrauchen könntest. Waren wir zu laut?"

„Nein, nein. Vielen Dank, Dr. Bär. Es ist alles in Ordnung. Aber ich habe wirklich gut geschlafen. Sogar noch besser, als bei meinen Krankenhaus-aufenthalten. Ich weiß nicht, ob Anton ihnen erzählt hat, was nachts in Rosengarten passiert, Dr. Bär. Zuhause habe ich schon lange nicht mehr richtig geschlafen."

„Ja, er hat mir ein paar vage Andeutungen ge-macht. Vielleicht erzählst du mir ja mal die vollstän-dige Version, wenn dir danach ist. Aber als aller-erstes lässt du mal den Dr. Bär weg. Ich bin Hubert." Er streckte ihr die Hand entgegen und sie drückte sie herzlich. „Immerhin kenne ich dich schon fast dein ganzes Leben und früher hast du auch immer Onkel Hubert gesagt."

„Damals war ich ja auch noch ein kleines Mädchen, Doktor… Entschuldigung… Hubert."

„Na und? Für mich bist du das immer noch und wirst es auch immer bleiben", grinste der Mann. „Immerhin werde ich bald sechzig."

„Wie ging es dir eigentlich gestern nach dem Essen, Lisa?", fragte nun Anton, der in ihr nicht nur seine Freundin oder seinen Gast sah, sondern auch seine Patientin.

„Alles gut. Ich befürchte, du hast Recht mit deiner Vermutung. Vielleicht kann ich jetzt endlich wieder normal essen und sehe dann nicht mehr wie ein Gespenst aus. Obwohl mich manche Frauen vermutlich für meine derzeitige Figur beneiden würden."

„Darf ich dir mal eine medizinische Stellungnahme diesbezüglich geben?", fragte Anton und als sie nickte fuhr er fort: „Frauen, die sich absichtlich so herunterhungern, um auszusehen, wie du jetzt aussiehst, sind nicht nur körperlich krank. Schlank mag ja gut und schön sein, aber du bist nur noch Haut und Knochen. Dein Körper hat kaum Möglichkeiten, sich gegen Krankheiten zu verteidigen. Du musst ganz, ganz dringend ein paar Kilo zunehmen, Lisa. Aber in einem vernünftigen Tempo. Es bringt nichts, alles in sich reinzustopfen, das wäre genauso schädlich. Versuche einfach, regelmäßig zu essen, kleine Portionen, aber dafür mehrmals am Tag. Und zwar so lange, bis du dich selber wohl fühlst, egal was andere sagen. Am besten unter Aufsicht."

Hubert nickte zustimmend und Lisa blickte die beiden an. „Na, welche Aufsicht wäre denn besser, als die von zwei begnadeten Ärzten? Da kann mir doch gar nichts passieren", grinste sie schließlich und auch über die Gesichter der beiden Männer huschte ein Lächeln.

Die junge Frau fing mit einem anständigen Frühstück an, das ihr ausgezeichnet schmeckte. Es war keine große Portion, aber dafür ausgewogen und zum ersten Mal seit langem hatte sie wieder Spaß daran, etwas zu essen. Auch ihre Gesellschaft half ihr, das gemütliche Frühstück zu genießen. Obwohl alle schon lange fertig mit essen waren, saßen sie immer noch gemütlich zusammen und unterhielten sich. Dabei erfuhr Hubert auch die vollständige Geschichte inklusive der medizinischen Einzelheiten, die sein Sohn aufgrund seiner Schweigepflicht vorher zurückgehalten hatte.

Anschließend entführte Anton sie zu einem erneuten Spaziergang durch den Herbst. Lisa genoss es, mit ihm durch die Felder zu laufen, sich keine Gedanken machen zu müssen und einfach den Tag dahinlaufen zu lassen. Auch die frische Luft tat ihr ausgesprochen gut. Als sie auf einem Umweg bei Haus Rosengarten ankamen, hatte sie vom Wind gerötete Wangen und sah viel besser aus, als in den letzten Monaten. Mit ihrem Auto fuhren sie die kurze Strecke zurück zum Haus der beiden Ärzte, damit sie es am nächsten Morgen in die Stadt mitnehmen konnte.

Während sich Hubert am Nachmittag zu seiner sonntäglichen Skat-Runde verabschiedete, machten es sich die beiden im Wohnzimmer bequem, um ein wenig Musik zu hören. Das tat Anton regelmäßig, wenn er frei hatte, um einfach ein wenig den Stress zwischen Klinik, Praxis und Notarzteinsätzen zu kompensieren. Er brauchte hin und wieder ein wenig Zeit für sich, die sie ihm auch gerne gab, während sie nebenbei in einem Buch blätterte.

Sie schrak richtig zusammen, als er unvermittelt anfing zu sprechen. „Warst du eigentlich mal verliebt? Ich meine so richtig mit Schmetterlingen im Bauch und so. Wie war es bei dir in den letzten Jahren, seit wir uns nicht gesehen haben und bevor du Leo kennengelernt hast?"

Lisa dachte einen Moment nach, bevor sie antwortete. Sie konnte ihm ja schlecht die Wahrheit sagen. Nicht nach zehn Jahren! Sie hob den Kopf und erkannte ehrliches Interesse in seinen Augen. Und in diesem Moment spürte die Frau sie ganz deutlich: die Schmetterlinge, von denen er gerade gesprochen hatte. „Genaugenommen ähnlich wie bei dir. Ich war nur einmal verliebt, habe mich aber nicht getraut, etwas zu sagen. Vielleicht habe ich deshalb jahrelang einen großen Bogen um die Männer gemacht und mich auf die Arbeit konzentriert. Um ehrlich zu sein, war Leo meine erste Beziehung. Vielleicht war ich deshalb auch so blauäugig, obwohl ich im Unterbewusstsein wohl von Anfang an gewusst habe, das es nicht das ist, was ich mir eigentlich vorgestellt oder wovon ich geträumt hatte. Deshalb habe ich auch nie etwas gesagt über seine Art von körperlicher Nähe – ich kannte es einfach nicht anders. Nenn' mich naiv und unerfahren... vermutlich hast du damit sogar Recht, aber ich dachte wirklich, dass einem in den Büchern immer etwas vorgemacht wird, wenn es um

Liebe und Sex geht." Sie senkte verlegen den Blick, woraufhin ihr Freund aufstand, sich neben sie setzte und sie in den Arm nahm.

„Das ist doch nicht deine Schuld, Lilly." Automatisch verfiel er auf ihren Jugend-Spitznamen, als er sie tröstete. „Woher sollst du es denn wissen, wenn du an so jemanden gerätst? Hattest du denn keine Freundin, mit der du über die Beziehung mit Leo sprechen konntest?"

Lisa schüttelte den Kopf. „Nicht wirklich. Auf der Arbeit ging es mehr gegeneinander als miteinander. Du weißt schon: jeder wollte der Beste sein. Private Kontakte kamen da nicht zustande. Und außerhalb des Jobs bin ich nicht wirklich ausgegangen, wobei ich Freunde hätte kennenlernen können."

„Und aus der Schulzeit hast du auch niemanden mehr?", fragte er erstaunt.

„Nein. Du weiß doch, dass ich immer eine Einzelkämpferin war. Ich hatte nie wirkliche Freundinnen. Ein paar lockere Bekanntschaften, ja. Aber keine wirkliche Freundschaft – außer mit dir. Und selbst das ist auseinandergegangen."

„…weil ich abgehauen bin, ich weiß." Anton spürte die Traurigkeit, die von ihr ausging und schalt sich selber, warum er damals nicht noch einmal nachgefragt hatte, als sie auf seinen Brief nicht reagiert hatte. Er war davon ausgegangen, dass er sie mit seinen Zeilen verschreckt, vielleicht sogar gekränkt hatte und war nie auf den Gedanken gekommen, sie könnte sie nie gelesen haben.

Einen Moment überlegte er, ob er es ihr sagen sollte, entschied sich dann aber dagegen. Sie brauchte jetzt einen Freund, keinen verliebten Gockel an ihrer Seite. „Es tut mir leid. Mir war bisher nie klar, was es für dich bedeutet hatte, als ich fortging."

Lisa blickte ihn an. *Das ist dir auch jetzt noch nicht klar. Nicht im vollen Umfang*, dachte sie und auch die junge Frau war kurz davor, ihren Mut zusammen zu nehmen und es ihm endlich zu erklären. Doch dann dachte sie, dass es wohl etwas blöd klingen würde, wenn sie jetzt damit herausrückte – nachdem sie sich von Leo getrennt hatte. Er würde vielleicht denken, dass er nur ein Ersatz, anstatt die Nummer Eins wäre. Also schwieg auch sie beharrlich weiter.

Anton löste seine Umarmung wieder, blieb aber neben ihr sitzen und ließ seinen Arm um ihre Schulter liegen. Sanft zog er sie näher und die junge Frau legte ihren Kopf an seine warme Schulter. Schweigend bleiben sie so sitzen – beide in ihre eigenen Gedanken vertieft und beide gegen das Gefühl ankämpfend, das sich in ihnen breit machte.

Erst als der Herr des Hauses die Tür öffnete, schreckten sie hoch und Lisa löste sich sanft und mit einem entschuldigenden Blick aus seiner Umarmung, als der ältere Mann den Raum betrat und sich zu ihnen gesellte. Sie führten noch eine angeregte Unterhaltung, bis es Zeit für das Essen wurde.

„Heute möchte ich aber beim Kochen helfen!", stellte Lisa klar, als Hubert in die Küche verschwinden wollte.

„Also gut", gab er nach. „Ich weiß noch genau, wie stur du als Kind warst, wenn du dir etwas in den Kopf gesetzt hattest. Von mir aus kannst du helfen."

Lisa grinste, glücklich über diesen kleinen Sieg, und zu dritt machten sie sich an die Arbeit. Bald darauf stand ein leckerer Gemüse-Auflauf auf dem Tisch und sie ließen es sich schmecken. Mit Wohlwollen bemerkten die beiden Männer, wie Lisa mit Appetit aß.

„Und du fühlst dich wirklich fit genug, um morgen wieder arbeiten zu gehen, Lisa?", fragte Hubert nach einer Weile.

„Mir geht es gut. Danke. Viel besser, als seit langem. Außerdem habe ich in letzter Zeit oft genug gefehlt. Ich kann es mir nicht leisten, noch länger auszufallen, sonst habe ich die längste Zeit einen Job gehabt."

„Sag' mal, du bist doch von deiner Firma hier in die USA geschickt worden, oder?"

„Ja, ich war die ganze Zeit über in meiner Firma angestellt, habe sogar mein Gehalt von hier bekommen. Wieso fragst du?"

„Das sage ich dir gleich. – Und der Unfall damals, war der in deiner Freizeit oder während der Arbeit."

„Der war auf dem Weg zur Arbeit", Lisa war erstaunt über seine Fragen und auch Hubert blickte interessiert auf seinen Sohn.

„Das ist gut. Dann müssen sie dich nämlich

freistellen, wenn du deswegen noch einmal in die Klinik gehst."

„Sei mir bitte nicht böse, Anton. Aber ich habe vorläufig nicht vor, schon wieder in eine Klinik zu gehen. So dankbar ich dir bin, dass du mir zum wiederholten Male geholfen hast, würde ich es doch vorziehen, wenn es nicht noch einmal notwendig wird."

„Versteh' mich bitte nicht falsch. Ich kann gut und gerne darauf verzichten, dich noch einmal bewusstlos vor meinen Füßen liegen zu haben", stellte der junge Arzt fest, „auch wenn ich natürlich hoffe, dass ich rechtzeitig da bin, falls es noch einmal passieren sollte. Aber darum geht es gar nicht. Es gibt da etwas, was ich dir noch nicht erzählt habe. Etwas, was mit deinem Bein zu tun hat."

„Und was?" Anton zögerte mit der Antwort und warf einen Blick zu seinem Vater. Lisa bemerkte das und verstand. „Es ist in Ordnung. Er weiß ja Bescheid. Außerdem seid ihr doch beide so etwas wie meine Hausärzte."

„Also gut. Als du nach deinem Treppensturz in der Klinik warst, haben wir einige Untersuchungen gemacht. Ich kenne die Ergebnisse, habe es aber damals für besser gehalten, dir noch nichts davon zu sagen. Du warst schwer verletzt, hattest keinerlei Unterstützung von deinem Freund und ich hatte einfach das Gefühl, dass ich dich damit überfordern würde. Deshalb habe ich geschwiegen und meine Kollegen gebeten, es ebenfalls zu tun. Hast du jemals eine Nachuntersuchung gehabt, nachdem du aus der Klinik entlassen worden bist?"

„Nein, es war ja alles in Ordnung."

„Entschuldige bitte, aber ,alles in Ordnung' sieht bei mir anders aus. Du hast mir erzählt, dass du Schmerzen hast, wenn du lange sitzt oder das Bein zu viel belastest. Von der Verkürzung will ich gar nicht erst reden. Selbst wenn du keine Beschwerden hättest, hätten dir die Ärzte eigentlich eine Operation zur Anpassung der Beinlänge vorschlagen müssen. Es wäre deine Entscheidung gewesen, ob du sie machen willst oder nicht, aber zu mindestens die Option wäre da gewesen. Aber die Schmerzen haben nichts mit den fehlenden Zentimetern zu tun. Um es kurz zu sagen, irgendjemand hat es vergeigt. Ob bei der OP selber oder danach weiß ich nicht, aber deine Knochen sind nicht gerade zusammen-gewachsen, sondern versetzt. Dadurch haben sich Verhärtungen gebildet, die zusammen mit den scharfen Knochenenden die Schmerzen verursachen. Es besteht zwar aktuell keine akute Gefahr aber irgendwann werden deine Schmerzen stärker werden. Deshalb solltest du dich noch einmal operieren lassen. Dabei muss der Knochen erneut gebrochen und dann passend zusammengefügt werden. Und wenn das gemacht wird, gibt es auch die Möglichkeit, die Länge ein bisschen anzupassen. Der Heilungsprozess wird dadurch natürlich länger dauern, weil der Körper mehr Knochen bilden muss, aber du könntest nach der Heilung wieder beschwerdefrei laufen."

Lisa blickte ihn sprachlos an und wusste nicht, was sie sagen sollte. Ihre Stimme klang rau, als sie schließlich fragte. „Muss ich das sofort entscheiden?"

Anton grinste. „Nein, Lisa. Denke in Ruhe darüber nach. So lange du keine starken Beschwerden hast, kannst du dir Zeit lassen. Aber du solltest über die Möglichkeit nachdenken. Da es sich um einen Arbeitsunfall handelt, übernimmt die Versicherung die Kosten und auch deinen Verdienstausfall, den du dann haben wirst. Ich will dir nichts vormachen. Es wird eine Weile dauern, bis die Knochen wieder fest genug sind. Wenn du wirklich willst und deine Firma zustimmt, könntest du allerdings von zu Hause aus arbeiten, so lange du es nicht übertreibst. Aber die ersten zwei bis drei Wochen wirst du auf jeden Fall ausfallen. Es ist eine schwierige OP, aber wir haben Experten in der Klinik, die das nicht zum ersten Mal machen."

„Würdest du mich operieren?"

„Dein Vertrauen ehrt mich", lachte er vergnügt, „aber ich bin Chirurg, kein Orthopäde. Das ist dann doch eine Nummer zu groß für mich. Aber ich kann dir dennoch zur Seite stehen, wenn du das möchtest. Und mein Vater bestimmt auch."

Hubert nickte. „Natürlich würde ich das. Du solltest wirklich über diese Möglichkeit nachdenken, junge Dame. Es wäre eine Chance, ohne Schmerzen auszukommen. Aber Anton hat Recht: lass' dir Zeit.

Denke in Ruhe darüber nach und wenn du Fragen hast, kommst du zu uns oder lässt dir einen Termin in der Orthopädie geben, dann kann der Operateur dir deine Fragen beantworten, die du vielleicht hast. Auf jeden Fall solltest du es nur tun, wenn du es selber möchtest."

Lisa blickte von einem zum anderen und nickte. „Ich werde darüber nachdenken. Aber jetzt entschuldigt mich bitte. Ich würde mich gerne zurückziehen."

NEUE ERKENNTNISSE

Nach diesem Abend wurde die mögliche Operation erst einmal nicht mehr angesprochen. Hubert und Anton wollten der jungen Frau Zeit lassen, um über die Möglichkeit nachzudenken. Auf keinen Fall wollten sie sie zu irgendetwas drängen, für das sie vielleicht nicht bereit wäre. Deshalb ließen sie Lisa mit dem Thema in Ruhe. Während der Woche gewöhnten sich alle an ihre etwas merkwürdige Wohngemeinschaft, doch Lisa war klar, dass sie nicht ewig hier wohnen bleiben konnte, auch wenn sie sich mehr als wohl im Haus der Bärs und vor allem in der Nähe von Anton fühlte. Der jungen Frau ging es von Tag zu Tag besser und man sah ihr das sogar an.

Am Donnerstagabend wirkte sie jedoch extrem erschöpft und als Hubert sie nach dem Grund fragte, teilte sie ihm mit, dass es sehr anstrengend auf der Arbeit gewesen wäre. Man hatte sie den ganzen Tag durchs Haus gehetzt und sie war von Meeting zu Meeting gerannt, hatte Unterlagen im einen Stockwerk geholt und in ein anderes gebracht, eine Präsentation vorgetragen und entsprechende Kopien angefertigt und ausgeliefert. Ihr Körper war dafür einfach noch nicht stark genug und entsprechend übel nahm er ihr das.

An diesem Abend ging Lisa früh zu Bett und schlief bald darauf ein. Doch die Anstrengung des Tages hatte ihr nicht nur ihr gesamter Körper nicht verziehen, sondern vor allem ihr kaputtes Bein. Zwei Stunden nachdem sie eingeschlafen war, wachte sie mit starken Schmerzen auf, die einfach nicht mehr weggehen wollten. Sie hatte für solche Fälle ein Schmerzmittel verschrieben bekommen, das sie jedoch dummerweise im Haus Rosengarten hatte liegen lassen.

Deshalb versuchte sie, ohne Medikament wieder einzuschlafen, gab es jedoch bald darauf auf. Es war schon verrückt. Da befand sie sich in einem Haus von zwei Ärzten und hatte keine Ahnung, ob es hier so etwas wie ein Medizinschränkchen überhaupt gab.

Schließlich stand sie auf und humpelte über den Flur. Leise klopfte sie an Antons Zimmer, doch dieser schien glücklicherweise noch wach zu sein, denn es dauerte keine Minute, bis sich die Tür öffnete. Er trug nur eine Schlafanzughose, sein Oberkörper war unbekleidet. Lisa senkte den Blick. „Entschuldige bitte die Störung, aber…"

Anton bemerkte sofort, dass sie Schmerzen hatte und griff ihr unter die Arme, um sie zum Bett zu führen, wo er ein Buch zur Seite schob, in dem er offensichtlich bis vor wenigen Minuten gelesen hatte. „Setz' dich erst Mal. Wo hast du die Schmerzen?"

„Im Bein. Ich wollte fragen, ob du vielleicht ein

Schmerzmittel für mich hättest. Ich habe meine Tabletten in Rosengarten vergessen."

„Natürlich habe ich das, aber vielleicht brauchst du die gar nicht. Darf ich etwas versuchen?" Lisa nickte. „Dann lehne dich an die Wand und entspann' dich."

Sie folgte dem Befehl und blickte sich dabei ein wenig im Zimmer um. Es sah nicht viel anders aus, als vor zehn Jahren. Ein paar weniger Poster, dafür einige medizinische Bücher, ansonsten war es noch genau das Jugendzimmer, in dem sie so viele Stunden verbracht hatten. Anton bemerkte ihren neugierigen Blick, während er anfing, ihren Fuß mit sanften Bewegungen zu massieren. „Es hat sich nicht viel verändert, was?"

„Nein, wirklich nicht. Aber warum ist das so?"

„Ach, ich weiß auch nicht. Ursprünglich wollte ich ja nur kurz hierbleiben. Dabei könnte mein Vater das Zimmer eigentlich gut gebrauchen. Er wird auf seine alten Tage nämlich kreativ und hat seine Leidenschaft fürs Puzzeln entdeckt. Ich denke, ich muss mich wirklich langsam mal nach etwas Eigenem umsehen, damit er wieder seine Ruhe hat."

„Und jetzt gehe ich ihm auch noch auf die Nerven", stellte sie mit dem Hauch eines schlechten Gewissens fest.

„Nein Lisa, du bist ein Gast. Das ist vollkommen in Ordnung", beruhigte er sie, doch die junge Frau nahm sich vor, nächste Woche wieder in ihre eigenen vier Wände zu ziehen. Die Polizei hatte ihre

Untersuchungen abgeschlossen und sie hatte morgen ein Gespräch mit der Kriminalpolizei bezüglich der Ergebnisse, zu dem sie Anton am Nachmittag begleiten würde.

Ein angenehmes Gefühl breitete sich von ihrem Fuß zu ihrem Bein aus und Lisa merkte, wie die Schmerzen erträglicher wurden und schloss die Augen, um sich auf seine Berührungen zu konzentrieren. Anton registrierte das mit einem Lächeln. Tatsächlich waren seine Handgriffe so angenehm, dass sie beinahe eingeschlafen wäre und sie öffnete verwirrt die Augen, als er ihr Bein schließlich losließ.

„Besser?", fragte er lächelnd.

„Viel besser. Wie machst du das?"

„Magische Hände", grinste er nun und half ihr auf die Beine. „Meinst du, du brauchst trotzdem noch eine Tablette?"

„Ich glaube nicht. Vielen Dank für deine Hilfe und entschuldige, dass ich dich gestört habe."

„Kein Problem. Sag' Bescheid, wenn es wieder anfangen sollte. Gute Nacht." Er gab ihr einen Kuss auf die Stirn, wie er es immer tat und Lisa ging wieder in ihr Zimmer zurück, wo sie kurz darauf mit einem Lächeln im Gesicht einschlief.

Nachdem Anton am nächsten Tag seine Patienten versorgt und die Praxis geschlossen hatte, machte er sich auf den Weg zur Bushaltestelle, um in die Stadt zur Kriminalpolizei zu fahren, wo er sich mit Lisa treffen wollte. Die junge Frau hatte Angst vor den

Neuigkeiten, die sie dort vielleicht erfahren würde und hatte ihn gebeten, sie zu begleiten. Als er aus dem Bus stieg, wartete sie bereits an der Bushaltestelle, die nur wenige Meter von ihrem Zielort entfernt lag.

„Und? Bereit?", fragte er mit einem aufmunternden Lächeln.

„Muss ich ja wohl, oder?", grinste sie zurück, doch er konnte ihrem Gesicht deutlich ansehen, dass ihr alles andere als nach Grinsen zu Mute war.

Zusammen gingen sie in das große Gebäude und meldeten sich an der Anmeldung. Lange mussten sie nicht warten, bis sie in ein Büro geführt und ihnen ein Platz angeboten wurde. Auf dem großen Tisch lagen jede Menge kleiner Kameras und Lautsprecher. Während sich Lisa noch wunderte, warum die hier lagen, betrat ein Beamter den Raum und grüßte sie freundlich. „Guten Tag. Frau Bode? Mein Name ist Theo Sandmann. Ich leite die Ermittlungen gegen Leo Fisher."

„Guten Tag, Herr Sandmann. Das ist Dr. Bär. Ich hoffe, es ist in Ordnung, wenn er mich begleitet?"

„Natürlich. Guten Tag, Dr. Bär."

Auch Anton begrüßte den Polizisten, bevor dieser sich ihnen gegenüber auf einen Stuhl fallen ließ. Dann deutete er auf die Gegenstände vor ihnen. „Tja, Frau Bode. Das hier haben wir alles in Ihrem Haus gefunden, gut versteckt und getarnt in so ziemlich allen Räumen des Hauses. Eines kann ich Ihnen versichern: gespukt hat es in Haus Rosen-

144

garten noch nie! Sie sind auf einen ziemlich üblen Trick hereingefallen. Diese Geräte können über ein Smartphone oder auch eine Art Fernbedienung kontrolliert und überprüft werden. Das bedeutet, dass Herr Fisher Sie über eine entsprechende App jederzeit beobachten konnte, auch wenn er nicht in der Nähe war. Er konnte sogar aus der Ferne Geräusche abspielen oder wieder verstummen lassen. Und durch die Kamera in ihrem Zimmer und im Schlafzimmer wusste er auch genau, wann Sie schliefen oder etwas getrunken haben, vorausgesetzt er hat Sie in dieser Zeit beobachtet. Es sieht so aus, als ob Sie systematisch kontrolliert worden sind."

Lisa war immer blasser geworden und Anton beobachtete sie genau, während er ihr tröstend die Hand streichelte. Als sie immer noch nichts sagte, fragte er: „Kann man dieses Bildmaterial wieder aufrufen? Ich meine, vielleicht könnte man ihn dann auch auf den Bildern sehen, während er… gewisse Dinge getan hat, wie zum Beispiel die Tabletten ins Glas füllen oder…"

„Du sprichst von den Vergewaltigungen, richtig?", fragte Lisa überraschend gefasst, wenn man ihr Gesicht ansah. Anton nickte. Er hatte es nicht aussprechen wollen.

Der Polizist schüttelte den Kopf. „Dazu brauchen wir leider das Empfangsgerät. Dann hätten wir vielleicht eine Chance, die Dateien wieder herzustellen, aber sicher ist das keineswegs. Da wir jedoch immer noch keine Spur des Verdächtigen haben, sieht es schlecht aus."

„Auf seiner Arbeit ist er nicht mehr aufgetaucht?", fragte Lisa nun.

„Nein, die haben seit dem Anschlag auf Sie nichts mehr von Herrn Fisher gehört. Fällt Ihnen vielleicht noch etwas ein, wo er hin sein könnte?"

„Nein. Er kennt ja hier noch nicht so viele Leute. Das Einzige, was ich mir vorstellen könnte, wäre, dass er in seine Heimat zurück ist."

„Du meinst in die USA?"

„Nein. Leo ist eigentlich Brite. Ich weiß selber nicht so genau, warum er in den Staaten war und dort gearbeitet hat. Das hat er mir nie erzählt."

„Da kann ich Ihnen vielleicht weiterhelfen, Frau Bode. Wir haben inzwischen einige interessante Dinge über Ihren Ex-Verlobten in Erfahrung bringen können. Im Vorfeld möchte ich Ihnen dazu mitteilen, dass die Ermittlungen in San Franzisco bezüglich Ihres damaligen Unfalles wieder aufgenommen wurden. Und es haben sich dort neue Erkenntnisse ergeben. Leo Fisher besitzt einen Motorradführerschein und hatte bis zum Zeitpunkt ihres Unfalles eine Maschine angemeldet, die sich mit Ihrer Beschreibung deckt. Kurz danach hat er sie abgemeldet und ist mit öffentlichen Verkehrsmitteln gefahren. Was mit der Maschine passiert ist, konnte leider noch nicht ermittelt werden, aber die Vermutung liegt nahe, dass er etwas mit dem Unfall zu tun hatte. Das würde auch erklären, warum er wusste, wie das kleine Mädchen umgekommen ist, obwohl er dies nicht aus den Medien erfahren haben konnte. Die Kollegen vermuten, dass er Sie durch Zufall im Krankenhaus wiedergetroffen hat. Vielleicht blieb er in Ihrer Nähe, um sicher zu gehen, dass Sie ihn nicht identifizieren können, vielleicht hat er auch erfahren, dass Sie nicht ganz unvermögend waren und hat sich deshalb an Sie rangemacht. Es würde zu mindestens ziemlich genau ins Bild passen."

Der Mann machte eine Pause, um seine Worte wirken zu lassen, die seine Zuhörer sehr zu erschüttern schienen. Lisas Stimme zitterte leicht, als sie fragte: „Wie meinen Sie das: ‚*ins Bild passen*‘? War es nicht das erste Mal, dass er so etwas gemacht hat?"

„Ich fürchte: nein. Sie haben vorhin gesagt, dass Sie nicht wissen, warum er in die Staaten gegangen ist. Die Vermutung liegt nahe, dass er in England nicht mehr bleiben konnte. Er wird dort wegen ganz ähnlicher Delikte gesucht. Scheinbar macht er sich an reiche Frauen ran, nimmt sie aus und verschwindet wieder."

„Hat er auch schon andere Frauen…" Lisa konnte die Frage nicht aussprechen, die Tränen erstickten ihre Stimme. Anton versuchte, sie ein wenig zu trösten, indem er ihr den Arm um die Schulter legte und sie sanft drückte.

„Ich fürchte ja, Frau Bode. Den Unterlagen nach ist er verwitwet."

Auch die Stimme ihres Freundes war ein wenig

belegt, als er versuchte, das Thema zu wechseln. „Haben Sie auch etwas über die Lebensmittel herausgefunden, Herr Sandmann?"

„Ja, haben wir. Ihre Vermutung war richtig. Fast alle offenen Lebensmittel waren mit Milchzucker versetzt. Ein perfider Plan, da es nicht auffallen würde, wenn man nicht explizit danach sucht. Sie wurden tatsächlich mit Laktose systematisch vergiftet, Frau Bode, was natürlich nur geht, wenn man so extrem wie Sie darauf reagiert. Für jeden anderen Menschen sind die Lebensmittel vollkommen harmlos. Dennoch würde ich Ihnen empfehlen, alle angebrochenen Sachen zu entsorgen, auch Dinge wie Mehl und Zucker. Wir haben übrigens ein neues Schloss einbauen lassen, da Herr Fisher scheinbar noch über einen Nachschlüssel des alten Schlosses verfügt. Hier sind die neuen Schlüssel." Er reichte ihr einen Schlüsselbund mit mehreren Sicherheitsschlüsseln. „Damit sollten Sie beruhigt in ihr Haus zurückkehren können. Machen Sie sich nicht allzu große Sorgen, Frau Bode. Herr Fisher ist zur internationalen Fahndung ausgeschrieben. Sobald er einen Flughafen betritt, werden wir ihn schnappen. Und er weiß, dass er gesucht wird, hat vermutlich sogar über die Kameras mitbekommen, wie die Kollegen im Haus waren. Es wäre sehr unklug von ihm, sich hier in der Gegend noch einmal blicken zu lassen."

Lisa nickte, während Anton sich da noch nicht so sicher war. Er hatte ein ungutes Gefühl, Lisa alleine in dem großen Haus zu wissen. Woher wollte der Beamte wissen, wie Leo tickte und was er tat oder nicht tat? Nach dem, was er bisher erfahren hatte, war Lisas Ex vollkommen unberechenbar.

Die junge Frau war immer noch etwas unsicher auf den Beinen, als sie einige Zeit später zu ihrem Auto gingen. Als sie die Fahrertür öffnete, drehte sie sich zu Anton um und reichte ihm ihren Autoschlüssel. „Kannst du bitte fahren, Anton? Ich weiß nicht, ob ich das jetzt schaffe."

„Kein Problem. Gib' her! Ich bringe dich nach Hause. War ein bisschen viel für dich da drinnen, oder?"

„Wenn ich mir vorstelle, dass ich fast zwei Jahre mit dem Mann zusammengelebt habe. Und jetzt erfahre ich nicht nur, dass er es auf mein Geld abgesehen hat, sondern auch, dass er vermutlich Schuld an meiner Behinderung ist – Schuld an den monatelangen Schmerzen, den Operationen und Behandlungen inclusive Reha. Dabei dachte ich, er würde sich um mich kümmern, weil er mich liebt und nicht, weil er mich töten will. Wie gut, dass ich mir Zeit mit der Hochzeit lassen wollte, sonst hätte er mich vermutlich schon längst um die Ecke gebracht, so wie meine Vorgängerinnen."

„Mach' dir keine Vorwürfe, Lisa. Es sind auch andere auf ihn hereingefallen. Du hast ja gerade noch rechtzeitig die Notbremse gezogen."

„Aber auch nur, weil du mir die Augen geöffnet

hast. Ich weiß gar nicht, wie ich das je wieder gutmachen kann."

„Das brauchst du auch nicht. Solange es dir wieder gutgeht, reicht mir das völlig."

„Danke", sagte Lisa, beugte sich zu ihm hinüber und gab ihm einen Kuss auf die Wange. Für einige Sekunden krampften sich seine Finger fester um das Lenkrad, was die junge Frau jedoch nicht bemerkte, da sie gerade ihre Tränen wegwischte, die ihr über das Gesicht liefen.

Als sie im Haus ankamen, drückte Lisa ihm ihre Handtasche in die Hand. „Kannst du die bitte mit reinnehmen? Ich würde gerne noch ein bisschen an der frischen Luft bleiben."

„Soll ich mitkommen?"

„Nein danke, nicht nötig. Ich bleibe im Garten. Ich würde nur gerne einen Moment alleine sein."

„Na gut. Sag' Bescheid, wenn etwas ist." Anton ging ins Haus und legte die Handtasche auf ein kleines Schränkchen im Flur. In diesem Moment ertönte ein Signalton aus der Tasche – scheinbar hatte sie eine SMS oder WhatsApp erhalten. Für einen Moment überlegte er, ob er es ihr hinausbringen sollte, entschied sich dann aber dagegen. Wer immer es war, musste eben noch einen Augenblick warten.

Zum Abendessen holte Hubert Lisa ins Haus. Er hatte inzwischen von Anton erfahren, welche Information sie von der Polizei erhalten hatten und versuchte, die junge Frau ein wenig aufzuheitern. Doch Lisa war recht schweigsam, auch als sie sich später zusammen auf die Couch setzten. Als Anton in die Küche ging, um etwas zu trinken zu holen, piepte Lisas Handy erneut, woraufhin er es aus der Tasche nahm und ihr hinhielt, als er wieder ins Wohnzimmer trat. „Dein Handy hat schon zweimal gepiept. Vielleicht ist es etwas Wichtiges."

„Danke, das ist lieb von dir", antwortete sie, nahm das Telefon und legte es neben sich.

„Willst du nicht nachsehen?"

„Nein, nicht nötig", sagte sie schnell, weil sie sich schon denken konnte, wer es war. „Hubert, ich wollte mich bei dir bedanken, dass ich bei euch wohnen durfte. Aber ich werde am Wochenende zurück nach Rosengarten gehen."

Anton und Hubert blickten sie erstaunt an. „Gefällt es dir hier nicht", fragte der ältere der beiden.

„Doch, natürlich, Hubert. Ihr habt mich aufgenommen, als wenn ich zur Familie gehöre. Aber ich weiß auch, dass ihr nicht auf einen Drei-Personen-Haushalt eingestellt seid. Ihr habt beide einen anstrengenden Job und braucht auch mal ein bisschen Zeit für euch. Anton hat mir erzählt, dass du gerne puzzelst. Also mach' das. Und ich muss auch wieder in ein normales Leben zurückfinden. Aber ich würde euch gerne besuchen, wenn ich das darf."

„Natürlich darfst du das, Kind. Wann immer du möchtest." Hubert hatte ihre Hand ergriffen und drückte sie sanft. „Wir würden uns freuen."

„Danke. Das bedeutet mir sehr viel. Ich gehe dann mal auf mein Zimmer. Gute Nacht."

„Gute Nacht, Lisa", wünschte der Mann, während sein Sohn die ganze Zeit noch kein Wort gesprochen hatte. Auch jetzt noch starrte er hinter der Frau her, als sie aufstand, ihr Handy griff und zu den Schlafzimmern ging. Hubert wartete, bis sein Sohn endlich den Blick von der geschlossenen Zimmertür abwandte und suchte dann seinen Blick. „Vielleicht solltest du noch einmal mit ihr reden. Ich habe kein gutes Gefühl dabei, wenn sie ganz alleine in dem großen Haus ist, solange dieser... Mensch noch frei herumläuft."

„Ich auch nicht, Vater. Ich auch nicht", antwortete Anton und dachte darüber nach, wie sie das Problem lösen könnten.

„Darf ich dich mal etwas fragen, mein Sohn?"

Anton hob den Kopf. „Ja?"

„Wie stehst du zu ihr?"

„Zu Lisa? Sie war einmal meine beste Freundin, auch wenn wir uns aus den Augen verloren haben, als ich studieren gegangen bin", antwortete er ausweichend.

Sein Vater blickte ihn nachdenklich an. „Ich wollte nicht wissen, was vor zehn Jahren war, Anton. Ich möchte wissen, was heute ist."

Hubert bemerkte die leichte Verfärbung auf seinen Wangen, als sein Sohn ein wenig verlegen den Kopf senkte und überlegte, was er sagen sollte.

152

„Das, was Lisa am meisten im Moment braucht, ist ein guter Freund, und der möchte ich gerne für sie sein. Sie hat so viel durchgemacht in den letzten Jahren und ich möchte ihr helfen, darüber hinwegzukommen."

Hubert grinste amüsiert. „Auch wenn ich vielleicht langsam alt werde, junger Mann, bin ich doch noch nicht so tatterig, dass ich nicht merke, wie du mir ausweichst. Also frage ich dich einfach ganz direkt: liebst du sie?"

Anton zuckte zusammen, als wenn ihm sein Vater eine Ohrfeige gegeben hätte. „Wie kommst du denn auf diese Idee?"

„Ich habe Augen im Kopf, Anton", stellte er mit anklagender Stimme fest, woraufhin sein Sohn einknickte und mit dem Kopf nickte. „Also gut. Du hast ja Recht. Aber behalte es bitte für dich. Lisa weiß nichts davon."

„Dann solltest du es ihr vielleicht einfach mal sagen. Ich weiß, dass sie dich auch mag."

„Das ist es ja eben. Sie mag mich. Sie hat in mir immer so etwas wie einen großen Bruder gesehen. Ich möchte das nicht zerstören. Und schon gar nicht jetzt, wo sie so schlechte Erfahrungen mit einem Mann gemacht hat. Vielleicht später irgendwann, wenn sie das alles ein wenig verdaut hat."

„Du musst wissen, was du tust, mein Sohn. Alt genug bist du ja. Aber ich denke trotzdem, dass du ihr die Wahrheit sagen solltest."

„Dafür ist es noch zu früh. Aber ich werde nochmal mit ihr wegen Rosengarten reden. Vielleicht gibt es ja eine andere Möglichkeit." Damit erhob er sich, legte seinem Vater kurz die Hand auf die Schulter, nickte ihm zu und ging ebenfalls in Richtung Schlafzimmer davon. Vor der Zimmertür von Lisa blieb er stehen und klopfte schließlich an das Holz. Doch nichts rührte sich. Auch auf ein zweites Klopfen kam keine Reaktion. Jetzt fing er an, sich Sorgen zu machen und drückte leise die Klinke hinunter. „Lisa? Darf ich?", fragte er durch den Spalt und als auch da keine Reaktion kam, öffnete er die Tür ein Stückchen weiter.

Lisa saß bereits im Schlafanzug auf ihrem Bett, hatte das Handy in der Hand und starrte geistesabwesend auf das Display. Anton bemerkte, wie ihr Tränen über das Gesicht liefen. Mit zwei schnellen Schritten war er beim Bett, setzte sich auf die Bettkannte und berührte sie sanft an der Schulter. „Lisa, was hast du?"

Endlich blickte die junge Frau auf und er konnte Angst in ihrem Blick sehen. Wortlos reichte sie ihm das Telefon, auf dem die Nachrichten geöffnet waren. Sie hatte im Laufe der Woche mehrere Nachrichten von einer unterdrückten Nummer erhalten, und auf den ersten Blick wusste er, wer sie geschickt hatte. Anton las die einzelnen Mitteilungen aufmerksam durch:

☺ *Du brauchst dich nicht zu verstecken. Ich finde dich schon.*

☺ **Ich hoffe, du erstickst an deinem Reichtum, du**

154

Schlampe.

☻ *Hast dich jetzt wohl mit dem Notarzt zusammen getan. Aber der kann auch nicht immer zur Stelle sein. Pass' lieber auf dich auf.*

☻ **Wie lebt es sich denn mit zwei Männern zusammen?**

☻ *Du solltest auf der Hut sein. Ich werde verschwinden, aber irgendwann, wenn du es nicht erwartest, werde ich wiederkommen. Und dann rechnen wir ab!*

Die letzte Nachricht war von heute Abend und für Anton war das eine ganz klare Drohung. Leo wollte zurückkommen und beenden, was er begonnen hatte. Lisa war nicht sicher vor ihm, bevor er nicht hinter Schloss und Riegel saß. Anton legte das Telefon auf den Nachttisch und zog die junge Frau in seine Arme. Sie lehnte den Kopf an seine Schulter und ließ ihren Tränen freien Lauf, während er ihr tröstend den Rücken streichelte. Erst als das Beben nachließ, löste er seine Umarmung und hielt sie an den Schultern auf Armeslänge von sich weg. „Lisa, du kannst nicht alleine in das Haus zurück. Er weiß, wo du dich aufhältst, wie auch immer er das herausgefunden hat. Er weiß sogar, dass ich der Notarzt war, der dich behandelt hat. Vermutlich, weil er es über die Kamera gesehen hat. Ich habe das Gefühl, er ist nicht weit weg und beobachtet dich. Wenn du unbedingt nach Rosengarten zurück-möchtest, dann lass' mich in deinem Gästezimmer wohnen. Wenigstens, bis sie den Kerl finden. Und mir wäre wohler, wenn du nicht alleine zur Arbeit und wieder nach Hause fährst. Ich kann dich fahren, wenn du willst. Vor der Praxis bekomme ich das hin und abends auch. Probleme gibt es nur, wenn ich in der Klinik länger beschäftigt bin, aber ich könnte mit meinem Vater reden, dass er dich dann abholt und bei dir bleibt, bis ich komme."

Lisa blickte ihn überrascht an. „Aber das kann ich doch nicht von euch verlangen", widersprach sie heftig.

„Das tust du ja auch nicht. Ich biete es dir an. Und ich denke wirklich, dass es die beste Idee ist. – Falls es dir nichts ausmacht, wenn ich eine Weile bei dir wohne. Ich wollte mir zwar eigentlich etwas Eigenes suchen, aber das kann warten. Du bist wichtiger."

„Ich... ich weiß gar nicht... was ich sagen soll", stotterte sie gerührt.

Anton grinste frech. „Sag' ja."

„Ja, natürlich", sagte sie und umarmte ihn kurz. „Vielen, vielen Dank. – Und was machen wir, wenn du Noteinsätze fährst?"

„Dann fahre ich eben eine Weile nicht. Es gibt auch andere Ärzte. Auch wenn ich es manchmal gerne mache. Und wenn es wirklich mal nicht geht, kannst du in diesen Nächten auch einfach bei meinem Vater im Gästezimmer schlafen."

„24-Stunden-Überwachung sozusagen", lächelte sie und Anton nickte. „Wenn es sein muss."

Anton blieb noch eine Weile bei ihr sitzen, bis sie sich vollständig beruhigt hatte, und sie schmiedeten Pläne für den kommenden Tag. Sie wollten zusammen einkaufen gehen, da Lisa einen Großteil ihrer Lebensmittel in den Schränken und im Tiefkühlschrank entsorgen würde, um sicher zu gehen, dass sie nicht mit Milchzucker versetzt waren. Anschließend wollten sie gemeinsam die Küche umkrempeln und durchsehen. Und für den Abend wollte Anton sie zum Essen und ins Kino entführen, damit sie einfach mal ein bisschen rauskam. Sie hatten ein großes Kino in der Stadt, in dem es mehrere Filme gleichzeitig gab – da würden sie schon etwas Passendes finden.

Als der junge Arzt ihr Zimmer schließlich verließ, war es fast Mitternacht, doch Lisa fühlte sich viel besser und dachte nicht mehr an die Drohnachrichten, die ihr so große Angst eingejagt hatten.

POST AUS DER VERGANGENHEIT

Beim Frühstück am nächsten Morgen teilte Anton seinem Vater ihre Entscheidung mit, die sie in der letzten Nacht getroffen hatten. Dieser hatte sich schon fast so etwas gedacht. Er kannte seinen Sohn gut genug und selbst wenn dieser nicht auf diese Idee gekommen wäre, hätte sein Vater die Möglichkeit von sich aus vorgeschlagen. Auch Hubert wollte die junge Frau nicht alleine im Haus wissen und erklärte sich bereit, sie gegebenenfalls von der Arbeit abzuholen und bei ihr zu bleiben, wenn Anton mal nicht aus der Klinik wegkam.

Lisa hatte ihre Sachen bereits vor dem Frühstück gepackt und auch ihr Freund hatte ein paar Sachen für die ersten Tage in eine Reisetasche gestapelt. Den Rest konnte er später mitnehmen. Viel war es ohnehin nicht, da er hauptsächlich Kleidung und einige Bücher besaß. Nach dem Frühstück fuhren sie mit Lisas Auto zu einem großen Supermarkt, nachdem sie eine Liste geschrieben hatten, was man in der Regel alles benötigte.

Zwei Stunden später trafen sie in Rosengarten ein. Während Anton die schweren Taschen aus dem Fahrzeug ins Haus trug, machte sich Lisa an die Arbeit in der Küche. Systematisch ging sie durch jeden Schrank und jedes Regal. Alles, was bereits geöffnet war, wurde in einen großen Eimer gekippt und die Packungen entsprechend ihren Materialien entsorgt. Dreimal brachte sie den Eimer zum Komposthaufen am Ende des Gartens, um ihn zu leeren. Anschließend nutzte sie die Gelegenheit, um die Schränke gleich ordentlich auszuwischen, während ihr Begleiter, der inzwischen alles aus dem Auto geholt hatte, ihre Einkäufe aus den Taschen räumte und auf dem großen Esstisch sortierte, sodass sie sie anschließend ordentlich wegräumen konnte.

Inzwischen war es Mittag geworden und sie gönnten sich eine kleine Pause bei ein paar Sandwiches, die Anton schnell gezaubert hatte. Froh betrachtete Lisa ihr Werk. „Es mag komisch klingen, aber jetzt fühle ich mich gleich ein bisschen sicherer. Sag' mal, warum haben eigentlich die Ärzte in Amerika die Laktose-Vergiftung nicht festgestellt. Sie wollten mir einreden, dass meine Beschwerden psychosomatisch wären, ich also nicht mehr alle Latten am Zaun hätte."

Anton grinste über ihre Ausdrucksweise. „Das ist ganz einfach: sie haben nicht danach gesucht. Wer denkt schon an so etwas? Ich bin auch nur auf den Gedanken gekommen, weil du mich darauf gebracht hast."

„Ich? Wieso?", fragte sie verwundert.

„Na, du hast mir doch selber gesagt, dass die Symptome genauso sind, wie wenn du Laktose zu dir nimmst. Und da du im Krankenhaus keine

Probleme hattest, konnte es schon mal keine Allergische Reaktion oder etwas in der Art gegen mehr oder weniger alle Lebensmittel sein. Auch eine Erkrankung des Magen-Darm-Traktes konnte ich dadurch ausschließen, denn dann hättest du die Probleme auch dort bekommen. Es ging sozusagen über ein Ausschlussverfahren und am Ende blieb eigentlich nur noch das Abwegigste übrig."

„Ich bin auf jeden Fall froh, dass du es herausgefunden hast. Kannst du dir vorstellen, wie es ist, wenn man Angst davor hat, etwas zu essen? Du hast Hunger und weißt doch genau, wenn du etwas isst, geht es dir noch schlechter."

„Ich kann es mir in etwa denken, da ich gesehen habe, wie du immer weniger wurdest. Jetzt musst du nur noch ein wenig aufpassen, was du isst, ansonsten kannst du schlemmen, wie es dir gefällt. Und für den Fall, dass du mal irgendwo eingeladen bist oder essen gehst und nicht weißt, ob irgendwo Laktose enthalten ist, gebe ich dir ein paar Tabletten, die du in diesem Fall mit dem Essen zu dir nehmen kannst und die die Laktose aufspalten, sodass du keine oder wenn, nur sehr abgeschwächte Symptome haben wirst."

„Das ist lieb. Danke dir."

„Hey, immerhin bin ich dein Arzt", lachte er und die Freundin blickte ihn ernst an. „Du bist so viel mehr als das", sagte sie nur, stand auf und fing an, ihre Teller in die Spülmaschine zu räumen. Bis Anton sich wieder gefangen hatte, war sie bereits

160

fertig.

Anschließend ging Lisa nach oben, um das Gästezimmer herzurichten, während Anton schnell die wenigen Straßen zu seinem Vater fuhr, um ihre Sachen abzuholen. Als er zurückkam, war sie gerade dabei, das Bett frisch zu beziehen. Er stellte seine Tasche auf einem Stuhl ab, um sie später auszupacken. „Wo möchtest du deine Tasche habe?"

„Du kannst sie in das Schlafzimmer meiner Eltern stellen. Ich habe meine Klamotten noch dort im Schrank."

„Schläfst du nicht auch dort?", fragte er verwundert.

„Nein, ich schlafe in meinem alten Kinderzimmer."

Anton hielt in der Bewegung inne. „Hat das einen bestimmten Grund? Ich meine, es ist doch bestimmt viel bequemer dort."

„Ich habe dort mit Leo geschlafen und dort hat er mich auch…"

Endlich begriff Anton und hätte sich am liebsten selbst geohrfeigt. Wie konnte er nur so dumm sein? Er stellte ihre Tasche auf den Boden, trat an die junge Frau und zog sie in die Arme. „Entschuldige, Lisa. Ich habe nicht nachgedacht. Vielleicht solltest du das Zimmer irgendwann renovieren oder neu einrichten, um die Erinnerung zu vergessen."

„Ja, vielleicht mache ich das irgendwann. Aber jetzt noch nicht."

Er nickte, nahm die Tasche und brachte sie in das

ehemalige Elternschlafzimmer. Als er zurückkam, blieb er an der Tür gegenüber dem Gästezimmer stehen – Lisas Schlafzimmer. „Darf ich?", fragte er vorsichtig.

Jetzt lachte sie doch ein wenig. „Seit wann fragst du? Du warst doch schon hundert Mal in meinem Zimmer."

„Damals war ich auch noch ein Junge."

„Trotzdem stört es mich nicht. Du kannst dich im Haus frei bewegen. Immerhin wohnst du jetzt hier."

Anton nickte und öffnete die Tür zu Lisas ehemaligem Kinderzimmer. Im Gegensatz zu seinem eigenen hatte sich hier einiges verändert. Das einstige Hochbett aus weißem Metall, unter dem die junge Lisa damals ihren Schreibtisch stehen hatte, war einem hübschen, kiefernfarbenen Jugendbett gewichen. Auch der Schreibtisch und der Kleiderschrank waren in diesem Ton gehalten. Das Zimmer wirkte wärmer als früher – gemütlicher. In einer Ecke stand ein bequemer Sessel und die Kuscheltiere in den Regalen waren Büchern und Fotos gewichen. Auch die Poster von Kinofilmen und Popsängern waren verschwunden.

Auf einer Ablage hinter ihrem Bett saß das einzige, übriggebliebene Kuscheltier, das er entdecken konnte: ein mittelgroßer Teddybär mit schwarzbraunem Fell. Anton ging auf das Bett zu und nahm den Teddy in die Hand, der ihm nicht unbekannt war. Er selbst hatte ihn Lisa geschenkt, als sie sich bei einer ihrer Kletteraktionen den Arm gebrochen hatte. Es rührte ihn, dass sie ihn all die Jahre aufgehoben hatte und streichelte sanft über das weiche Fell.

„Es hat sich ein wenig verändert, seit du das letzte Mal hier warst", stellte Lisa entschuldigend fest.

Anton wirbelte herum, fühlte sich ein wenig ertappt und stellte den Teddy schnell wieder an seinen Platz. „Es ist sehr gemütlich und viel hübscher als die alten weißen Möbel, die du als Kind hattest."

„Dein Zimmer ist jetzt auch fertig, Anton. Wenn du willst, kannst du dich ein bisschen einrichten."

„Ich danke dir."

Einige Zeit später zogen sich die beiden um, um zusammen in die Stadt zu fahren. Lisa war schon eine Ewigkeit nicht mehr ausgegangen und im Kino war sie das letzte Mal während ihrer Schulzeit. Sie schlenderten gemeinsam durch die belebten Straßen und suchten ein hübsches, kleines Restaurant aus, in dem sie zu Abend essen wollten. Die junge Frau fühlte sich im siebten Himmel, als sie mit Anton zusammen in dem gedämpften Licht an einem Tisch Platz nahm, auf dem eine Kerze stand und im Hintergrund leise Musik ertönte. Anton erzählte ihr von seiner Studien- und der anschließenden Assistenzarzt-Zeit und Lisa erzählte wiederum, was sie in den letzten Jahren der Schule und später im Beruf so erlebt hatte. Nun erfuhr er auch, was sie eigentlich genau machte.

„Arbeitest du auch zu Hause?", fragte er schließlich.

„Manchmal. Wenn noch eine Präsentation fertig werden muss. Termin-Sachen halt. Dann kann es auch mal vorkommen, dass ich abends oder am Wochenende ein paar Stunden dranhänge. Aber in der Regel ist das eher selten der Fall. Ich habe mir überlegt, dass wir uns das Arbeitszimmer meines Vaters teilen könnten. Der Schreibtisch ist so riesig, dass wir bequem zusammen daran Platz finden. Und ich wollte sowieso mal durch die ganzen Regale gehen und ein bisschen was aussortieren. Dann hätten deine Bücher genug Platz und du kannst deine Recherchen am PC oder in deinen Büchern durchführen. Ich arbeite sowieso am Laptop. Das bedeutet, du kannst den PC meines Vaters gerne benutzen.“

„Das ist lieb von dir, aber nicht notwendig.“

„Ich mache es aber gern. Du sollst dich zu Hause fühlen. Ein kleines Zimmer hattest du bei deinem Vater auch. Ich möchte aber, dass du ein Heim bekommst, solange du dort leben möchtest.“

„Na gut, überredet“, lächelte er dankbar.

Nach dem Essen gingen sie zusammen zum Kinocenter und sahen sich die Auslagen an. Kurz darauf hatten sie sich auf eine Liebeskomödie geeinigt und besorgten sich die entsprechenden Karten. Für Lisa war es fast wie damals, wenn sie zusammen ins Kino gegangen waren. Sie genoss seine Nähe auf dem Sitz neben ihr und genau wie früher legte er ihr den Arm um die Schulter. Lisa schloss für einen Moment die Augen und dachte an ihren letzten gemeinsamen Kinobesuch zurück, kurz bevor Anton damals weggegangen war. Eine sanfte Berührung auf ihrem Arm riss sie in die Wirklichkeit zurück. „Bist du müde? Sollen wir lieber nach Hause gehen?"

„Nein, nein", sagte sie schnell. „Ich habe gerade nur ein wenig in Erinnerungen geschwelgt. Entschuldige bitte."

„Da gibt es nichts zu entschuldigen. Ich hoffe, es waren wenigstens schöne Erinnerungen", lächelte er.

„Das waren sie."

Gut gelaunt schlenderten sie nach dem Film durch die Straßen und machten sich auf den Rückweg zum Auto, um nach Hause zu fahren. Dort setzten sie sich noch ein bisschen ins Wohnzimmer, tranken etwas zusammen und unterhielten sich über den Film, den sie gesehen hatten, bis Lisa hinter vorgehaltener Hand gähnte.

„Ich glaube, wir sollten langsam mal Schluss machen", grinste Anton. „Morgen ist auch noch ein Tag.

„Vielleicht hast du Recht. Es war ein langer Tag und ich bin es nicht mehr gewohnt, abends auszugehen."

„Bist du denn nicht hin und wieder mal weggegangen?"

„Schon lange nicht mehr, nein", gab sie zu.

„Das ist aber schade. Vielleicht sollten wir das in Zukunft öfter machen. Ich gebe zu, dass ich auch nicht wirklich oft weggehe. Hin und wieder mal mit meinem Vater zum Essen, aber das war's dann auch schon. Aber mir hat der Abend gefallen."

„Mir auch. Vielen Dank."

Vor ihrer Zimmertür gab er ihr wie immer einen Kuss, diesmal jedoch nicht auf die Stirn, sondern auf die Wange. „Schlaf' gut, Prinzessin Lilly", lächelte er sanft.

„Du auch, Teddy. Und Willkommen in deinem neuen Zuhause. Ich hoffe, du wirst dich hier wohlfühlen."

„Ganz bestimmt."

Lisa war bereits damit beschäftigt, das Frühstück vorzubereiten, als ihr neuer Mitbewohner ins Erdgeschoss kam. „Guten Morgen. Ich hoffe, du hast gut in deinem neuen Bett geschlafen", begrüßte sie ihn.

„Wie ein Baby. Ich habe nicht mal gehört, wie du aufgestanden bist."

„Ich habe mir auch Mühe gegeben, dich nicht zu wecken."

„Danke. Ich glaube, ich habe es gebraucht. Hab' gestern noch eine Weile nachgedacht vorm Einschlafen."

„Irgendetwas Bestimmtes?"

,Ja schon, aber das möchte ich dir nicht sagen', dachte Anton, sagte aber laut: „Ach, alles Mögliche, was mir so durch den Kopf ging."

„Dann brauchst du bestimmt mal eine Stärkung. Frühstück ist gleich fertig."

166

„Kann ich dir irgendetwas helfen?", fragte Anton, als Lisa später ins Arbeitszimmer ihres Vaters ging, um die Regale durchzusehen und gleich ein bisschen Staub zu wischen.

„Ich glaube, da muss ich alleine durch", stellte sie fest. „Aber wenn du magst, könntest du mir noch die Kiste im Papier-Container ausleeren. Die werde ich vermutlich brauchen."

„Kein Problem", lachte er, während er vor ihr salutierte. „Wird sofort erledigt, gnädige Frau." Damit schnappte er sich die Plastikkiste und verschwand, während Lisa ein Staubtuch besorgte und sich im Zimmer umblickte, um zu entscheiden, wo sie anfangen sollte. Schließlich entschied sie sich für ein Regal, in dem verschiedene Magazine und Zeitschriften standen und holte den ersten Stapel hervor, um ihn durchzusehen. Anton brachte ihr kurz darauf die Kiste zurück. „Sag' Bescheid, wenn sie voll ist oder ich dir etwas helfen kann. Ist es okay, wenn ich mich ein bisschen in der Bibliothek umschaue?"

„Anton! Begreife endlich, dass du dich hier wie zu Hause fühlen sollst. Natürlich darfst du dich dort umsehen", sagte sie streng und fügte dann grinsend hinzu: „Du darfst sogar in den Büchern lesen."

Anton gab ihr einen kleinen Klaps auf den Hintern. „Ach nee. Da wäre ich jetzt gar nicht drauf gekommen."

„Deshalb sage ich es ja", lachte sie und ging

schnell aus seiner Reichweite. Lachend entfernte sich Anton und verschwand in der Bibliothek, während die junge Frau weiterhin durch die Magazine blätterte. Das meiste waren irgendwelche Sammel-Hefte, die ihre Eltern irgendwann einmal abonniert hatten. Sie war sich nicht einmal sicher, ob ihre Eltern sie jemals alle gelesen hatten, zu mindestens sahen einige noch recht jungfräulich aus.

Lisa blätterte sie grob durch. Was sie interessierte, legte sie auf einen Stapel, um sie sich noch einmal genauer anzusehen, den Rest entsorgte sie in der Plastikkiste, die Anton zwischendurch ausleerte. Als er sie wieder einmal zurückbrachte, war es bereits Mittag.

„Was möchtest du essen, Lisa? Ich kann uns etwas Hübsches zaubern, während du hier am Werkeln bist."

Lisa ließ sich auf den Schreibtischstuhl sinken und atmete durch. „Weißt du was? Ich hätte Lust auf einfache Spaghetti mit Tomatensoße. Das habe ich schon lange nicht mehr gehabt. Du weißt schon: so wie wir sie früher immer gegessen haben. Mit Mehlschwitze und Tomatenmark. Kriegst du das hin oder soll ich dir mit der Soße helfen?"

„Nee, nicht nötig", grinste er. „Du sprichst mit einem ehemaligen Studenten, der sich fast aus-schließlich davon ernährt hat. Ich habe deine Mutter damals gebeten, es mir zu zeigen, damit ich es lerne. Ich denke, du wirst zufrieden sein."

„Na dann, überrasche mich mal", forderte Lisa

ihn auf und er verschwand in der Küche. Eine halbe Stunde später stellte sie fest, dass sich die jahrelange Übung gelohnt hatte. Seine Soße schmeckte fast noch besser, als die ihrer Mutter und die beiden ließen es sich schmecken. Lisa nahm sich sogar noch etwas nach, bevor sie sich in ihrem Stuhl zurücklehnte. „Ich glaube, heute mache ich nicht mehr weiter im Arbeitszimmer. Ich bin viel zu vollgefressen."

„Das musst du auch nicht. Das Arbeitszimmer hat Zeit. Was hältst du stattdessen von einem gemütlichen Verdauungsspaziergang?"

„Gerne", antwortete Lisa.

Die nächsten zwei Stunden verbrachten die beiden zusammen an der frischen Luft, machten Scherze und neckten sich gegenseitig. So sehr Anton diese Zeit mit ihr genoss, desto schwieriger wurde es auch für ihn, seine Gefühle unter Kontrolle zu halten. Er merkte, wie die Sehnsucht in ihm wuchs, sie zu berühren und sie zu küssen. Doch er erlaubte sich nicht, diesem Verlangen nachzugeben. Wenn er gewusst hätte, dass es der Frau an seiner Seite ebenso ging, wäre vieles einfacher gewesen. Doch die schwieg genauso beharrlich, wie er.

An diesem Abend nahm Lisa die zur Seite gelegten Magazine mit in ihr Schlafzimmer, um vor dem Schlafengehen ein wenig darin herumzublättern, bevor sie sie schließlich ebenfalls entsorgte. Es war ein ansehnlicher Stapel geworden, an dem sie wohl ein paar Tage beschäftigt sein würde.

In der kommenden Woche gewöhnten sich die beiden schnell an das Zusammenleben und Lisa stellte fest, dass es bereits in den ersten Tagen viel harmonischer war, als mit Leo nach vielen Monaten. Sie gaben aufeinander Acht, halfen sich gegenseitig, teilten sich die Hausarbeit und verbrachten nach dem gemeinsamen Kochen und Essen regelmäßig Zeit damit, sich zu unterhalten, Musik zu hören oder einen Film anzusehen. Manchmal gingen sie auch ein bisschen durch die Herbstlandschaft spazieren.

Wie besprochen brachte Anton sie zur Arbeit und holte sie auch wieder ab, was für die junge Frau, die bisher immer alleine gefahren war, mehr als gewöhnungsbedürftig war. Doch sie sah ein, dass es einfach sicherer war, solange sie nicht wussten, ob sich Leo noch in der Gegend herumtrieb.

Lisa hatte sich angewöhnt, die eingehenden Nachrichten gar nicht erst anzusehen, damit sie nicht irgendwann in Panik geriet. Anton checkte sie abends, um sicher zu gehen, dass der Mann nicht irgendwelche Hinweise gab, wozu Leo aber scheinbar zu schlau war. Dennoch drohte er ihr weiterhin, vermutlich einfach, um ihr Angst zu machen.

Anton hatte seine nächtlichen Notarzt-Dienste vorrübergehend abgemeldet, in der Zentrale jedoch Bescheid gesagt, dass er bei akutem Ärzte-Mangel natürlich einspringen würde. Auch sein Vater wusste Bescheid, dass sie in diesem Fall bei ihm übernachten würde. Ein bisschen kam Lisa sich zwar vor wie eine Strafgefangene, die unter ständiger

Überwachung stand, doch ihr Unbehagen darüber war wesentlich geringer als ihre Angst davor, Leo könnte seine Drohung wahr machen, und ihr irgendwo auflauern. Vielleicht würde er es einfach irgendwann aufgeben, wenn er merkte, dass er sie nicht erwischen konnte.

Andererseits wusste sie nicht, wie lange sie dieses Spielchen weiterspielen konnten oder wollten. Würde sie nicht irgendwann verrückt werden, wenn sie ihr eigenes Leben nicht mehr bestimmen konnte, aus Angst vor irgendwelchen Überfällen? Vielleicht war es gar nicht so schlecht, wenn Leo irgendetwas versuchen würde, damit man wusste, wo er war. Aber niemand konnte garantieren, dass Anton auch diesmal zur Stelle sein würde. Also musste sie wohl oder übel in den sauren Apfel beißen und hoffen, dass die Polizei ihre Arbeit gründlich und vor allem gut machte. Oder auch, dass Leo irgendwann einen Fehler machte – einen Fehler, der ihm hoffentlich das Genick brechen und seinen Aufenthaltsort verraten würde, sodass er endlich seine gerechte Strafe bekommen und vor allem, niemandem mehr schaden konnte.

Am Freitagabend ging Lisa bereits in ihr Zimmer, während Anton sich noch eine Dokumentation über medizinische Verfahren ansehen wollte, die recht spät lief. Da Lisa davon sowieso nicht viel verstehen würde, überließ sie ihm den Fernseher und las noch ein wenig in den Magazinen ihrer Eltern. Sie war fast durch – nur noch wenige der Zeitschriften waren von dem doch recht großen Stapel übrig geblieben.

Nachdem sie es sich gemütlich gemachte hatte, nahm sie sich das erste Magazin und las einige Artikel darin, bis sie alles Interessante durchgesehen hatte, lege es dann auf den Fußboden und griff nach dem nächsten Heft. Sie erwischte jedoch nur das Deckblatt und als sie es zu sich zog, klappte die Zeitung auf und ein Briefumschlag landete auf ihrer Bettdecke.

Neugierig hob sie den Umschlag hoch und riss die Augen auf. Sie kannte diese Handschrift, hatte sie oft genug gesehen, wenn sie kleine Briefchen oder Nachrichten von dem Schreiber bekommen hatte. Lisa drehte den Briefumschlag um und fand dort eine Anschrift, die einige hundert Kilometer entfernt war – die ehemalige Studentenanschrift von Anton. Auf der Vorderseite stand ihr eigener Name und die Anschrift von Haus Rosengarten und auf der Briefmarke konnte sie gerade noch einen Stempel mit einem Datum von vor gut zehn Jahren erkennen. Es war tatsächlich Antons Brief, den er nach seinem Weggang an sie geschrieben hatte und der nie bei ihr angekommen war.

Wie zum Teufel kam dieser Brief in die Zeitschrift? Hatten ihre Eltern ihn etwa vor ihr versteckt? Nein – das konnte eigentlich nicht sein. So etwas hätten ihre Eltern nie getan. Sie griff nach der Zeitschrift und auch dort war ein kleines Datum angegeben. Und plötzlich wusste sie, was vor zehn

Jahren geschehen sein musste. Vermutlich war der Brief im Briefkasten zwischen die Seiten gerutscht und ihre Eltern hatten es nicht bemerkt, als sie die Zeitschrift zu den anderen in den Sammelordner gelegt hatten. Die Zeitschrift war ungelesen, sodass sie den Brief auch später nicht bemerkt hatten. All die Jahre lag er unentdeckt zwischen den bedruckten Seiten und hatte auf sie gewartet.

Lisa legte die Zeitung zurück auf den Stapel und drehte den Brief weiterhin in den Händen. Sollte sie ihn lesen? Nach so langer Zeit? Andererseits hatte Anton ihn für sie geschrieben und er hatte ihr vor einiger Zeit gesagt, dass er ihr in diesem Brief erklärt hatte, warum er damals gegangen war. Aber war das jetzt noch wichtig? Er war ja zurückgekommen. Die junge Frau war immer noch unschlüssig, doch ihre Neugierde siegte schließlich und beinahe ehrfürchtig öffnete sie den Umschlag und zog einige Blätter Briefpapier hervor, die mit derselben, gleichmäßigen Handschrift gefüllt waren, die so gar nicht nach einem Arzt aussah.

GESTÄNDNISSE

Lächelnd und fast sanft strich sie die Seiten glatt, die so viele Jahre in dem Umschlag eingeschlossen gewesen waren. Dann lehnte sie sich an die Wand, kreuzte die Beine im Schneidersitz und griff nach dem kleinen Teddy, den sie sich auf den Schoß setzte, bevor sie endlich anfing zu lesen:

Liebe Prinzessin Lilly,

jetzt ist es also so weit: Ich fange an, zu studieren und werde hoffentlich irgendwann als fertiger Arzt die Praxis meines Vaters übernehmen können. Du weißt, dass das schon immer mein Traum war. Ich freue mich auf die neue Aufgabe und die Dinge, die ich lernen kann, um später Menschen zu helfen, vielleicht sogar Leben retten zu können. Dafür werde ich arbeiten und mein Bestes geben. Und ich hoffe sehr, dass Du das verstehen kannst. Vielleicht nicht jetzt, aber doch irgendwann.

Gleichzeitig sehe ich aber auch die Frage in Deinem Gesicht, wenn Du diese Zeilen liest. „Warum konnte er nicht hier studieren, so wie er es lange geplant hatte, sondern musste unbedingt ans andere Ende des Landes gehen?" Und Deine Frage ist durchaus berechtigt. Eigentlich wollte ich hier studieren, weiter zu Hause wohnen bleiben und meine Freizeit mir dir verbringen. Aber ich kann es einfach nicht!

Lilly, Du bist die beste Freundin, die ich je hatte. Wir kennen uns schon so viele Jahre, Du warst damals noch nicht mal in der Schule, ich gerade mal um die zehn, und doch waren wir ein unschlagbares Team. Wir haben zusammen gelacht und geweint, haben Äpfel geklaut und Streiche gespielt. Du warst für mich die Schwester, die ich nie hatte und trotz des Altersunterschiedes habe ich Dich nie als kleines Mädchen betrachtet oder behandelt. Du standest immer mit mir auf einer Ebene, egal was wir gemacht haben und hast genauso für unsere Dummheiten gerade gestanden, wie ich es getan habe. Eine waschechte Prinzessin eben – stolz und verantwortungsbewusst.

Doch in letzter Zeit hat sich etwas verändert. Trotz Deines jungen Alters bist Du körperlich und geistig viel weiter, als andere, gleichaltrige Mädchen. Vielleicht ist der Umgang mit mir daran nicht ganz unschuldig – zu mindestens, was den geistigen Teil angeht. ☺ Doch diese Veränderung hat auch etwas in mir verändert. Ich habe keine Ahnung, wie das passieren konnte, aber aus der kleinen Schwester, dem Kumpel und der besten Freundin ist mehr geworden, als es sich schickt. Wenn du nach Hause gehst, bin ich traurig und kann es kaum erwarten, Dich wieder zu sehen. Die Berührung Deiner Hand löst ein Kribbeln in mir aus, das mich nervös macht und doch total angenehm und schön ist. Mir werden die Knie weich, wenn Du mich

175

anlächelst und Du hast keine Ahnung von alle dem. Ich habe versucht, diese Gefühle zu unterdrücken. Sie dürfen nicht sein – sind sogar gesetzlich verboten! Immerhin bin ich jetzt erwachsen, Du gerade einmal dreizehn. Ich weiß nicht einmal, ob Du dich schon einmal in einen Jungen verliebt hast – wir haben nie über dieses Thema gesprochen und ich befürchte, dass ich Dich gerade ein wenig überfalle mit meiner Offenbarung. Aber ich musste es Dir einfach sagen, auch wenn Du dann nie wieder etwas mit mir zu tun haben möchtest. Lisa, ich liebe Dich!

Und genau deshalb muss ich gehen. Es würde mir das Herz zerreißen, wenn ich in Deiner Nähe bleiben und Dich regelmäßig sehen würde. Es sind noch fast fünf lange Jahre, bis Du erwachsen bist. Fünf Jahre, in denen ich meine Gefühle geheim halten muss. Wenn alles gut läuft, werde ich in sechs Jahren mit dem Studium fertig sein, und hoffentlich irgendwo hier in der Nähe eine Assistenzarztstelle bekommen. Dann werde ich zurückkehren. Du wirst dann auch erwachsen sein, vielleicht arbeiten oder studieren. Aber ich hoffe, dass wir uns wiedersehen können. Und wenn wir uns immer noch so gut verstehen, bekommt meine Liebe vielleicht eine zweite Chance. An diese Hoffnung werde ich mich festklammern.

Ich weiß, dass das jetzt vielleicht ein bisschen viel für Dich ist, Prinzessin. Und ich kann verstehen, wenn Du verwirrt oder enttäuscht bist, vielleicht sogar wütend auf mich. Immerhin habe ich Dich in gewisser Weise im Stich gelassen. Aber ich tue es *nicht, um Dir zu schaden, sondern um Dich zu schützen. Und wenn du mich ein kleines bisschen verstehen kannst und auch nur eine winzige Möglichkeit siehst, mir zu verzeihen, dann wäre ich überglücklich, von Dir zu hören. Wir können uns schreiben, wenn du magst – auch wenn Du Probleme hast und jemanden brauchst. Du kannst mich auch jederzeit anrufen, ich werde immer für Dich da sein. Aber ich hoffe, du kannst verstehen, dass ich vorläufig nicht nach Hause kommen kann.*

Pass' auf Dich auf, Prinzessin Lilly.

In Liebe Teddy.

Als Lisa fertig war, ließ sie den Brief sinken und zog die Beine an den Körper. Mit dem kleinen Bären im Arm umschlang sie ihre Knie. Bereits während des Lesens waren ihr die Tränen über das Gesicht gelaufen. Warum war dieser Brief nie bei ihr angekommen? Er hätte ihr so viel Kummer und Schmerzen ersparen können: die Wochen, die sie nachts weinend im Bett verbrachte hatte, nachdem Anton plötzlich verschwunden war, ohne sich von ihr zu verabschieden, die ganze Sache mit Leo, den sie niemals an sich herangelassen hätte, wenn sie gewusst hätte, was sie jetzt wusste.

Sie wusste, dass sie ihm seinen Weggang verziehen hätte, sobald sie logisch darüber nachgedacht hätte. Liebend gerne hätte sie auf ihn gewartet, mit ihm geschrieben, vielleicht sogar telefoniert. Und sie hätten gemeinsam einen Weg gefunden und wären später vielleicht ein Paar geworden. Auch nach Amerika wäre sie dann bestimmt nicht gegangen und der Unfall wäre nie passiert. Als ihr das bewusst wurde, stürmten die Wut, die Enttäuschung und die Schmerzen der letzten Jahre auf die junge Frau ein. Sie ließ den Tränen freien Lauf und senkte den Kopf auf ihre Knie. Ihre Schultern bebten heftig, während sie den Schmerz endlich zuließ.

Als Anton den Fernseher ausschaltete, ahnte er nichts von dem Kummer, der gerade über Lisa hereinbrach. Sorgfältig kontrollierte er noch einmal die Haustür und die Fenster, bevor er nach oben ging. Im Haus war es jetzt still und er schlich leise zu den Schlafzimmern. Doch als er gerade seine Tür öffnen wollte, hörte er ein leises Schluchzen aus Lisas Zimmer und trat besorgt näher. Kurz lauschte er an der Tür und war sich nun sicher, dass etwas nicht stimmte. Leise drückte er die Klinke hinunter und öffnete die Tür ein wenig.

„Lisa? Kann ich dir helfen?", fragte er vorsichtig und schielte um die Ecke. Doch die junge Frau reagierte gar nicht auf ihn, sondern schluchzte einfach weiter. Langsam trat er näher und ließ sich auf die Bettkannte sinken. „Was ist denn passiert?", versuchte er es erneut, doch mit dem gleichen Erfolg. Sein Blick wanderte auf den Brief vor ihren Füßen und er zuckte unwillkürlich zusammen, als er seine eigene Handschrift erkannte. Wo kam der denn plötzlich her?

Anton legte Lisa die Hand auf die Schulter und

zog sie dann in seine Arme, während ihm selber einige Tränen über die Wangen liefen und Lisa sich an ihm festklammerte, als wenn sie ihn nie wieder loslassen wollte. „Es tut mir so leid, Kleines", wiederholte er immer wieder, während sie sich in den Armen lagen. Nur langsam wurde das Beben schwächer und auch ihr Griff lockerte sich langsam ein wenig. Schließlich löste er sich von ihr und streichelte ihr sanft über die feuchte Wange und zum ersten Mal wusste sie, was sein Blick bedeutete. Warum nur hatte sie es bisher nicht erkannt? Sie war genauso naiv wie damals mit dreizehn und hatte die Zeichen nicht deuten können. Weder damals noch bis vor wenigen Minuten.

„Ich weiß gar nicht, was ich sagen soll, Lisa", fing Anton an, als er seine Stimme wiedergefunden hatte. „Es tut mir unendlich leid. Vielleicht hätte ich den Brief damals besser nicht schreiben sollen, aber ich dachte, das bin ich dir schuldig. Ich hätte nie gedacht, dass es dir so nahe geht, sogar noch nach der langen Zeit. Glaubst du, du kannst mir jemals verzeihen?" Er hob den Kopf, den er kurz gesenkt hatte und stellte zu seinem Erstaunen fest, dass sie ihn anlächelte. Ein warmes Gefühl breitete sich in seiner Brust aus.

„Du bist unglaublich, Teddy. Ich habe dir doch schon vor langer Zeit verziehen." Sie drückte ihm einen Kuss auf die Wange und nahm ihn in die Arme.

Anton verstand jetzt überhaupt nichts mehr und

schob sie erneut ein wenig zurück. „Aber warum warst du dann gerade so fertig? Und wo kommt der Brief überhaupt plötzlich her? Ich dachte, du hättest ihn nie bekommen."

„Hab' ich auch nicht. Erst heute. – Komm', setz' dich zu mir. Ich glaube, ich muss dir das erklären." Sie setzte sich erneut in den Schneidersitz, legte den Brief beiseite und klopfte vor sich auf ihr Bett. Dann trocknete sie sich die Augen und putzte sich die Nase, bevor sie erneut anfing zu sprechen. „Der Brief war zwischen eine der Zeitschriften gerutscht, vermutlich schon damals im Briefkasten – und niemand hat es bemerkt. Und es war vollkommen richtig, dass du ihn geschrieben hast. Darf ich dich etwas fragen?"

„Alles, was du willst."

„Du hast mir vor einiger Zeit gesagt, du wärst nur einmal richtig verliebt gewesen, dass du aber zu feige gewesen wärst, ihr die Wahrheit ins Gesicht zu sagen. Hast du mich damit gemeint?"

„Ja, habe ich. Es hat mir damals das Herz gebrochen, dich zurückzulassen, aber du warst noch so verdammt jung. Hätte ich mich vor dich stellen sollen, um dir zu sagen, dass ich mich Hals über Kopf in dich verliebt habe, nachdem wir neun Jahre die besten Freunde waren?"

„Vielleicht hättest du das tun sollen. Ich weiß es nicht. Aber vielleicht hattest du auch Recht, dass es das Schicksal einfach anders vorhergesehen hatte. So wie mit dem Brief, der nie sein Ziel erreicht hat.

Anton, ich habe nicht wegen deines Briefes geweint, sondern deshalb, weil ich ihn nie bekommen habe. Dieser Brief hätte alles verändert. Er allein hätte die Macht gehabt, dass all das, was passiert ist, nie geschehen wäre."

Anton blickte sie überrascht an. „Wie um Himmels willen wäre das möglich gewesen? Was hat mein Brief, den ich als junger Mann geschrieben habe, denn mit den Geschehnissen der letzten Monate zu tun?"

„Ich glaube, jetzt ist es an der Zeit, dass ich dir auch etwas sage. Erinnerst du dich, dass du mich gefragt hast, ob ich denn schon einmal richtig verliebt war?" Anton nickte. „Ich sagte dir damals, dass es mir ähnlich wie dir gegangen wäre, dass ich mich nicht getraut hätte, etwas zu sagen. Der Grund dafür war jedoch nicht der gleiche, wie bei dir, sondern einfach die Tatsache, dass du so viel älter warst und ich gerade mal ein Mädchen zu Beginn des Teenager-Alters. Ich weiß auch nicht genau, wann es eigentlich angefangen hat, aber als ich eben deine Zeilen gelesen habe, habe ich fast gedacht, das es genauso gut meine hätten sein können. Du hast mir damit aus der Seele gesprochen und doch haben wir beide alles dafür getan, dass es der andere nicht merkt. Selbst nach über neun Jahren, die wir uns nicht gesehen und nichts voneinander gehört haben, sind die Gefühle noch mindestens genauso stark, wie damals als junges Mädchen. Ich hätte dir damals mein Leben anvertraut und doch war ich genauso feige wie du, über meine Gefühle zu sprechen. Ich hatte Angst, du würdest mich auslachen. – Du hast mich vorhin gefragt, wie dein Brief alles verändert hätte. Ganz einfach: Wir hätten uns nie ganz aus den Augen verloren, ich hätte auf dich gewartet und ich wäre vermutlich nie in die USA gegangen. Der Unfall hätte nie passieren können und Leo wäre nie in mein Leben getreten. All das ist nur geschehen, weil ein dummer Zufall dafür gesorgt hat, dass ich deinen Brief erst viele Jahre später in die Hände bekomme."

Anton hatte die ganze Zeit zugehört und langsam wurde auch ihm klar, wie das alles zusammenhing. Hätte er doch bloß damals den Mut gefunden, persönlich mit ihr zu sprechen! Er hatte es in der Hand gehabt. Traurig senkte er den Blick und die Selbstvorwürfe schienen ihm ins Gesicht geschrieben, denn Lisa legte nun ihrerseits ihre Hand an seine Wange und hob seinen Kopf ein wenig an. „Es gibt absolut nichts, was du dir vorwerfen müsstest. Du hast es versucht, das ist viel mehr, als ich getan habe. – Es ist Vergangenheit. Lass' uns nach vorne schauen."

Ihre Stimme war leise und zärtlich und ihre Worte schienen ihn genau wie ihre Hand zu streicheln, bevor sie ihn näher zog, und sich ihre Lippen zu ihrem ersten Kuss trafen, einem Kuss, der die ganze Sehnsucht und die Gefühle der letzten Jahre wiederspiegelte. Anton schloss die Augen und spürte die Liebe in jeder Faser seines Körpers. Und auch Lisa entdeckte ein völlig neues Gefühl, das sie nie zuvor gespürt hatte.

Obwohl sie beide einen langen Arbeitstag hinter sich hatten, war von Müdigkeit keine Spur mehr vorhanden. Stundenlang saßen sie auf ihrem Bett und sprachen über die Dinge, über die sie so lange Zeit geschwiegen hatten. Anton hielt Lisa in seinen Armen und hielt auch ihren Blick fest, bis sie schließlich in den frühen Morgenstunden nebeneinander einschliefen; Anton noch immer vollständig bekleidet.

Als Lisa am späten Vormittag die Augen aufschlug, konnte sie ihr Glück noch immer nicht fassen. Lächelnd betrachtete sie eine Weile sein schlafendes Gesicht, bis auch er schließlich die Augen aufschlug und sie anblickte. „Guten Morgen, Prinzessin", lächelte er und gab ihr einen Kuss auf den Mund. „Gut geschlafen?"

„So gut, wie noch nie zuvor in meinem Leben. Ich fühle mich wie ein neuer Mensch, als wenn eine zentnerschwere Last von mir abgefallen wäre. Ich wusste nicht, dass Liebe so schön sein kann. Bisher kannte ich sie nur als Kummer und Leid."

„Das ist vorbei, Kleines. Jetzt fängt ein neues Leben an. Du wirst dich noch wundern, was unsere Liebe alles kann. Letzte Nacht war nur der Anfang. Wenn du mich lässt, werde ich dir zeigen, zu was sie noch fähig ist. Gib' uns einfach etwas Zeit."

„Wir haben schon so viel Zeit vergeudet, da

kommt es nun auch nicht mehr darauf an. Solange du bei mir bist, wird alles gut." Plötzlich richtete sich Lisa auf und blickte ihn an. „Anton – ich möchte die OP machen. Jetzt glaube ich, dass es funktionieren kann. Wenn du mir hilfst, möchte ich es versuchen."

Anton schloss sie in seine Arme. „Natürlich helfe ich dir. Ich werde die ganze Zeit bei dir sein und wir werden es gemeinsam durchstehen, egal wie es ausgeht."

„Was meinst du, wie lange es dauert?"

„Langsam, langsam, junge Dame. Wir wollen es nicht überstürzen. Erst einmal muss der Orthopäde sich alles noch einmal genau ansehen, vielleicht noch ein paar Tests machen, ob es wirklich alles so funktionieren wird, wie wir uns das vorstellen. Dann müssen wir mit der Versicherung sprechen und die Kostenübernahme abklären. Und schließlich musst du ja auch mit deinem Arbeitgeber klären, wann er am besten auf dich verzichten kann."

„Wie lange?", fragte sie erneut.

Anton lachte über den Eifer seiner Freundin. „Vielleicht vier Wochen."

„Gut, dann mach' bitte nächste Woche einen Termin bei dem Orthopäden für mich. Ich werde am Montag mit meinem Chef sprechen, der kann sich dann auch gleich mit der Versicherung in Verbindung setzen."

„Lisa, meinst du nicht, dass du das erst noch einmal überdenken solltest?"

„Wieso? Dein Vater und du wart doch für die

OP."

„Ja, schon, aber du bist plötzlich so euphorisch. Und ich möchte nicht, dass du es irgendwann bereust."

„Vielleicht hast du Recht. Ich denke noch ein paar Tage darüber nach. Den Termin kannst du sowieso erst Dienstag machen, wenn du in der Klinik bist. Also habe ich noch drei Tage, um mir das alles noch einmal durch den Kopf gehen zu lassen. Zufrieden, Herr Doktor?"

„Ja, mein Schatz. Sehr zufrieden. Und jetzt sollte ich besser mal aufstehen und mich frisch machen. Es ist gleich halb zwölf", stellte er mit einem Blick auf ihren Wecker fest. „Mann, ist das lange her, dass ich so lange geschlafen habe. Und dann auch noch vollständig bekleidet."

„Entschuldige. Ich verspreche dir, dass du dir in Zukunft etwas weniger anziehen darfst."

„Etwas?", grinste er.

„Vielleicht auch viel", antwortete sie keck und verschwand durch die Badezimmertür.

Während des Frühstücks, das eigentlich schon wieder ein Mittagessen war, beschlossen sie, Hubert einen Besuch abzustatten und ihm von den neuesten Entwicklungen zu berichten. Der Oktober ging langsam dem Ende zu und infolgedessen war es recht kühl, als sie sich ihre Jacken anzogen und durch den Wind liefen. Sie verzichteten dennoch auf das Auto, um die frische Luft und den Duft nach

Erde und Laub zu genießen, während sie zum Haus seines Vaters gingen.

Hubert bemerkte sofort die Veränderung, die mit seinem Sohn vorgegangen war. Er wirkte lange nicht mehr so ernst, wie noch eine Woche zuvor und auch in den Augen von Lisa war ein Strahlen, das er sich nicht ganz erklären konnte. Ein wenig überrascht führte er sie ins Wohnzimmer. „Ich vermute mal, du hast dich schon ganz gut eingelebt in deinem neuen Zuhause. Wie kommt ihr beide denn miteinander klar in dem großen Haus?", fragte er, als er ihnen einen Sitz anbot.

Anton warf Lisa einen Blick zu und nahm ihre Hand in die seine, was sein Vater natürlich sofort bemerkte. „Du hast es ihr also gesagt?"

Sein Sohn grinste. „Genaugenommen hat sie es mir gesagt."

„Okay, jetzt musst du mich aufklären. Ich glaube, ich werde doch langsam zu alt für solche Dinge."

„Nein, wirst du nicht, Vater. Die ganze Geschichte ist nur ein wenig komplizierter, als ursprünglich angenommen."

„Da bin ich aber mal gespannt", stellte Hubert fest und Anton fing an zu erzählen: von seinem Brief, der endlich wieder aufgetaucht war und seinen Gründen, warum er damals fortgegangen war. Hubert nickte anerkennend. „Das war sehr anständig von dir, mein Junge, dass du Lisa nicht in Schwierigkeiten bringen wolltest, und mit Sicherheit keine leichte Entscheidung gewesen. Ich kann dir nicht einmal sagen, was ich dir geraten hätte, wenn du es mir erzählt hättest. Du warst in einer Zwickmühle und konntest damals eigentlich nur verlieren."

„Ich weiß. Ich habe mir die Entscheidung auch nicht leicht gemacht. Aber ich glaubte damals, dass ich der einzige war, der durch diesen Schritt leiden würde. Weit gefehlt, wie ich nun feststellen musste. Aber ich war damals selbst noch grün hinter den Ohren. Hätte ich geahnt, dass Lisa auch nicht ganz ehrlich zu mir war, wäre meine Entscheidung vielleicht anders ausgefallen."

„In wie fern?", fragte Hubert überrascht und sein Sohn klärte ihn auch über die andere Seite der Geschichte auf. Der alte Mann schüttelte ungläubig den Kopf. „Wenn man es so hört, kann man es kaum glauben. So etwas kommt doch nur in Fantasie-geschichten vor."

„Und doch ist es die volle Wahrheit", stellte Lisa fest. „Und das schlimmste ist, dass wir beide scheinbar so gute Schauspieler sind, dass wir uns gegenseitig etwas vormachen konnten. Sonst hätte wohl irgendwann jemand etwas bemerkt – zu min-destens seit wir uns vor einigen Monaten wieder-gesehen haben."

„Was dich angeht, muss ich dir Recht geben, aber sei mir bitte nicht böse, Lisa, wenn ich sage, dass du es vielleicht auch einfach nicht sehen wolltest. Denn was Anton betrifft, habe sogar ich etwas bemerkt. Allerdings war das auch erst, als du hier gewohnt hast. Vorher ist auch mir nichts aufgefallen, wenn er über dich sprach."

„Ehrlich? War ich so leicht zu durchschauen?", mischte sich nun auch Anton wieder ein.

„So leicht nun auch wieder nicht. Es waren mehr kleine Gesten oder Blicke, die mich aufmerksam machten."

„Und ich war so mit meinen Problemen beschäftigt, dass ich keine Ahnung hatte. Es tut mir leid, Anton", sagte Lisa und gab ihm einen kleinen Kuss.

Hubert lächelte. „So mag ich das."

ÜBERRUMPELT

Die beiden blieben noch den ganzen Nachmittag und Hubert verzichtete sogar auf seine sonntägliche Skatrunde, um sich mit ihnen zu unterhalten. Als sein Sohn ihn darauf ansprach, dass sie ihn ja von seinen Freunden abhalten würden, meinte er nur: „Och, das macht nichts. Wir sind zu viert, wenn einer mal fehlt, ist das nicht schlimm. Ich habe vorhin eine kurze Nachricht geschickt, als ich in der Küche war. Die wissen also Bescheid, dass ich nicht komme. Wahrscheinlich könnte ich mich eh nicht auf das Spiel konzentrieren. Ich hatte schon geglaubt, dass du nie unter die Haube kommst, Anton. Immer hast du nur die Arbeit im Kopf. Und seit du wieder da bist, gab es da nie jemanden, soweit ich weiß."

„Vorher eigentlich auch nicht wirklich", grinste Anton.

„Siehst du? Dann wird es wirklich langsam Zeit. Und nachdem, was ihr beide hinter euch habt, kann es eigentlich nur gut gehen. Ich wünsche euch auf jeden Fall alles Gute. Und da ich inzwischen ein gewisses Alter erreicht habe, wäre ich glücklich, wenn mich jemand mit Opa anreden würde, bevor ich irgendwann gehen muss."

„Vater!", tadelte ihn sein Sohn, denn bisher hatten

sie ja noch nicht einmal miteinander geschlafen. Auch Lisa senkte verlegen den Blick, grinste aber amüsiert. „Das hat ja wohl noch ein bisschen Zeit. Wir sind gerade mal seit ein paar Stunden offiziell zusammen."

„Aber ihr liebt euch seit über einem Jahrzehnt. Zählt das denn nicht?"

„Doch natürlich", gab er zu, „aber eine heimliche Liebe ist ja wohl etwas anderes, als eine offene. Außerdem zählst du ja wohl noch lange nicht zum alten Eisen. Also kannst du uns ja wohl ein bisschen Zeit lassen, oder?"

„Aber nicht zu viel", grinste Hubert und wirkte in diesem Moment wie ein frecher, junger Mann und nicht wie der gestandene Arzt, der er eigentlich war. „Und damit ich noch ein bisschen länger durchhalten kann, werde ich mir mal etwas gönnen." Anton und Lisa horchten auf und auf ihre fragenden Blicke, grinste er vergnügt. „Ich habe kurzfristig die Möglichkeit bekommen, übernächste Woche für sechs Tage in ein Kurhotel zu gehen und mich entschlossen, das Angebot anzunehmen. Ein paar Anwendungen werden mir guttun und meine alten Knochen ein bisschen aufrütteln. Ich würde gerne die Praxis übernächste Woche schließen, es sei denn, du willst unbedingt Montag und Freitag aufmachen. Glaubt ihr, dass ihr es in dieser Woche organisieren könntet, dass du Lisa fährst? Ich wäre ja dann nicht da."

„Kein Problem, das schaffen wir schon. Es passt

eigentlich ganz gut. Ich habe sowieso die ganze Woche tagsüber Dienst als Notarzt, da ist es eh blöd, wenn ich aus der Praxis abhauen muss und die Patienten warten müssen, wenn ein Einsatz ist. Ich habe deshalb auch an den beiden Tagen keine normalen Termine vergeben lassen, sondern nur Notfall-Patienten."

„Dann macht es vielleicht Sinn, wenn wir die Praxis wirklich für eine Woche dicht machen. Und was ist mit Lisa?"

„Sollte auch kein Problem sein. Wenn ich nicht gerade mitten in einem Einsatz stecke, sollte das zeitlich eigentlich klappen. Ansonsten musst du leider ein bisschen auf mich warten."

„Das werde ich schon hinbekommen und wenn es ganz hart wird, lässt du mir einfach eine Nachricht zukommen und ich nehme mir ein Taxi." Lisa bemerkte sofort den skeptischen Blick von Anton und seinem Vater und lenkte ein: „Ich kann den Fahrer auch bitten, dass er mich im Gebäude abholt und zu Hause vor der Tür wartet, bis ich drin bin, wenn euch das lieber ist."

„Hoffen wir einfach, dass es nicht notwendig sein wird. Das wäre mir am liebsten", sagte Anton. Lisa fand das zwar ein bisschen übertrieben, sagte aber nichts, denn inzwischen verstand sie ja auch, warum er so dachte und fand es eigentlich irgendwie süß, dass er sich solche Sorgen um sie machte.

In der nächsten Woche genoss das frisch gebackene Pärchen die Stunden am Abend, wenn sie eng aneinander geschmiegt auf der Couch saßen, händchenhaltend spazieren gingen oder kleine Zärtlichkeiten austauschten. Lisa hatte beschlossen, die alten Möbel ihrer Eltern wegzugeben und ein neues Schlafzimmer zu kaufen, das am Wochenende geliefert werden würde. Auf Dauer wäre es dann doch ein wenig eng in ihrem schmalen Bett, in dem sie nachts lagen.

Trotz des Verlangens, das seit ihrem ersten Kuss in dem jungen Mann brannte, versuchte er nicht, mit ihr zu schlafen. Sie ließ zwar seine Nähe und auch gewisse Berührungen zu, aber er spürte deutlich, wie die Angst in ihr aufstieg, wenn er zu weit ging. Die Erinnerungen an das, was Leo mit und vor allem ohne ihr Wissen mit ihr gemacht hatte, waren einfach noch zu präsent und würden vielleicht noch lange ihre Beziehung beeinflussen.

Nachdem er so lange auf sie gewartet hatte, konnte er auch noch ein paar Monate länger warten. Er versuchte einfach ganz langsam das Vertrauen aufzubauen, das es ihnen schließlich ermöglichen würde, diesen Schritt gemeinsam zu gehen und ihr hoffentlich zu zeigen, dass auch körperliche Liebe etwas Wunderschönes sein konnte.

In der Nacht zum Sonntag schliefen sie das erste Mal zusammen in dem neuen Schlafzimmer, das von den Handwerkern fertig aufgebaut worden war. Es roch nach frischem Holz in dem Raum, was vermutlich bald verfliegen würde. Nachdem die

Handwerker fertig gewesen waren, hatte Lisa die Schränke und die Kommode ordentlich ausgewischt und anschließend hatten sie ihre Sachen eingeräumt, zusammen das Bett bezogen und schließlich ihr Werk betrachtet. Auch neue Vorhänge hatte Lisa besorgt und bevor die Möbel kamen, hatte Anton den Raum in einem hellen Gelbgrün gestrichen und auf Hüfthöhe durchzog ein roter Streifen den Raum. Die Farben passten gut mit den Möbeln und den Vorhängen zusammen und der Raum hatte rein gar nichts mehr von dem Zimmer, in dem sie mit Leo gelegen hatte.

Hier fühlte sie sich wohl, als sie sich in Antons Arme kuschelte und er ihr sanft über den Arm streichelte. In dem neuen Raum hatte sie das Gefühl, ein neuer Mensch zu sein – von vorne anfangen zu können und die Liebe neu kennenlernen zu wollen. Doch das musste jetzt wohl noch einige Tage warten, da ihr Körper ihr einen Strich durch die Rechnung gemacht hatte. Deshalb genoss sie einfach die zärtlichen Berührungen, die sie miteinander austauschten und die das Vertrauen zwischen ihnen weiter festigten.

Am Montagmorgen brachte Anton Lisa auf die Arbeit und holte anschließend den Kombi mit der Aufschrift Notarzt in der Zentrale ab, den er tagsüber mit nach Hause nahm. Abends würde er von dem Kollegen der Nachtschicht direkt bei ihm abgeholt werden, der ihn dann morgens auch wieder zurückbrachte. Das war einfacher, als wenn beide immer zur Zentrale fahren mussten, denn der Kollege wohnte nicht weit von Haus Rosengarten entfernt. Er kannte ihn aus dem Krankenhaus und hatte sich daher mit ihm abgesprochen. Anton würde zwar sein Auto die ganze Woche in der Zentrale stehen lassen müssen, aber da Lisa ja auch ein Fahrzeug besaß, war das kein Problem.

Sein Dienst ging von acht bis acht, aufgrund seiner Vereinbarung mit der Zentrale, die auch die Gründe für seine Bitte kannte, wurde er nach sechs nur noch in Ausnahmefällen angefunkt, wenn wirklich kein anderer Notarzt verfügbar war. Es war besser, als ganz auf den jungen Arzt verzichten zu müssen und die Kollegen kannten ihn inzwischen gut genug, um zu wissen, dass er es erstens nicht ohne Grund tat und dass er sich zweitens revanchieren würde, sobald die Gefahr vorüber war. Anton war schon immer einer der ersten gewesen, der die Nachtschichten übernahm und würde das auch in Zukunft wieder tun. Nur eben im Moment nicht.

Leider nahmen die Notrufe nicht immer Rücksicht auf die Wünsche des Arztes, denn schon am Dienstagabend musste er zu einem Großeinsatz ausrücken, kurz nachdem er Lisa mit dem Einsatzfahrzeug abgeholt hatte. Sie waren bereits in der Einfahrt, als der Notruf reinkam: Massenkarambolage auf der Autobahn mit einem Reisebus. Da wurden alle Hände gebraucht.

„Mach' dir keine Sorgen, Schatz. Ich komm' schon klar. Ich schließe die Tür ab und stecke den Schlüssel ins Schloss. Wenn du kommst, klingle zwei Mal, dann weiß ich, dass du es bist."

„Mir ist trotzdem nicht ganz wohl dabei", stellte Anton fest und gab ihr einen Kuss.

„Mach' schon! Die Menschen bei dem Unfall sind in größerer Gefahr, als ich. Du bist Arzt geworden, um zu helfen – und das kannst du gut. Mir wird schon nichts passieren."

Anton wartete noch kurz, bis sie die Tür schloss und war dann auch schon unterwegs. Lisa lauschte der Sirene, die immer leiser wurde, als sie wie versprochen den Schlüssel herumdrehte und stecken ließ. Sie gab es zwar nicht gerne zu, aber irgendwie hatte sie doch ein komisches Gefühl. In letzter Zeit war sie nie alleine gewesen – immer waren Anton, Hubert oder ihre Arbeitskollegen da gewesen und ein leises Gefühl der Hilflosigkeit machte sich in ihr breit.

Doch dann riss sie sich zusammen, hängte ihre Jacke an den Haken, legte ihre Handtasche auf die Ablage und stellte das Radio an, damit es nicht mehr ganz so ruhig im Haus war. Anschließend bereitete sie das Abendbrot vor. Eigentlich hatte sie etwas kochen wollen, aber da man bei einem Großeinsatz nie genau wusste, wann Anton wieder da sein würde und sie keine Lust hatte, das Essen stundenlang warm zu halten oder erst sehr spät mit dem Kochen anzufangen, gab es heute eben Brot.

Wurst und Käse konnte sie bereits auf Tellern anrichten und dann im Kühlschrank stehen lassen, sodass sie diese nur noch mit der Butter herausholen musste. Auch das Brot legte sie in der Verpackung in den Brotkorb, deckte den Tisch und stellte noch ein wenig frisches Gemüse, wie Tomaten und Gurken, sowie Gewürze dazu. Nachdem sie auch noch Getränke bereitgestellt hatte, war alles vorbereitet und sie setzte sich ins Wohnzimmer, um sich ein wenig vom Tag auszuruhen und ihr Bein hochzulegen.

Während sie der Musik aus der Stereoanlage lauschte, schloss sie ein wenig die Augen und musste irgendwann eingedöst sein, denn sie hatte das Gefühl, sich gerade erst hingesetzt zu haben, als es zweimal an der Tür klingelte. Als sie jedoch aufstand und auf die Uhr blickte, musste sie feststellen, dass es bereits halb neun war. Sie ging zur Tür und drehte den Schlüssel, um Anton einzulassen, als ein weiteres Fahrzeug die Einfahrt hinauffuhr und neben dem Notarztwagen anhielt. Anton drehte sich um, als sie gerade die Tür öffnete, und ging die Stufen wieder hinunter.

„Guten Abend. Ich habe gerade die Info bekommen, dass ihr zurück seid, und wollte meinen Dienst antreten."

„Hallo Kurt. Das ist gut. Noch so einen Einsatz wie eben schaffe ich heute nicht mehr. Wir hatten alles draußen, was im Umkreis von zwanzig Kilometern verfügbar war und waren doch noch fast zu wenige. Aber wenigstens haben wir alle lebend rausholen können. Jetzt liegt es an den Kollegen in der Klinik. Ich wünsche dir eine angenehmere Nachtschicht. Der Bock ist vollgetankt, hier ist der Schlüssel." Er reichte dem Kollegen den Schlüsselbund.

„Danke dir. Ich bringe ihn morgen früh wieder vorbei. Und du solltest dich ein bisschen verwöhnen lassen. Nimm' es mir nicht übel, aber du siehst scheiße aus."

„Danke", grinste Anton. „Wir reden darüber, wenn du morgen früh von deiner Schicht kommst." Damit drehte er sich um und lief zu Lisa, die ihn mit einem Kuss begrüßte. Im Licht der Haustürbeleuchtung konnte sie erkennen, was sein Kollege gemeint hatte. Seine Hosenbeine waren unterhalb des Knies mit Dreck beschmutzt und auch die Stiefel sahen aus, als hätte er einen Waldlauf im Regen hinter sich. Auf der gesamten Uniform waren Blutflecken zu erkennen. Am Schlimmsten war jedoch sein Gesichtsausdruck. Er sah vollkommen fertig aus, war verschwitzt und ebenfalls blutverschmiert, die Haare klebten ihm trotz der Kälte am Kopf und die Augen hatten jeglichen Glanz verloren. Er setzte sich auf die Treppenstufe und streifte die Stiefel ab, um sie anschließend über einem Blumenbeet auszuklopfen, um wenigstens den gröbsten Dreck abzubekommen. Dann trug er sie ins Haus und stellte sie ordentlich auf das Abtropfgitter auf dem Schuhregal, das um diese Jahreszeit den Boden vor Schmutz und Nässe schützte.

Lisa beobachtete ihn dabei besorgt. „Ist alles in Ordnung?"

„Ja, schon gut. Ich glaube nur, ich werde mich nie an diesen Anblick gewöhnen. Ich fühle mich immer so hilflos, wenn ich eigentlich an fünf Stellen gleichzeitig gebraucht werde, mich aber nur um eine Person kümmern kann. – Lass' mich kurz unter die Dusche hüpfen, dann geht es mir bestimmt besser."

„Natürlich. Gib' mir deine Sachen. Ich schmeiße sie gleich in die Maschine, bevor die Flecken richtig eintrocknen. Dann sind sie morgen früh wieder trocken."

„Das ist lieb von dir", sagte er und zog sich mitten im Flur Hose, Jacke und Shirt aus, damit sie nicht mit nach oben gehen musste, und reichte ihr die Sachen. „Kannst du bitte noch die Taschen leeren?"

„Ja, klar. Bis gleich."

Während Anton mit geschlossenen Augen das Wasser auf seinen Kopf rieseln ließ und versuchte, die Bilder des letzten Einsatzes in die hinterste Ecke seines Gedächtnisses zu verbannen, holte Lisa alles aus den vielen Taschen der Uniform, legte es ordentlich auf die Ablage und packte die Kleidung anschließend in die Waschmaschine. Vielleicht konnte sie sie nachher noch aufhängen, damit sie über Nacht trocknen konnten. Anton hatte zwar noch ein weiteres Set, das er für morgen anziehen konnte, aber wer wusste schon, welche Einsätze er am nächsten Tag hatte? Da war es besser, wenn er sich umziehen konnte, falls notwendig.

Anschließend holte sie Butter und Wurst aus dem Kühlschrank und schenkte Getränke ein. Sie war gerade damit fertig, als Anton mit noch nassen Haaren die Küche betrat und sie in den Arm nahm, um sie endlich richtig zu begrüßen. „Du bist ein Schatz, Lisa. Danke." Lisa lächelte. Er sah tatsächlich schon viel besser aus, als vor zehn Minuten.

Gemeinsam setzten sie sich an den Tisch, um zu essen, während er ihr andeutungsweise von dem Großeinsatz erzählte – natürlich ohne medizinische Details. Anschließend räumten sie alles weg und gingen direkt zu Bett. In ihren Armen vergaß der Arzt schließlich die letzten Stunden und schlief bald darauf ein.

In den nächsten Tagen klappte es besser. Anton holte Lisa mit dem Einsatzfahrzeug gegen sechs ab und wurde danach auch nicht mehr angefordert. Zwar musste er warten, bis sein Kollege den Wagen abholte, bevor er sich umziehen konnte, aber das störte ihn nicht wirklich. Hauptsache, er konnte bei seiner Freundin sein. Das änderte sich jedoch am Freitagabend, als sein Diensthandy anfing zu kling-eln, kaum dass sie sich hingesetzt hatten. Anton meldete sich.

„Tut mir leid, Anton, aber wir brauchen dich. Eben kamen kurz hintereinander mehrere Einsätze rein. Die Kollegen sind alle schon draußen, aber ich habe noch ein vermisstes, schwer verletztes Mädchen, das nach einem Verkehrsunfall durch den

Wald irren soll. Kannst du übernehmen?"

„Natürlich übernehme ich. Ich kann die Kleine doch nicht im Stich lassen. Schick' mir die Einsatzdaten aufs Handy. Bin schon unterwegs." Anton legte auf. Da er direkt neben ihr telefoniert hatte, hatte Lisa einen Großteil des Gespräches mitbekommen und konnte verstehen, dass Anton dem Mädchen helfen wollte.

Als sie in der offenen Tür standen, nahm er Lisa entschuldigend in den Arm und gab ihr einen Kuss. „Schließ' bitte hinter mir ab. Ich klingle wieder zweimal, wenn ich komme. Drück' mir die Daumen, dass wir das Kind finden. Ich bin so schnell es geht wieder da."

„Nun geh' schon", forderte sie ihn auf. „Ich bin doch schon groß. Hilf lieber der Kleinen."

Anton hörte den Schlüssel im Schloss, als er die Stufen hinunter zu seinem Auto eilte und setzte sich hinters Steuer. Während er mit Sonderrechten[3] zum Einsatzort fuhr, konnte er das ungute Gefühl in der Magengegend nicht ignorieren. Sie hatten in den letzten Tagen vermehrt Fehlalarme erhalten und es kam nicht gerade häufig vor, dass ein schwerverletztes kleines Mädchen in der Lage war, wegzulaufen. Sein Verdacht erhärtete sich, als er zusammen mit der Polizei und einem Krankenwagen am Einsatzort eintraf und weit und breit keine Spur von einem Unfall zu sehen war. Dennoch

---

[3] Blaulicht und Martinshorn

suchten die Einsatzkräfte die nähere Umgebung und das kleine Waldstück ab, befragten Zeugen und hielten Ausschau nach Spuren. Doch niemand hatte etwas gesehen. Schließlich gaben sie die Suche auf und Anton fuhr wieder nach Hause.

Lisa hatte – wie bereits am Dienstagabend – angefangen, ein kaltes Abendessen vorzubereiten und den Tisch zu decken. Da sie nicht wusste, wie groß das Waldgebiet war, in dem das Mädchen vermisst wurde, konnte der Einsatz länger dauern. Sie war noch nicht ganz mit allem fertig, als es zweimal an der Tür klingelte. Scheinbar war der Einsatz doch kürzer gewesen, als vermutet und lächelnd öffnete sie die Tür. „Das ging aber…"

Der Rest des Satzes blieb der jungen Frau im Halse stecken, als sie nicht in das freundliche Gesicht ihres Freundes, sondern in die abstoßenden Züge von Leo blickte. Geistesgegenwärtig schlug sie die Tür zu, doch Leo hatte bereits damit gerechnet und einen seiner schweren Stiefel in die Öffnung gestellt. Obwohl sie sich mit aller Kraft gegen die Tür stemmte, hatte sie gegen den muskulösen Pfleger keine Chance, der beinahe spielend die Tür aufdrückte und durch die Öffnung schlüpfte.

Lisa ließ die Tür los und wich einige Schritte rückwärts. Angst sprach aus ihrem Gesicht, als Leo ohne ein Wort zu sagen, auf sie zuging. Immer weiter wich sie zurück in Richtung Küche. Sie wusste, dass das Messer, mit dem sie die Tomaten geschnitten hatte, noch immer auf der Arbeitsplatte lag. An der Küchentür drehte sie sich um und rannte die wenigen Schritte zur Platte. Doch als sie das Messer griff, schloss sich seine Hand um ihren Arm, die sich wie ein Schraubstock anfühlte und sie zwang, das Messer auf den Boden fallen zu lassen, das daraufhin mit der Spitze voran im Holz stecken blieb. Dann zerrte er sie wieder in die Halle, während die junge Frau verzweifelt versuchte, von ihm wegzukommen. Erst jetzt kam sie auf die Idee, um Hilfe zu schreien, doch als sie den Mund öffnete, stieß er sie grob von sich weg, sodass sie das Gleichgewicht verlor und mit dem Hinterkopf auf dem Boden aufschlug. Sie verlor zwar nicht das Bewusstsein, war aber doch so benommen, dass sie sich nicht wehren konnte, was Leo wiederum Zeit verschaffte, ein Stück Klebeband über ihren Mund zu kleben und ihre Hände damit vorne zu fesseln.

Dann stand er auf und blickte zufrieden auf die gefesselte Frau zu seinen Füßen. Noch immer hatte er kein einziges Wort gesagt und ergötze sich einfach an der Angst, die in ihren Augen zu lesen war. „Dieses Mal wird dein neuer Macker wohl zu spät kommen, Lisa. Der sucht vermutlich noch ein paar Stunden im Wald nach dem verletzten Mädchen. Zu schade, dass es gar keines gibt. Das kommt davon, wenn man sich mit mir anlegt. Das kann ich nicht so einfach auf mir sitzen lassen."

Lisa betrachtete ihn mit aufgerissenen Augen und seine Worte machten ihr Angst. Er hatte ihre Beine nicht gefesselt und Lisa konnte sich ausmalen, dass er sie vermutlich vergewaltigen und anschließend töten würde. Als er sich zu ihr hinunterbeugte, versuchte sie mit den Beinen von ihm wegzukommen. Leo lachte auf, zog sie zurück und setzte sich auf ihre Beine. „Keine Angst, Lisa. Hier ist nicht der richtige Ort dafür. Wir wollen ja nicht von deinem Doktor überrascht werden. Nein, ich werde uns ein lauschiges Plätzchen suchen, um mich gebührend von dir zu verabschieden. Aber vorher besuchen wir noch deine Spardose."

Leo zog die junge Frau auf die Beine, die gefährlich zitterten, und zerrte sie dann ins Arbeitszimmer. Dort hängte er das Gemälde ab und befahl ihr, den Safe zu öffnen. Lisa weigerte sich standhaft, auch als er anfing, ihr ins Gesicht zu schlagen. Erst als er selber ein Messer zückte und ihr mehrere kleine Schnitte zufügte, die zwar schmerzhaft, aber nicht lebensbedrohlich waren, gab sie endlich nach und tippte die Kombination in das Tastenfeld. Während Leo das Bargeld griff, versuchte sie, an ihr Handy zu kommen, das sie auf dem Tisch liegen hatte. Aber mit den gebundenen Händen schaffte sie es nicht, es schnell genug zu greifen, anzuschalten und den Notruf zu wählen, bevor Leo es bemerkte. Er schlug ihr das Telefon aus der Hand und drückte sie gegen die Wand. „Du kleine Schlampe!", zischte er wütend und schlug ihr erneut ins Gesicht, sodass sie für wenige Sekunden benommen war. Dann hob er sie hoch und trug sie zur Tür. Lisa wehrte sich nach

Kräften, trat mit den Beinen um sich und versuchte, sich aus seinem Griff zu befreien. Dabei stieß sie eine Vase im Flur um, die krachend zu Boden fiel und zerbrach.

Doch ihre Gegenwehr brachte rein gar nichts, obwohl sie Leo mit Sicherheit einige blaue Flecke verpasste. Als er sie auf die Rückbank warf, zog sie blitzschnell die Beine an den Körper und rammte sie ihm in den Bauch. Eigentlich hatte sie weiter unten treffen wollen, aber da er ein wenig in die Knie gegangen war, traf sie nicht richtig. Leo taumelte nach hinten und versuchte, nach Luft zu schnappen, was Lisa nutzte, um aus dem Auto zu kommen. Aber der Tritt war nicht stark genug gewesen, um ihn lange außer Gefecht zu setzen.

Gerade als sie sich aus dem Fahrzeug zog, hatte auch Leo sich wieder aufgerappelt und legte seine Hände um ihren Hals. Sie spürte, wie ihr die Luft wegblieb und wehrte sich kurz darauf nur noch halbherzig. Die Kraft, die sie eben noch aufbringen konnte, wich aus ihren Armen und Beinen, die schließlich nur noch schlaff an ihrem Körper hingen, bevor ihr die Sinne endgültig schwanden.

IN GEFAHR

Als Anton in die Berggasse einbog, kam ihm ein kleiner, roter Wagen entgegen, dem er jedoch keine große Bedeutung entgegenbrachte. Das Gesicht des Fahrers konnte er im Dunkeln nicht erkennen, er sah nur das hiesige Kennzeichen mit der Kombination LB-1995. Wenige Sekunden später hielt er vor dem Haus und war sofort in Alarmbereitschaft, als er einen Lichtschimmer durch den Türspalt scheinen sah.

So schnell er konnte rannte er die Stufen hoch und stieß die Tür auf. Sofort bemerkte er die Scherben im Flur und als er weiter lief, sah er das Messer im Küchenboden und den offenen Safe. Mitten im Flur erblickte er einige Blutstropfen, die noch nicht angetrocknet waren. Sie konnte also noch nicht lange weg sein. Dann dachte er an das Auto, das ihm eben entgegengekommen war und plötzlich fiel es ihm wie Schuppen von den Augen. Lisa hatte ihm gesagt, dass Leo ihr Auto bekommen hatte. Er selber hatte diesen Wagen nie gesehen, da sie ihn gefahren war, bevor er zurückgekehrt war. Aber das Kennzeichen hätte ihm eigentlich sofort auffallen müssen. LB-1995 – Lisa Bode, geboren 1995. Wie konnte er nur so blöd sein?

Ohne sich um die offene Tür zu kümmern, stürmte er zurück zum Fahrzeug, startete den Motor und raste die Auffahrt entlang. Der Wagen war in Richtung Landstraße gefahren, also würde er versuchen, ihn einzuholen. Während er das Fahrzeug über die dunklen Straßen lenkte, griff er nach dem Funkgerät. „Zentrale, hier ist Dr. Bär. Das ist ein Notfall. Streicht mich von der Einsatzliste und sagt bitte Kurt Bescheid, dass er den Wagen nicht abholen kann. Und dann verbindet mich bitte so schnell es geht mit der Kripo, ein Herr Sandmann. Es eilt."

Scheinbar hörte man ihm an, wie wichtig es war, denn der Kollege an der Zentrale stellte keine Fragen und es dauerte nicht lange, bis sich eine andere Stimme meldete. „Kripo Langefeld, Sandmann am Apparat."

„Hier ist Dr. Bär, der Freund von Lisa Bode. Herr Sandmann, es sieht so aus, als wenn Leo Fisher Frau Bode entführt hat. Ich brauche Ihre Hilfe. Ich befinde mich gerade auf der Bundesstraße in Richtung Gaubach. Der Wagen von Leo ist in diese Richtung gefahren und ich versuche gerade, ihn wieder einzuholen. Bin mit dem NEF unterwegs. Lisa ist vermutlich verletzt – ich habe Blut im Haus gefunden und es sieht nach einem Kampf aus."

„Ganz ruhig, Dr. Bär. Wir schicken eine Streife zu Ihrem Haus und ich komme mit einigen Kollegen zu Ihnen. Ich melde mich gleich wieder über Funk. Fahren Sie weiter, aber gehen Sie um Himmels willen kein Risiko ein." Der Beamte legte auf, meldete sich jedoch wenige Minuten später wieder über

Funk. „Fahren Sie mit Sondersignalen, Dr. Bär?"

„Nein, es wäre zu auffällig", gab der Arzt Auskunft.

„Gut, behalten Sie das bei. Haben Sie den Wagen bereits gesichtet?"

„Nein, noch nicht. Aber es gibt hier nicht viele Abfahrten. – Warten Sie einen Moment. Ich glaube, ich habe ihn. Ja, das ist der Wagen." Anton atmete hörbar auf.

„Gut, wo genau sind Sie jetzt."

„Zwischen Hagenberg und Laden."

„In Ordnung, wir sind in fünf Minuten dort. Die Kollegen sperren die Straße hinter Hagenberg. Halten Sie Abstand, damit er das Fahrzeug nicht erkennt. Sie sind ein wenig zu auffällig. Und sagen Sie Bescheid, falls er die Straße verlässt."

Anton hatte sich bereits, sobald er das Kennzeichen hatte erkennen können, wieder etwas zurückfallen lassen, weil er selber bereits auf den Gedanken gekommen war, dass Leo ihn sonst erkennen könnte. Glücklicherweise gab es auf der Landstraße keine Beleuchtung und die Wolken bewirkten, dass es bereits stockdunkel war. Dadurch konnte er hoffen, nicht entdeckt zu werden, es sei denn, Leo blickte gerade in den Rückspiegel, wenn ihnen ein Fahrzeug entgegen kam.

Doch Leo hatte das Fahrzeug nicht bemerkt, das ihm seit kurzem folgte. Dafür aber jemand anderer. Als Lisa wieder zu sich kam und sich aufrichtete, hatte sie keine Ahnung, wie lange sie ohne Bewusst-sein gewesen war. Waren es nur wenige Minuten oder gar Stunden gewesen? Sie blickte aus dem Fenster, konnte aber in der Dunkelheit nicht viel erkennen. Außer den Wagen, der aus einiger Entfernung näher kam, kurz hinter ihnen fuhr und sich dann wieder zurückfallen ließ.

Sie überlegte noch, was das sollte, als das Fahr-zeug von einem entgegenkommenden Wagen ange-leuchtet wurde und sie deutlich das NEF erkennen konnte. Natürlich konnte das ein dummer Zufall sein, aber Lisa hielt sich an der Hoffnung fest, dass Anton in diesem Fahrzeug saß, wofür der Abstand sprach, den es nun hielt. Sie fasste wieder neuen Mut und versuchte, einen Ausweg zu finden. Da Leo recht schnell unterwegs war, konnte sie nicht einfach aus dem Wagen springen. Sie würde sich vermutlich das Genick dabei brechen, zumal sie sich nicht einmal abstützen konnte.

Da ihre Hände vorne gefesselt waren, zog sie schließlich das Klebeband von ihrem Mund. Es blieb jedoch an ihrem Ohrring hängen, was sie nicht wirklich kümmerte. „Warum tust du das?", fragte sie mit fester Stimme und viel mutiger, als noch im Haus.

Leo blickte sich kurz um, als er bemerkte, dass sie wieder wach war. Er wusste, dass sie mit den gefes-selten Händen nicht viel gegen ihn ausrichten konnte. „Weil ich Leute wie dich hasse!", kam es mit einer Stimme zurück, die ihr die Haare zu Berge stehen ließ.

„Aber warum? Was habe ich dir getan?"

„Du existierst", kam es zurück. „Ich kann diese reichen Tussis nicht ab, die im Geld schwimmen, während ich mir die Seele aus dem Leib schuften muss, um über die Runden zu kommen."

„Aber wenn du mich hasst, wieso bist du dann zu mir gezogen? Warum bist du mit nach Deutschland gegangen?"

Leo lachte auf. „Hast du das immer noch nicht kapiert?"

„Es ist also wahr? *Du* warst der Motoradfahrer, der mich über den Haufen gefahren und liegenge-lassen hat. Und du bist es auch, der das kleine Mädchen auf den Gewissen hat."

„Ja, verdammt. Ich war damals betrunken. Die hätten mir den Führerschein abgenommen, wenn das rausgekommen wäre. Ich dachte damals, ich spinne, als sie dich ausgerechnet auf meine Station gelegt haben. Erst habe ich versucht, mich fern zu halten, aber als ich erfahren habe, dass du dich nicht an mein Gesicht erinnern kannst, wollte ich sicher gehen, dass das auch so bleibt. Und dass du mich nebenbei noch finanziell unterstützt hast, war ein kleiner Bonus. Genau wie der Sex mit dir. Du glaubst gar nicht, wie ich es genossen habe, alles mit dir machen zu können, ohne dass du es auch nur einmal in Frage gestellt hast. Vor allem, wenn du unter Drogen standest, konnte ich mich so richtig austoben. Zu dumm nur, dass mir einmal das blöde

Kondom dabei geplatzt ist. Aber das Problem haben wir ja elegant gelöst, wir zwei."

Lisa starrte mit offenem Mund auf sein Gesicht im Rückspiegel. Es war also wahr, was Anton vermutet hatte. Er hatte sie nicht nur einmal vergewaltigt und er war auch der Vater des Kindes gewesen und hatte es in gewisser Weise umgebracht. „Du widerst mich an!", kam es schließlich über ihre Lippen und ihre Stimme sprühte vor Hass.

Leo registrierte das mit einem gehässigen Lachen. Wenige Sekunden später wurde Lisa nach vorne geschleudert und konnte sich gerade noch an dem Sitz abstützen. Aus den Augenwinkeln bemerkte sie Blaulichter, die ihnen entgegen kamen, als Leo abrupt das Lenkrad herumriss und es gerade noch schaffte, in die Ausfahrt zu rasen, ohne die Kontrolle über das Fahrzeug zu verlieren.

Lisa warf einen Blick über die Schulter und stellte fest, dass der Wagen hinter ihr ebenfalls abgebremst hatte und ihnen folgte, wenn auch etwas langsamer, als Leo in die Ausfahrt gerauscht war. Ihr Herz schlug ihr bis zum Hals. Hinter dem Wagen tauchten die Blaulichter auf, die ihn schließlich überholten und ihnen folgten. Leo schimpfte leise auf Englisch vor sich hin, während er durch die Straßen bretterte, über rote Ampeln fuhr und ein Verkehrschaos verursachte, als er in die Stadt raste.

Da Lisa nicht angeschnallt war, wurde sie wie ein Pingpong-Ball im Sitz hin und her geschleudert. Leo würde sie noch beide umbringen, wenn er nicht aufpasste. Als er an einer Kreuzung zum Abbiegen hart abbremste, nutzte Lisa die Chance, öffnete die Tür und sprang aus dem fahrenden Auto. Es war langsam genug, dass sie sich schnell wieder aufrappeln konnte, bevor er es bemerkte.

Durch das Öffnen der Tür überrascht, achtete er nicht auf ein entgegenkommendes Fahrzeug, das ihm daraufhin ausweichen musste und dadurch den Autofahrer ablenkte, der aus ihrer ursprünglichen Fahrtrichtung kam und deshalb die Frau übersah, die mitten auf der Kreuzung stand. Der Wagen erfasste sie und Anton musste mit ansehen, wie seine Freundin durch die Luft geschleudert wurde und auf der Windschutzscheibe des Streifenwagens landete, der glücklicherweise gerade abgebremst hatte, um sich um die Frau zu kümmern.

Anton stieg in die Eisen, schaltete das Blaulicht an, da er nun mitten auf der Kreuzung stand, und sprang, nach seiner Notfalltasche greifend, aus dem Fahrzeug. Nur wenige Sekunden nach dem Aufprall war er bei ihr. Nicht einmal die Polizisten waren bereits ausgestiegen und starrten noch immer auf die Frau auf ihrer Motorhaube.

Der Arzt riss die Fahrertür auf und fuhr den Polizisten an: „Rufen Sie Verstärkung! Dann kümmern Sie sich um den Fahrer des PKWs und sorgen Sie dafür, dass ich arbeiten kann!"

Der Polizist zuckte erschrocken zusammen und löste sich aus seiner Starre. Dann nahm er das Funkgerät und forderte die notwendigen Einsatzkräfte an, während auch der zweite Mann im Wagen endlich ausstieg und zu dem anderen Fahrzeug eilte, dessen Fahrer sich ebenfalls noch nicht gerührt hatte. Anton hatte jedoch gesehen, dass er die Augen offen und sich bewegt hatte und kümmerte sich daher um Lisa.

Zu seinem Erstaunen schlug auch sie die Augen auf, als er nach ihrem Puls tastete. „Lisa? Gott sei Dank! Du darfst dich nicht bewegen, hörst du?" Anton musste warten, bis die Verstärkung kam, um ihr einen Stifneck anlegen zu können und achtete darauf, dass er sie so wenig wie möglich bewegte. Er legte ihr einen Zugang, um sie mit Flüssigkeit und Medikamenten versorgen zu können.

„Du warst das hinter uns, nicht wahr?", fragte Lisa mit leiser Stimme und lächelte dankbar.

„Ja, mein Schatz. Ich habe gesehen, wie das Auto weggefahren ist, aber zu diesem Zeitpunkt wusste ich nicht, dass du auch im Wagen warst. Glücklicherweise war er anfangs nicht sehr schnell unterwegs, sodass ich euch einholen konnte", sagte er sanft und berührte kurz ihre Wange. Dann rief er einen der Schaulustigen zu sich. „He, Sie da. Kommen Sie bitte her." Der Mann folgte nur widerwillig seiner Aufforderung. Es war immer dasselbe: gaffen wollten alle, aber helfen wollte niemand. Er drückte dem Mann die Infusion in die Hand. „Hochhalten!", befahl er und der Mann streckte gehorsam den Arm nach oben.

In der Ferne hörte er die Sirenen näher kommen.

„Endlich", entfuhr es ihm und er wandte sich wieder Lisa zu. „Kannst du mir sagen, wo du Schmerzen hast, Lisa?"

„Mein Bein... und die Hüfte... Rücken auch", stammelte sie mit Unterbrechungen.

„Was ist mit dem Kopf? Keine Beschwerden?", fragte er, während er ihr in die Augen leuchtete, um ihre Pupillenreaktion zu prüfen.

„Nein."

„Sehr gut. Wie stark sind die Schmerzen von eins bis zehn?"

„Das Bein sieben, Rücken nicht so schlimm", gab sie zur Auskunft und Anton nickte.

„Ich gebe dir jetzt etwas gegen die Schmerzen, damit ich dich untersuchen kann. Es kann sein, dass dir davon schwindelig wird oder schwummrig. Versuche aber, wach zu bleiben und die Augen offen zu lassen." Anton gab ihr das Medikament und die Wirkung setzte kurz darauf ein.

Lisa fühlte sich leicht und ein wenig benebelt, bekam aber mit, wie zwei Sanitäter neben sie traten. Der eine ging sofort zu ihrem Kopf, um ihn zu stabilisieren, während Anton die Halskrause aus der Tasche zog und ihr anlegte. Dabei bemerkte er auch die Würgemale an ihrem Hals, die jedoch im Moment zweitrangig waren. Anschließend schnitt er Lisa das linke Hosenbein auf, um die Verletzung zu begutachten, während sich der zweite Sanitäter um die andere Seite kümmerte. „Offene Oberschenkelfraktur links", stellte er fest und deckte die offene

Wunde mit einem sterilen Tuch ab. Der untere Teil des Beins schien bis auf einige Prellungen in Ordnung zu sein. Doch als er ihre Hüfte abtastete, stöhnte sie auf und er spürte deutlich die Bewegung. „Instabiles Becken. Das müssen wir stabilisieren. Wie sieht es rechts aus?"

„Soweit okay. Ein paar Prellungen, nichts Tragisches."

„Gut. Brustkorb scheint ebenfalls in Ordnung. Ein paar Schnittwunden am Oberkörper, die abgedeckt werden sollten. Gib' mir die Beckenschlinge und dann holen wir sie ganz vorsichtig da runter. – Lisa? Bist du noch bei uns? Mach' bitte die Augen wieder auf." Anton hatte bei der Untersuchung bemerkt, dass sie die Augen schloss. Sie musste aber wach bleiben, damit sie mit ihnen kommunizieren konnte.

„Ich bin müde", sagte sie schwach.

„Bald kannst du schlafen, Kleines. Aber du musst mir helfen, damit ich dir helfen kann. Wie geht es mit den Schmerzen?"

„Wenn du mir nicht die Knochen zerquetschst, geht es", gab sie mit einem Lächeln zurück.

„Entschuldige, Kleines. Du hast dir vermutlich das Becken gebrochen. Wir müssen dir einen Gurt anlegen, damit nicht noch mehr passiert. Das kann nochmal kurz wehtun. Wenn es zu viel ist, sagst du Bescheid, okay?"

„Ja. Was ist mit meinem Bein?"

„Ist auch gebrochen. Aber keine Sorge, wir bekommen das hin. Achtung, jetzt kann es unange-

214

nehm werden." Kaum hatte er ausgesprochen, als Lisa einen leisen Schrei ausstieß und für ein paar Minuten das Bewusstsein verlor. Doch als sie die Augen wieder aufschlug, lächelte Anton sie an und die Schmerzen in der Hüfte waren kaum noch zu spüren. Auch an ihrem Bein war in der Zwischenzeit eine Schiene angelegt und mit einer Binde fixiert worden. „Es tut mir leid, Kleines. Geht's wieder?"

„Ja. Jetzt schon."

„Das Schlimmste hast du überstanden. Jetzt müssen wir dich nur noch auf die Trage bringen. Kollegen? Wir könnten ein wenig Hilfe gebrauchen!", rief er den Polizisten zu, die sich um die Schaulustigen kümmerten.

Lisa bemerkte, wie mehrere Hände sie festhielten, während Anton mit dem ersten Sanitäter den Platz getauscht hatte und nun ihren Kopf stabilisierte. „Wir drehen sie auf drei auf die rechte Seite. Kopf sagt an. Eins – zwei – drei." Vorsichtig wurde ihr Körper zur Seite gedreht und jemand schob etwas unter ihre linke Seite. Dann ging es wieder zurück auf die andere Seite und erneut wurde etwas unter ihren Körper geschoben. Nachdem die Teile verbunden waren, hoben die Männer Lisa hoch und setzten sie sanft auf der Trage ab. Dort entfernten sie die Schaufeltrage wieder und die junge Frau spürte, wie sich etwas fest um ihren Rücken schloss. Auch ihr Kopf wurde auf der Trage befestigt und Anton ließ ihn schließlich los.

„Alles okay, Kleines?"

„Solange du da bist."

„Ich bleibe bei dir, keine Angst. Ich lasse dich nicht allein. Ich muss nur mal kurz nach dem Fahrer schauen, aber ich bin gleich wieder da. Die Kollegen bleiben bei dir und bringen dich schon in den RTW."

Mit zügigen Schritten eilte Anton zu dem Unfallfahrzeug. Der Fahrer saß noch immer auf dem Sitz und wurde von einem Beamten betreut. Bis auf einen anfänglichen, leichten Schock war der Mann jedoch unverletzt. Ihm ging es schon wieder gut, nachdem er sich ein wenig ausgeruht hatte. Puls und Atmung waren normal und Anton gebot den Beamten, ihn noch eine Weile zu überwachen, falls irgendwelche Symptome auftauchen sollten. Ansonsten konnte der Mann nach Hause gehen.

Als Anton zurück zum RTW ging, trat Herr Sandmann auf ihn zu. „Wie geht es Frau Bode, Dr. Bär?"

„Sie schwebt nicht in akuter Lebensgefahr, hat aber schwere Verletzungen erlitten und muss dringend in die Klinik."

„Dann fahren Sie jetzt. Wir kommen später in die Klinik, dann klären wir alles Weitere."

Anton nickte, stieg in das wartende Fahrzeug und kurz darauf fuhr der Fahrer los.

„Anton?"

„Ja, Kleines?", fragte er und beugte sich in ihren Gesichtskreis, da sie den Kopf nicht bewegen konnte. Sanft strich er ihr über die Wange, auf der deutlich Leos Handabdruck zu erkennen war.

216

„Ich habe Angst", sagte sie leise.

„Das brauchst du nicht. Ich bin bei dir. Wir schaffen das zusammen. Ich werde dich nicht noch einmal im Stich lassen. Das verspreche ich dir." Anton hatte ihre Hand gegriffen und hielt sie sanft umschlossen. Dann beugte er sich zur ihr hinunter und gab ihr einen sanften Kuss auf den Mund, während der Sanitäter diskret den Blick abwandte.

„Anton? Es tut mir leid."

„Was tut dir leid?", fragte er verwundert.

Lisa brachte ein Lächeln zustande. „Dass du mich schon wieder im Rettungswagen wegbringen musst."

Jetzt huschte auch über sein Gesicht ein Lächeln. „Schon okay. Ich gewöhne mich langsam daran. Ruh' dich ein bisschen aus. Wir brauchen noch eine Weile in die Klinik." Gehorsam schloss Lisa die Augen, hielt aber nach wie vor seine linke Hand umklammert, während er mit der rechten ihren Puls prüfte und einen Blick auf den Monitor warf.

„Ist sie Ihre Frau?", fragte sein Kollege leise.

„Noch nicht. Aber ich hoffe, irgendwann einmal", antwortete er ebenso leise.

„Was hat sie gemeint, dass Sie sie *schon wieder* im RTW wegbringen?"

Anton lachte gequält. „Weil es im letzten halben Jahr bereits das vierte Mal ist."

Der Sanitäter blickte ein wenig erstaunt. „Ach du Schande. Sie zieht wohl das Unglück magisch an, oder wie darf ich mir das vorstellen?"

„So kann man das ausdrücken. Nur, dass das Unglück einen Namen hat, und zwar immer denselben: Leo Fisher." Antons Gesichtsausdruck wurde wütend, als er daran dachte, dass der Kerl vermutlich wieder nicht geschnappt werden würde.

„Moment mal. Leo Fisher? Ist das nicht der Kerl, der nach einer Verfolgungsjagd mit der Polizei gegen einen Baum geknallt ist?"

Anton horchte auf. „Woher wissen Sie das?"

„Ich habe den Funkspruch gehört, als wir auf dem Weg zum Einsatz waren. Der Unfall war nicht weit von unserem Einsatzort entfernt. Die Kollegen sind dorthin gerufen worden."

„Was ist mit dem Fahrer?", fragte der Arzt weiter, als der Sanitäter nicht weitersprach.

„Das weiß ich leider nicht. Mehr hatten wir nicht mitbekommen. Soll ich mal nachfragen?", bot der Kollege an und Anton nickte, woraufhin der Mann das Funkgerät ergriff und eine Verbindung aufbaute. „Zentrale? Hier Wagen 23."

„Zentrale hört", kam es aus dem Lautsprecher.

„In der Nähe unseres Einsatzortes wurde vorhin ein weiterer Verkehrsunfall gemeldet. Die Verfolgungsjagd mit der Polizei. PKW gegen Baum. Sind euch nähere Informationen über den Fahrer bekannt?"

„Die haben sich vor wenigen Minuten auf den Weg in die Uniklinik gemacht. Schweres Polytrauma, Verdacht auf Querschnitt, mehrere Frakturen und eine Schädelverletzung. Es sieht wohl nicht gut aus."

„Danke für die Info. Noch eine Frage. Der Name des Verletzten ist Leo Fisher, richtig?"

„Positiv."

„Danke, Zentrale. Ende."

SCHWERE STUNDEN

Auch in der Klinik, die sie kurz nach dem Funkspruch erreichten, wich Anton nicht von Lisas Seite. Als sie die Notaufnahme betraten, schlug die junge Frau die Augen auf und suchte mit den Augen nach ihm. Als er es bemerkte, griff er erneut ihre Hand. „Ich bin hier, Lisa. Du bist in der Klinik."

In den nächsten Stunden musste Lisa einige Untersuchungen über sich ergehen lassen. Anton besprach sich mit seinen Kollegen und sorgte dafür, dass Dr. Wallmayer gerufen wurde, der Lisa bereits untersucht hatte und bei ihr die Korrektur ihres Beines durchführen wollte. Als der Kollege eintraf, gingen sie erneut die alten und neuen Befunde durch, während Lisa von Kollegen überwacht wurde.

Der aktuelle Bruch lief genau über die damals falsch zusammengewachsene Stelle und sie mussten entscheiden, ob es möglich war, die für Dezember angedachte Operation kurzfristig vorzuziehen und ob sie im Zusammenhang mit der Beckenfraktur überhaupt möglich war. Nach endlosen Diskussionen und Abwägungen entschieden die Ärzte sich dafür. Sie würden es versuchen.

„Sie wissen, dass ich Angehörige im OP eigentlich nicht haben will, Dr. Bär", sagte Dr. Wallmayer schließlich, „aber wir könnten noch ein weiteres Paar Hände gebrauchen. Trauen Sie sich das zu?"

Anton dachte einen Moment nach. Natürlich wollte er Lisa helfen, aber würde er es schaffen, falls irgendetwas schief lief? Er blickte in die Runde. Dr. Wallmayer war eine Koryphäe auf seinem Gebiet und der zweite Operateur würde der Chefarzt der Chirurgie sein. Es würde nichts schief gehen! „Ja, ich bin dabei", sagte er schließlich.

„Gut. Ich gehe davon aus, dass *Sie* mit ihr sprechen wollen?" Anton nickte. „Dann klären Sie ihre Freundin auf. Und anschließend ziehen Sie sich um. Wir sehen uns im OP."

Zwei Minuten später betrat der junge Arzt das Zimmer, in dem Lisa versorgt wurde. „Würden Sie uns kurz alleine lassen?", fragte er die Schwester, die daraufhin das Zimmer verließ.

„Hallo Kleines. Wie geht es dir?"

„Gut, danke… Die Schmerzen… sind erträglich. Sag' mir die Wahrheit, Anton… Werde ich… wieder… ganz… gesund?"

Anton konnte hören, dass sie ihn nur beruhigen wollte, aber die Schmerzen wieder stärker geworden waren und kontrollierte die Medikation, um es ihr ein wenig erträglicher zu machen. „Das will ich doch schwer hoffen, mein Schatz", entgegnete er mit einem aufmunternden Lächeln. „Ich habe nämlich nicht vor, auf den Hochzeitswalzer zu verzichten. Also wird mir wohl nichts anderes übrigbleiben, als dich wieder zusammenzuflicken."

Lisa brauchte einen Moment, bis sie begriff, was er gerade gesagt hatte. Man hatte ihr inzwischen die Halskrause abgenommen, da ihre Wirbelsäule bis auf ein paar Prellungen unverletzt war. Nun drehte sie ungläubig den Kopf, um ihn besser sehen zu können. „Du willst...? Trotz allem...?", stotterte sie und der Arzt nickte ihr zu. „Keine Angst, ich werde dich noch ganz offiziell fragen, wenn du nicht mehr unter dem Einfluss von Drogen stehst", grinste er. „Aber jetzt musst du erst einmal gesund werden. Und dafür müssen wir dich leider operieren. Wir müssen dein Becken stabilisieren. Und wir werden die geplante Operation vorziehen, wenn du damit einverstanden bist."

„Natürlich bin ich das."

„In Ordnung. Dann werde ich dich noch kurz über die Risiken aufklären." Er zog einen Zettel zu sich, erklärte ihr die möglichen Risiken und Komplikationen und ließ sie schließlich das Blatt unterschreiben, das er anschließend in die Akte legte. Dann beugte er sich zu ihr und gab ihr einen langen Kuss. „Ich muss mich jetzt umziehen, mein Schatz. Wir sehen uns im OP."

„Wirst du dabei sein?"

„Ja, ich werde im OP dabei sein und den Kollegen helfen. Wir flicken dich wieder zusammen, Prinzessin Lilly." Anton drehte sich nach einem letzten Kuss auf ihren Handrücken um und wollte gehen, doch Lisa hielt seine Hand fest und zog ihn zurück.

„Teddy?"

„Ja, Kleines?"

„Ich wollte dir noch etwas sagen", begann sie und machte eine kleine Pause, bevor sie weitersprach: „Ja, ich will."

Über Antons Gesicht ging ein Strahlen. Er beugte sich erneut zu ihr hinunter. Als er sich von ihren Lippen löste, sagte er leise: „Alles wird gut. Aber jetzt muss ich wirklich los."

Lisa nickte und gab seine Hand schließlich frei. Als er das Zimmer verließ, betrat die Schwester wieder den Raum und kurz darauf wurde sie für die Operation vorbereitet. Als sie Anton das nächste Mal sah, war er bereits umgezogen und trug eine Haube. Er lächelte ihr zu, als der Anästhesist die Narkose einleitete und sein Gesicht war das letzte, was sie sah, bevor sie die Augen schloss.

Die Operation dauerte mehrere Stunden und war schwieriger, als gedacht. Doch endlich verschlossen die Chirurgen die letzten Wunden. Auch die Schnitte, die Leo ihr noch im Haus zugefügt hatte, um sie zu zwingen, den Tresor zu öffnen, waren versorgt und die Ärzte atmeten erleichtert durch. Nicht nur Anton war an seine Grenzen gegangen in dieser Nacht und lehnte sich erschöpft an die Wand im Waschraum.

Dr. Wallmayer klopfte ihm anerkennend auf die Schulter. „Sie haben sich gut gehalten da drinnen, mein junger Freund. Ruhen Sie sich jetzt ein wenig aus. Sie wird noch ein paar Stunden schlafen und das sollten Sie auch tun. Die nächsten Wochen werden hart werden."

„Danke, Dr. Wallmayer", sagte er nur und zog die OP-Kleidung aus. Nachdem er sich vergewissert hatte, dass es Lisa gut ging und den Kollegen auf der Intensivstation eingeschärft hatte, ihn sofort anzupiepen, wenn sie wach werden sollte, zog er sich in den Aufenthaltsraum zurück, in dem den Ärzten ein Sofa zur Verfügung stand. Dort blickte er auf die Uhr. Es war inzwischen früher Morgen. Seufzend griff er sein Handy und schrieb eine Nachricht an seinen Vater, indem er ihm in kurzen Worten von dem Unfall und der gerade beendeten OP berichtete.

Kaum hatte er das Handy zur Seite gelegt, bekam er auch schon die Antwort. „Komme, so schnell ich kann. Halte durch." Anton schrieb noch einen kurzen Dank zurück und legte sich dann auf die Couch. Doch obwohl er hundemüde war, fand er keine Ruhe. Zu viel ging ihm im Kopf herum, unter anderem der Unfall gestern Abend, den er hautnah miterlebt hatte. Immer wieder sah er den Geländewagen auf Lisa zufahren und wie sie anschließend durch die Luft flog und auf dem Polizeifahrzeug aufschlug.

Eine Stunde später gab er es schließlich auf und kehrte auf die Intensivstation zurück, wo er sich leise neben ihr Bett setzte und ihre Hand nahm. Einige Zeit beobachtete er die Monitore, die jedoch keinen Anlass zur Sorge gaben. Schließlich übermannte ihn dann aber doch die Müdigkeit und sein Kopf sackte auf die Bettkannte, wo er liegen blieb, bis ihm jemand die Hand auf die Schulter legte und Anton hochschreckte. Neben ihm stand sein Vater, der einen prüfenden Blick über die Geräte warf und anschließend seinen Sohn in seine Arme zog. Anton fühlte sich gleich etwas besser. Er war mit der Situation nicht mehr alleine – und das gab ihm Kraft.

„War sie schon wach?", fragte Hubert leise und Anton schüttelte den Kopf.

In diesem Moment öffnete sich die Tür und eine Schwester betrat den Raum. „Dr. Bär?"

„Ja?", antworteten die beiden im Chor und mussten unwillkürlich grinsen. Anton fügte hinzu: „Entschuldigung. Das ist mein Vater, Dr. Hubert Bär."

„Ach so. Das habe ich nicht gewusst. Dr. Bär, draußen wartet ein Mann von der Kripo auf Sie. Er würde gerne mit Ihnen sprechen."

Anton blickte unschlüssig auf seine Freundin, woraufhin Hubert ihm die Hand auf den Arm legte. „Geh' ruhig, Junge. Ich bleibe solange hier."

„Danke Vater", sagte sein Sohn und erhob sich. „Ach, Vater…"

„Ich hole dich, wenn sie wach wird. Jetzt geh' schon", unterbrach Hubert ihn.

Auf dem Gang wurde er von Herrn Sandmann erwartet, der ihm die Hand reichte. „Guten Tag, Dr. Bär. Wie geht es Frau Bode?"

„Guten Tag. Sie hat die Operation gut überstanden und ist so weit stabil. Jetzt müssen wir abwarten. Auf jeden Fall liegt ein langer Weg vor ihr."

„Das tut mir leid. Wann glauben Sie, ist sie vernehmungsfähig? Wir würden gerne herausfinden, was genau in ihrem Haus geschehen ist."

„Ich denke frühestens morgen oder übermorgen. Sie wird nach der OP noch recht schwach sein. Es war ein schwerer Eingriff. – Herr Sandmann? Was ist mit Leo?"

„Herr Fisher ist auf der Flucht vor den Kollegen von der Straße abgekommen und hat seinen Wagen um einen Baum gewickelt. Nach meinen Informationen schwebt er inzwischen nicht mehr in Lebensgefahr."

„Das ist gut", sagte Anton und Herr Sandmann blickte ihn verwundert an. „Ich bewundere Sie, Dr. Bär. Ich an Ihrer Stelle würde ihm den Tod an den Hals wünschen."

„Das habe ich anfangs auch, glauben Sie mir. Aber der Tod wäre nur eine kleine Strafe für einen Menschen, wie ihn. Ich weiß, ich bin Arzt und sollte eigentlich nicht so denken, aber ich wünsche ihm, dass er nie wieder laufen wird und nie wieder einem Menschen das antun kann, was er Lisa und den anderen Frauen angetan hat. Der Mann ist ein Monster."

„Ich kann sie beruhigen, Dr. Bär. Das wird er nicht mehr. Herr Fisher ist vom Oberkörper abwärts gelähmt. Außer seinem Kopf und seinen Armen kann er nichts mehr bewegen. Er wird nie wieder laufen oder irgendjemanden vergewaltigen können. Der Mann ist am Ende, wird rund um die Uhr überwacht und ins Gefängniskrankenhaus überführt, sobald er fit genug dafür ist. Sie brauchen sich keine Sorgen mehr um ihn zu machen." Der Polizist bemerkte die Tränen, die Anton vor Erleichterung in die Augen getreten waren.

„Das heißt, es ist vorbei? Wir können endlich ein normales Leben führen?"

„Ja, junger Mann. Das können Sie. Vorausgesetzt, Frau Bode wird wieder gesund."

„Dafür werden wir sorgen. Sie hat lange genug gelitten. Vielen Dank, Herr Sandmann, für die Informationen."

„Ach, Dr. Bär? Ich habe noch Ihren Haustürschlüssel. Die Kollegen haben alle Spuren gesichert und wir haben uns erlaubt, Ihr Abendessen in den Kühlschrank zu stellen." Er reichte ihm den Schlüssel mit einem Lächeln und verabschiedete sich anschließend von dem Arzt, der kurz darauf wieder im Krankenzimmer erschien.

Die nächste Stunde saßen die beiden Ärzte schweigend an Lisas Bett, bis sich die junge Frau endlich etwas bewegte und wenig später die Augen aufschlug. Sie brauchte ein paar Minuten, bis sie sich orientiert hatte. „Wie ist es gelaufen?"

Anton lächelte. „Gut. Alles ist gut verlaufen. Aber jetzt brauchst du eine Menge Geduld."

Lisa nickte. Das hatten ihr die Ärzte bereits bei der

Vorbesprechung der geplanten Operation gesagt. Dann fiel ihr Blick auf Antons Vater. „Hubert? Wo kommst du denn her?"

„Ich bin vor zwei Stunden angekommen – kann euch doch in dieser Situation nicht alleine lassen."

„Wie spät ist es?"

„Gleich Mittag. Wieso? Hast du Hunger?", fragte Anton.

Lisa lächelte matt. „Nein, eigentlich nicht. Warst du die ganze Zeit da?"

„Nicht ganz", gab der junge Mann zu. „Nach der OP habe ich mich eine Stunde ins Ärztezimmer gelegt."

Lisa warf ihm einen prüfenden Blick zu, der ihn zu durchbohren schien, sagte aber nichts. Erst ein paar Stunden später, als die beiden Männer immer noch an ihrem Bett saßen und sich leise unterhielten, während sie immer wieder eindöste, ergriff sie plötzlich Huberts Hand. „Tust du mir bitte einen Gefallen?"

Hubert blickte ihr ins Gesicht und nickte. „Natürlich, Lisa."

„Bring' Anton nach Hause. Und sorge dafür, dass er dort bleibt und ins Bett geht. Von mir aus könnt ihr morgen früh wieder kommen."

Anton wollte widersprechen. „Aber ich habe dir doch versprochen…"

„Ich weiß, Anton. Du hast mir versprochen, bei mir zu bleiben. Aber ich bin mir sicher, dass deine Kollegen auf mich aufpassen. Bitte, Teddy. Du hast mir einen Tanz versprochen, wenn ich mich recht erinnere. Das kannst du nicht, wenn du zusammenklappst. Tu mir den Gefallen und geh' nach Hause, iss etwas und ruhe dich aus."

Anton nickte schließlich und gab ihr einen zärtlichen Kuss, bevor er sich von seinem Vater aus dem Zimmer führen ließ. Die Müdigkeit steckte ihm tatsächlich in den Knochen und er hatte Probleme, die Augen während der Heimfahrt offen zu halten.

Zuhause angekommen machte Hubert eine Kleinigkeit zu essen und überredete Anton schließlich, sich schlafen zu legen. Als dieser am nächsten Morgen erwachte, fühlte er sich viel besser und ging munter unter die Dusche. Zehn Minuten später sah er wieder vorzeigefähig aus und stieg die Stufen hinunter. Zu seinem Erstaunen fand er Hubert auf der Couch liegend vor.

„Vater? Ich dachte, du wärst nach Hause gefahren."

„Na, ich habe Lisa doch versprochen, aufzupassen, dass du dich nicht heimlich wieder in die Klinik schleichst", lachte sein Vater noch ein wenig verschlafen, als er sich aufrichtete.

„Ich glaube, dazu wäre ich gar nicht in der Lage gewesen. Ich habe geschlafen wie ein Stein."

„Du siehst auch schon viel besser aus, mein Junge."

„Danke, Vater. Komm', ich mache uns etwas zum Frühstück. Und dann bringe ich dich nach Hause, damit du dich auch frisch machen kannst. Du willst doch bestimmt mitkommen in die Klinik."

„Natürlich will ich das. Und Anton? Ich werde in den nächsten Wochen die Praxis alleine schmeißen. Rede mit der Klinik, ob du deine Stunden auf fünf Tage aufteilen kannst. Dann kannst du dich nebenbei um Lisa kümmern. Die nächsten Wochen werden eure Beziehung auf eine harte Probe stellen. Nimm' es ihr nicht übel, wenn sie mit der Zeit frustriert oder gar aggressiv wird. Sei einfach da, wenn sie dich braucht und gib ihr die Kraft, die sie benötigt. Und wenn du selber eine Schulter zum Ausweinen brauchst, werde ich da sein."

Anton nickte verstehend. „Ich weiß. Danke Vater. Auch, dass du gestern sofort gekommen bist."

„Das war doch selbstverständlich."

Nach dem Frühstück machte sich Hubert auf den Weg nach Hause, um zu duschen und sich umzuziehen. „Ich hole dich in etwa einer Stunde ab, Vater. Vorher habe ich noch etwas zu erledigen."

„In Ordnung, bis später."

Nachdem Hubert das Haus verlassen hatte, nahm Anton Lisas Ring, den er ihr im Krankenwagen abgenommen hatte, und steckte ihn in seine Tasche. Anschließend machte er sich auf den Weg in die Stadt zu einem Juwelier. Da er wusste, dass Lisa der Ring ihrer Mutter sehr viel bedeutete, wollte er ihr keinen typischen Verlobungsring besorgen, da sie beide zusammen vermutlich nicht tragen konnte. Deshalb war ihm die Idee gekommen, einen schmalen Ring zu besorgen, der vor oder hinter den Ring ihrer Mutter gesteckt wurde und vor allem zu diesem passte. Er stellte sich etwas mit eingebetteten Steinen vor, da der Ring ihrer Mutter bereits einen aufgesetzten Stein besaß und zwei solche Ringe nicht zusammen passen würden.

Der Juwelier hörte sich seinen Wunsch an und betrachtete aufmerksam das mitgebrachte Schmuckstück, bevor er eine entsprechende Auswahl zusammenstellte, die er ihm vorführte. Schließlich entschied Anton sich für einen schmalen geflochtenen Ring, der genau die Farbe des alten Ringes hatte und in dessen Knotenpunkten kleine Steine eingesetzt waren.

„Eine gute Wahl", lobte der Juwelier. „Man könnte fast meinen, dass sie dafür bestimmt waren. Soll ich den alten Ring zusammen mit dem neuen Stück einpacken?"

„Ja, bitte", bat Anton und nahm kurz darauf eine kleine Schatulle in Empfang, die er sorgfältig in die Innentasche seines Sakkos steckte. Mit einem zufriedenen Lächeln machte er sich auf den Weg zu seinem Vater, der ihn bereits erwartete und angesichts seiner guten Laune ein wenig irritiert wirkte.

„Hast du irgendetwas angestellt, Junge? Diesen Gesichtsausdruck habe ich schon lange nicht mehr bei dir gesehen. Früher hast du so geschaut, wenn Lisa und du wieder irgendetwas ausgefressen hattet. Muss ich mir Sorgen machen?"

„Nein, Vater", lachte Anton angesichts seines

Vergleichs, denn in gewisser Weise hatten sie ja wirklich etwas ausgeheckt. „Du brauchst dir keine Sorgen zu machen. Ich bin einfach nur froh, dass wir jetzt zu ihr fahren können."

„Wer's glaubt, wird selig", grinste Hubert, fragte aber nicht weiter nach.

Als sie eine halbe Stunde später in der Klinik ankamen, war Lisa wach und sah richtig gut aus, wenn man bedachte, was sie hinter sich hatte. Lächelnd begrüßte sie die beiden.

„Guten Morgen, mein Schatz. Wie geht es dir heute?"

„Gut, danke. Nur langweilig ist mir."

Anton warf seinem Vater einen vielsagenden Blick zu. „Ich habe dir ein paar Kleinigkeiten mitgebracht. Sobald du in ein normales Zimmer verlegt wirst, kannst du dann wenigstens Musik hören oder lesen. Und ich werde dich so oft es geht besuchen kommen. Du musst leider Geduld haben, sonst dauert es noch länger."

„Ich weiß, Herr Doktor", lachte sie. „Aber Geduld war noch nie meine Stärke. Wie soll ich das nur vier Wochen aushalten, wenn ich am zweiten Tag schon genug habe?"

„Indem wir dir helfen, Lisa. Dich ablenken und dir Mut zusprechen", sagte Hubert und strich ihr sanft über das Haar. „Denk' an etwas Schönes – das macht es leichter. Immerhin wirst du am Ende wieder schmerzfrei laufen können, wenn alles richtig verheilt ist."

„Auch tanzen?", fragte Lisa und Anton konnte sich ein Grinsen nicht verkneifen.

„Was habt ihr beide nur ständig mit dem Tanzen?", fragte der ältere Mann amüsiert. „Anton hat gestern auch schon so etwas gesagt."

„Sag' mal, wann hast du eigentlich das letzte Schmerzmittel bekommen, Lisa?", fragte Anton nun und sein Vater verstand überhaupt nichts mehr. Wie kam der Junge plötzlich vom Tanzen auf Schmerzmittel?

„Gestern Abend. Wieso?", fragte sie unschuldig, obwohl sie genau wusste, weshalb er das wissen wollte.

„Weil ich dir vor der OP etwas versprochen habe und du dafür nicht unter der Einwirkung von irgendwelchen Drogen stehen darfst", grinste Anton und stand von seinem Stuhl auf. „Ich hoffe, du verzeihst es mir, wenn ich nicht auf die Knie falle, aber dann kannst du mich aus deiner Position nicht mehr sehen. Lisa Bode, nachdem du nun nicht mehr unter dem Einfluss von Betäubungsmitteln stehst, frage ich dich noch einmal ganz offiziell, ob du meine Frau werden möchtest."

Dr. Wallmayer, der gerade durch die Tür getreten war, blieb überrascht und respektvoll in einiger Entfernung stehen, um die beiden nicht zu stören. In Lisas Augen glitzerten Tränen, als sie nickte. „Und meine Antwort ist immer noch dieselbe, wie beim ersten Mal: ja, ich will." Damit zog sie ihn zu sich hinunter und gab ihm einen langen Kuss auf den Mund, während die beiden alles um sich herum vergaßen und Hubert sich verstohlen eine Träne aus den Augenwinkeln wischte.

Dr. Wallmayer räusperte sich vernehmlich. „Interessanter Therapieansatz, den Sie da haben, verehrter, junger Kollege", grinste er. „Darf ich Ihnen gratulieren?"

Anton senkte verlegen den Kopf. „Danke, Dr. Wallmayer."

„Ich wollte eigentlich nur mal kurz nach unserer Patientin schauen. Aber wie ich sehe, ist die junge Dame in den besten Händen. Bei dieser Pflege werden wir Sie voraussichtlich morgen in ein normales Zimmer verlegen können. Dr. Bär? Kommen Sie nachher bitte noch einmal bei mir vorbei?"

„Ja, natürlich", sagte Anton und der Orthopäde verließ das Zimmer wieder.

Nun erhob sich auch Hubert, umarmte seinen Sohn und gab Lisa einen Kuss auf die Stirn. „Ich freue mich für euch. Aber könnte mich endlich mal jemand aufklären? Ich habe irgendwie den Anschluss verpasst. Ihr könnt doch einen alten Mann nicht so auflaufen lassen."

Lisa und Anton grinsten sich an. „Ganz einfach, Vater. Ich habe Lisa kurz vor der OP gesagt, dass wir sie wieder zusammenflicken, weil ich keine Lust habe, auf den Hochzeitswalzer zu verzichten. Und das habe ich immer noch nicht. Allerdings stand Lisa zu diesem Zeitpunkt unter starken Schmerzmitteln und deshalb habe ich ihr versprochen, noch einmal ganz offiziell um ihre Hand anzuhalten, wenn sie wieder klar im Kopf ist. Und das habe ich eben getan. Es muss doch alles seine Ordnung haben. Und deshalb habe ich auch noch eine Kleinigkeit für dich."

Anton holte das kleine Kästchen aus seiner Tasche und steckte Lisa die beiden Ringe an die Hand. „Ich dachte mir, dass du den Ring deiner Mutter gerne weiter tragen möchtest und habe deshalb einen besorgt, den du zusammen mit ihm tragen kannst."

Lisa konnte die Tränen nun nicht mehr zurückhalten und er wischte sie ihr mit einem Finger vom Gesicht. Sie hob die Hand, an die er gerade den Ring gesteckt hatte und legte sie sanft an seine Wange. Anton küsste sie erneut und als er sich wieder aufrichtete, blickte sie ihn liebevoll an. „Habe ich dir eigentlich schon mal gesagt, wie sehr ich dich liebe?", fragte sie leise.

„Heute noch nicht", grinste er frech und ließ sich wieder auf seinen Stuhl fallen. Dabei bemerkte er, dass sich sein Vater nicht mehr im Raum befand. Dieser hatte diskret das Krankenzimmer verlassen, um seinem Sohn und dessen Verlobten ein wenig Privatsphäre zu geben. Hubert kehrte erst eine Stunde später zurück und niemand verlor ein Wort darüber, dass er plötzlich verschwunden war.

Später ging Anton wie versprochen zu Dr. Wallmayer, um mit ihm über Lisa zu sprechen. „Gibt es
etwas, was ich wissen sollte?", fragte er, als er das
Arztzimmer betrat.

„Mein junger Freund – Sie sollten nicht immer
gleich vom Schlimmsten ausgehen. Nein, soweit ist
alles in Ordnung. Wir haben noch einmal Kontroll-
bilder gemacht und ich wollte Ihnen gerne die Auf-
nahmen zeigen." Er ging mit Anton zum Leucht-
kasten und zeigte auf ein paar Röntgenbilder. „Das
Becken sieht sehr gut aus und wir konnten auch
keinerlei Nachblutungen feststellen. Ich denke nicht,
dass wir hier mit Komplikationen rechnen müssen.
Der Fixateur Extern sitzt gut. Auch der Oberschen-
kelbruch sieht gut aus. Jetzt kommt es auf die
Selbstheilungskraft Ihrer Freundin an – Entschuldigung, Ihrer Verlobten natürlich", verbesserte er
sich mit einem Lächeln. „Sie ist eine erstaunliche
Frau und hat sich schnell von dem Eingriff erholt.
Aber passen Sie bitte auf, dass sie nicht zu euphorisch wird. Eine falsche Bewegung kann schlimme
Folgen haben. Ein paar Wochen müssen Sie durchhalten."

„Danke. Ich werde mein Möglichstes tun. Sonst
irgendwelche Komplikationen zu erwarten?"

„Nichts, was Sie nicht selber wissen. Machen Sie sich nicht zu viele Gedanken. Ich weiß, als Arzt ist es manchmal schwer, weil man die Gefahren kennt, die nach Operation und Unfällen auftreten können. Aber sie macht einen stabilen Eindruck."

„Vielen Dank, Dr. Wallmayer." Anton verließ das Arztzimmer und sprach noch kurz mit seinem Vorgesetzten, um seine Arbeitszeit für die kommenden Wochen zu regeln, bevor er zurück zu Lisa und seinem Vater ging.

Gegen Mittag fuhren die beiden Männer zu Hubert und dieser lud seinen Sohn zum Mittagessen ein. Anton würde später noch einmal in die Klinik fahren, während sein Vater sie erst am nächsten Tag besuchen wollte.

Anton kam in der nächsten Woche regelmäßig bei Lisa vorbei, um ihr ein wenig die Zeit zu vertreiben. Sie war inzwischen auf ein normales Zwei-Bett-Zimmer verlegt worden, damit sie ein wenig Gesellschaft hatte, wenn niemand sie besuchte. Früh morgens wurde sie meist von Anton liebevoll geweckt. Gegen Mittag hatte er zwei Stunden Pause, solange kein Notfall dazwischenfunkte, die er ebenfalls mit einem Sandwich bewaffnet bei seiner Verlobten verbrachte und einen Großteil der Abendstunden blieb er ebenfalls bei ihr, bis seine Kollegen ihn schließlich hinauskomplementierten, damit die beiden Patientinnen Ruhe bekamen. Nach der Praxis kam auch Hubert in der Regel vorbei, um sich mit ihr zu unterhalten, während Anton noch beschäftigt war. Ihre Zimmernachbarin störte das nicht wirklich, denn sie bekam so gut wie nie Besuch und freute sich über die Abwechslungen.

Obwohl die Besuche Lisa sichtlich guttaten, machte sie eine schwere Zeit durch. Das ewige Stillliegen war totlangweilig und frustrierend und es dauerte nicht lange, bis die von Hubert erwähnten Emotionsschwankungen eintraten. Anton wusste nie, was ihn erwartete, wenn er sie besuchte. Lisa machte von Frustration über Angst und Wut, bis hin zu Panikanfällen und schließlich völliger Teilnahmslosigkeit alles durch, was möglich war. Als Arzt helfen konnte er ihr nur, wenn körperliche Probleme wie Herzrasen bei einem Panikanfall auftraten. Auch gab er ihr hin und wieder ein leichtes Beruhigungsmittel, wenn sie sich zu sehr in ihre Wut hineinsteigerte und Gefahr lief, wild um sich zu schlagen. Ansonsten war der Freund und Partner gefragt, der nicht viel mehr tun konnte, als ihr zur Seite zu stehen, sie zu trösten und in den Arm zu nehmen. Manchmal half es auch einfach, mit ihr zu reden.

Lisa wusste selber, dass sie manchmal unausstehlich war, konnte ihre Emotionen aber nicht mehr kontrollieren. Wenn Anton arbeitete, las sie viel oder lauschte der Entspannungs- oder ihrer Lieblingsmusik, die Anton ihr auf ihr Handy lud und die ihr ein wenig die Zeit vertrieb.

Fast vier Wochen nach dem Unfall war auch Anton von den Strapazen gezeichnet. In der Klinik

238

war viel los und in den Pausen kümmerte er sich um Lisa. Nachts machte er sich Gedanken, wie sie die nächsten Wochen durchstehen sollten und konnte oft nicht oder nur schlecht schlafen. Der Unfall tauchte immer öfter in seinen Träumen auf und hin und wieder träumte er von allen möglichen Komplikationen, die im Nachgang noch auftreten konnten, bis hin zum Tod der jungen Frau. Dann wachte er meist schweißgebadet auf und konnte auch nicht wieder einschlafen.

Als Anton am Dienstagabend nach seinem Besuch bei Lisa nach Hause fuhr, fühlte er sich vollkommen fertig. Sie hatten den ganzen Tag über einen Notfall nach dem anderen reinbekommen und abends war Lisa dann in Tränen ausgebrochen und ließ sich kaum noch beruhigen. Schließlich hatte sie sich so in ihre Verzweiflung hineingesteigert, dass sie ruhiggestellt werden musste und endlich eingeschlafen war.

Anton wollte nicht in das leere Haus und nahm kurzentschlossen das Angebot seines Vaters an, dass er ihm kurz nach dem Unfall gemacht hatte. Er brauchte einfach eine Schulter zum Anlehnen. Da er seinen Besuch nicht angekündigt hatte, öffnete er die Tür nicht mit seinem Schlüssel, den er nach wie vor hatte, sondern klingelte, damit sein Vater sich nicht zu Tode erschreckte, wenn er plötzlich im Haus stand. Hubert öffnete ein wenig überrascht die Tür.

„Ist etwas mit Lisa?"

„Nein, jetzt ist alles okay. Sie schläft. Darf ich?"

„Natürlich, mein Sohn", antwortete Hubert und machte den Weg frei, sodass er eintreten konnte. Nachdem er die Tür geschlossen hatte, blickte er seinen Sohn besorgt an. Der junge Mann wirkte, als wenn er gleich zusammenklappen würde und in seinen Augen glitzerten eindeutig Tränen, die er kaum noch zurückhalten konnte. So hatte Hubert ihn das letzte Mal gesehen, als Antons Mutter gestorben war. Damals war sein Sohn elf gewesen und als er nun ein wenig unschlüssig im Flur stand und seine Jacke auszog, wirkte er genauso hilflos und verzweifelt, wie damals.

Hubert ging auf ihn zu und zog seinen Sohn wortlos in die Arme. Dieser ließ es geschehen, legte den Kopf auf die Schulter seines Vaters und fing hemmungslos an zu weinen, während der alte Mann ihm tröstend über den Rücken streichelte. Es dauerte eine ganze Weile, bis das Schluchzen verebbte und Hubert seinen Sohn zur Couch führen und ihn in die weichen Kissen drücken konnte. Dann ging er in die Küche und kam kurz darauf mit einem belegten Brot zurück. „Du hast bestimmt noch nichts gegessen, Anton. Hier, nimm'!"

„Danke Vater, aber ich habe keinen Hunger."

„Möchtest du lieber einen Schnaps?"

„Besser nicht. Du weißt, dass ich nichts vertrage."

„Eben drum. Dann schläfst du vielleicht mal wieder. So wie du aussiehst, könntest du das dringend gebrauchen."

„Vielleicht", gab Anton zu. „Ich schlafe wirklich

nicht gut. Ständig male ich mir aus, was alles passieren könnte und jedes Mal enden die Träume damit, dass ich sie nicht retten kann. Ich weiß nicht, wie ich Lisa helfen soll, wenn ich mir nicht einmal selber helfen kann." Anton streifte die Schuhe von den Füßen und zog die Beine an, um sie mit den Armen zu umschlingen.

Hubert registrierte besorgt das Zittern seiner Hände, das der junge Arzt jedoch gar nicht zu bemerken schien. „Du solltest dringend ein paar Tage ausspannen, Anton. Es hilft niemandem, wenn du im OP zusammenklappst."

„Nein, das geht nicht. Lisa braucht mich. Sie ist völlig fertig vom ewigen Rumliegen. Wir mussten sie heute sedieren, weil sie anfing, um sich zu schlagen. Wenn ich morgen früh nicht da bin, weiß ich nicht, was als Nächstes passiert. Außerdem stehe ich auf dem OP-Plan."

„So kannst du nicht operieren, mein Junge und deine Vorgesetzten werden das auch nicht zulassen. Du kannst ja nicht einmal ein Skalpell halten."

„Natürlich kann ich das", widersprach sein Sohn vehement, der noch immer die Zeichen seines Körpers ignorierte.

Hubert stand auf und ging erneut in die Küche, füllte ein Glas mit Wasser und kam zurück, um es Anton zu geben. „Hier, trink' erst einmal." Anton nahm das Glas dankbar entgegen, doch seine Hand zitterte so heftig, dass er die Hälfte verschüttete. Das hatte Hubert erwartet. „Glaubst du mir jetzt?", fragte er und drückte seinem Sohn ein Küchentuch in die Hand, das er wohlweißlich mitgebracht hatte.

„Entschuldige, das war ein Versehen, Vater."

„Anton! Für wie dumm hältst du mich eigentlich? Oder bist du wirklich so naiv zu glauben, dass das morgen wieder okay ist? Mann, Junge. Du bist doch selber Arzt!"

Anton stellte das Glas auf den Couchtisch. „Ich weiß, du meinst es gut, Vater. Aber ich sollte jetzt besser gehen." Damit stand er auf, tat aber nur zwei Schritte, bevor seine Beine ihn nicht mehr tragen konnten.

Hubert war sofort bei ihm und bugsierte ihn zurück auf das Sofa, bevor er auf den Boden stürzen konnte. „Du gehst erst einmal nirgendwo hin, mein Junge. Zu mindestens nicht außerhalb dieser Mauern." Er ließ sich neben Anton auf den Sitz sinken und zwang seinen Sohn, ihn anzusehen. „Und jetzt schalten wir mal wieder dein Gehirn ein, mein Sohn. Was würdest du jemandem sagen, der mit deinen Symptomen in der Praxis auftaucht? Erschöpfung, Schlafmangel, Schüttelfrost, Tremor... Soll ich weitermachen?"

„Nein, Vater. Ich hab' schon verstanden. Du hast ja Recht, ich sollte wirklich nicht in einen OP gehen."

„Genaugenommen solltest du erst einmal nirgendwo hin gehen, von deinem Bett einmal abgesehen. Und dahin verfrachte ich dich gleich, nachdem du dein Brot gegessen hast. Und da bleibst du auch morgen."

„Aber ich muss doch…", fing Anton erneut an.

„Du musst gar nichts. Ich werde morgen früh zu Lisa fahren und mit ihr reden. Sie wird das verstehen. Und in der Klinik sage ich dann auch gleich Bescheid. Vielleicht bist du am Nachmittag fit genug, dass ich dich mitnehmen kann. Bis dahin muss Lisa eben mal alleine klarkommen. Sie ist ein großes Mädchen. Und wenn du ganz zusammen klappst, kannst du ihr überhaupt nicht helfen. Also sei bitte vernünftig."

Anton nickte, nahm gehorsam sein Brot und führte es mit zitternden Fingern an den Mund. Es dauerte lange, bis er die Scheibe gegessen hatte, weil ihm absolut nicht nach Essen zu Mute war. Dennoch wusste er, dass sein Vater Recht hatte und er dringend etwas essen musste. Er verzichtete in letzter Zeit schon meist auf das Frühstück und in der Mittagspause hatte er heute auch noch nichts zu sich genommen, weil er in der kurzen Verschnaufpause zwischen zwei Operationen schnell zu Lisa gegangen war und völlig vergessen hatte, sein Mittagessen mitzunehmen. Nachdem er auch noch das Wasserglas geleert hatte, brachte Hubert ihn die wenigen Meter bis zu seinem Zimmer. Seine Beine zitterten nicht mehr ganz so heftig, wie vorher, doch er war trotzdem froh, dass er nicht alleine laufen musste. Hubert zog die Tagesdecke zur Seite und ließ seinen Sohn auf der Bettkannte nieder.

„Ich bin gleich wieder da", sagte er schnell, während sich Anton das Hemd aufknöpfte und die

243

Hose auszog. Als er zurückkehrte, drückte er Anton ein Shirt in die Hand, das dieser sich über den Kopf streifte und seinen Vater dankbar anblickte. Schließlich holte Hubert noch ein kleines Glas Wasser aus dem Bad und reichte es ihm zusammen mit einer Tablette. „Nimm' das!", gebot er ihm.

Anton hatte nicht mehr die Kraft, mit ihm zu diskutieren und schluckte daher auch das Medikament gehorsam hinunter, bevor er sich hinlegte. Er fühlte sich wie durch einen Fleischwolf gedreht und spürte, wie schon wieder die Tränen in den Augen brannten. Es war ihm peinlich, erneut vor seinem Vater zu weinen und er versuchte verzweifelt, die Tränen zurückzuhalten.

Hubert strich ihm sanft über die Haare. „Es ist okay, Junge. Lass' es raus, dann wird es dir besser gehen. Ruf' mich, wenn etwas ist – und mach' keine Dummheiten", ermahnte er ihn noch und verließ dann das Zimmer, weil er spürte, dass Anton nun lieber alleine mit seinem Kummer bleiben wollte. Kaum hatte er die Tür leise geschlossen, als Anton sich zur Wand drehte und seinen Tränen freien Lauf ließ. Irgendwann setzte die Wirkung des Medikaments ein und er wurde langsam ruhiger, die Tränen versiegten und auch das Zittern wurde weniger.

Als Hubert eine Stunde nachdem er ihn in sein Zimmer gebracht hatte, erneut nach seinem Sohn sah, war dieser endlich eingeschlafen und atmete ruhig und gleichmäßig. Vorsichtig nahm er sein Handgelenk. Der Puls war ebenfalls in Ordnung.

Beruhigt legte er Antons Hand zurück auf das Kissen, strich ihm erneut über das Haar und verließ das Zimmer, ließ aber die Tür offen, damit er hören könnte, wenn Anton ein Problem hatte. Dann ging auch der ältere Mann endlich schlafen. Es war bereits Mitternacht, normalerweise schlief er auch schon längst.

Nach dem Aufstehen kontrollierte der Arzt erneut den Schlaf seines Sohnes. Alles schien in Ordnung zu sein und er schlief nach wie vor ruhig und fest. Das Medikament, das er ihm gegeben hatte, würde noch eine Weile wirken und das war auch gut so. Er machte sich etwas zu essen und fuhr dann in die Klinik. Dort ging er auf direktem Wege zu Antons Chefarzt Dr. Volpert.

„Dr. Bär?", begrüßte ihn dieser, nachdem er sich vorgestellt hatte, „Sind sie verwandt mit unserem Dr. Bär?"

„Ja, genau. Ich bin sein Vater."

„Guten Tag. Wie geht es ihrem Sohn? Wir versuchen schon seit einigen Tagen, ihn zu überreden, etwas kürzer zu treten. Die Belastung mit der Arbeit und der Betreuung seiner Verlobten ist einfach zu groß. Vielleicht könnten Sie mal mit ihm reden?"

„Das habe ich bereits. Genaugenommen habe ich ihn aus dem Verkehr gezogen und wollte Sie nur kurz informieren und seine Krankmeldung abgeben. Anton ist nicht in der Lage, zu arbeiten, und schon gar nicht, zu operieren. Er hatte gestern Abend einen Schwächeanfall und ist beinahe kollabiert. Ich denke, dass Sie verstehen, wenn ich ihn für den Rest der Woche krankschreibe."

„Natürlich. Wenn Sie es nicht getan hätten, hätte ich es vermutlich selber gemacht. Ihr Sohn ist ein guter Arzt und ein begnadeter Chirurg, aber er neigt dazu, die Zeichen seines eigenen Körpers zu ignorieren. Bis zu einem gewissen Punkt mag das okay sein, aber in den letzten Tagen hat er stark abgebaut. Richten Sie ihm bitte gute Besserung aus. Er soll sich ein bisschen erholen. Wenn er Frau Bode besuchen möchte, ist das okay, aber er soll jetzt auch mal ein bisschen an sich denken. Und wenn er nächste Woche freinehmen möchte, um für sie da sein zu können, ist das auch in Ordnung."

„Ich danke Ihnen, Kollege. Ich werde jetzt zu Frau Bode gehen und ihr Bescheid geben."

„Tun Sie das."

Fünf Minuten später betrat Hubert das Krankenzimmer von Lisa, die ihn verwundert anblickte, als er durch die Tür trat. Als sie kapierte, dass er alleine war, machte sich Angst auf ihrem Gesicht breit. „Ist etwas mit Anton passiert?"

Sie wollte sich hochstemmen, wurde jedoch sofort von dem Mann zurück in die Kissen gedrückt. „Liegenbleiben!", befahl er und fuhr dann viel freundlicher fort: „Ihr zwei seid schlimmer, als ein Sack Flöhe hüten. Reg' dich bitte nicht auf! Anton kommt dich bald wieder besuchen. Aber ich musste ihn vorrübergehend kalt stellen, bevor er sich kaputt macht."

Lisa hatte Tränen in den Augen. „Es ist wegen mir, nicht wahr? Er kümmert sich ständig um mich und versucht alles, damit ich nicht durchdrehe. Und zusätzlich arbeitet er viel zu viel und isst zu wenig. Aber egal, was ich sage, er wollte nicht hören. Es tut mir so leid, ich habe keine Ahnung, was mit mir los ist. Ich habe ständig das Gefühl, ich müsste irgendwo reinschlagen, um meinen Frust loszuwerden. Bestimmt will er mich nicht mehr sehen, weil ich manchmal so eklig zu ihm bin."

Hubert hatte wortlos zugehört, doch jetzt legte er die Hand auf ihren Arm. „Lisa, mach' dir keine Vorwürfe. Du bist nicht schuld daran. Anton hat sich einfach zu viel zugemutet und nicht auf die Warnsignale gehört. Er will immer alles perfekt machen und hat dabei übersehen, dass er nur ein Mensch ist. Ein Mensch mit Gefühlen und Ängsten, genau wie jeder andere auch. Ich wünschte, er hätte mit mir geredet, dann hätten wir eine Lösung finden können. Aber er will immer alles alleine schaffen. Erst gestern Abend ist er dann zu mir gekommen. Ein Häufchen Elend, das nicht mehr weiter wusste. Lisa... Anton ist körperlich und geistig erschöpft und braucht dringend ein paar Tage Ruhe. Er ist im Moment weder in der Lage, ein Glas richtig festzuhalten, noch auf seinen Beinen zu stehen. Hat er dir von seinen Albträumen erzählt?"

„Nein, welche Albträume? Er hat kein Sterbenswort davon gesagt."

„Er macht sich große Sorgen um dich, träumt immer wieder von irgendwelchen Komplikationen und davon, dass er dich nicht retten kann."

„Aber die Ärzte sind doch ganz zufrieden mit mir... von meinen Stimmungsschwankungen mal abgesehen."

„Natürlich. Die Heilung verläuft sehr gut. Aber Probleme kann es immer geben nach Operationen. Und Anton kennt all diese Risiken, die eine Behandlung nach sich ziehen kann, auch wenn sie noch so selten auftreten. Er muss endlich anfangen, das Positive zu sehen. Und vor allem braucht er viel Schlaf. Daran arbeiten wir gerade. Ich habe ihm letzte Nacht etwas gegeben, das dafür sorgt, dass er endlich schläft. Das hat er auch noch, als ich vorhin gegangen bin. Und ich werde gleich nochmal nach ihm sehen, bevor ich in die Praxis fahre."

„Hubert? Wird er wieder gesund? Kann ich ihm helfen?"

„Wir können ihm beide helfen, indem wir ihn vor sich selber schützen. Und ich hoffe, du hast Verständnis, wenn wir dich heute Mittag nicht besuchen können. Ich werde mich in der Mittagspause um Anton kümmern müssen. Aber heute Abend komme ich wieder vorbei. Schaffst du das?

„Ja, natürlich. Mir war nicht klar, wie belastend mein Verhalten für ihn und dich ist. Es tut mir leid, Hubert. Ich werde versuchen, mich zusammen zu reißen. Kannst du mir verzeihen?"

„Es gibt nichts zu verzeihen, Kleines. Du bist

krank und verzweifelt – genau wie Anton. Ihr müsst euch einfach beide erholen und neue Kräfte sammeln. Anton wird das etwas schneller schaffen, aber wenn ihr beide euch liebt – wovon ich überzeugt bin – müsst ihr aufeinander aufpassen. Er auf dich und du auf ihn."

„Das werden wir. Vielen Dank, Hubert, dass du mir die Augen geöffnet hast. Tust du mir einen Gefallen?"

„Natürlich."

„Gibst du Anton einen Kuss von mir?"

Hubert grinste. „Ich bin mir nicht sicher, ob er den von seinem alten Herrn annimmt, aber ich richte ihm auf jeden Fall einen ganz lieben Gruß von dir aus. Gute Besserung, meine Liebe. Ich muss jetzt leider in die Praxis. Wir sehen uns heute Abend." Damit verließ er das Zimmer und die Klinik.

VORAHNUNG

In der Mittagspause machte sich Hubert auf den Weg zum Haus Rosengarten, um für Anton etwas zum Anziehen zu besorgen. Anschließend fuhr er zu seinem eigenen Haus und öffnete leise die Tür. Da er seinen Sohn nirgends erblicken konnte, ging er zu dessen Schlafzimmer und öffnete dieses vorsichtig. Anton lag noch immer im Bett, hatte aber die Augen geöffnet. Er sah schon viel besser aus, als in der Nacht zuvor, wirkte aber nach wie vor erschöpft.

„Guten Morgen. Wie fühlst du dich?"

„Etwas besser, aber immer noch zittrig und ein bisschen benebelt. Ich habe zwar keine Ahnung, was genau du mir gestern verpasst hast, aber ich glaube, es hätte einen Elefantenbullen umgelegt. Ich dachte, es ist vielleicht besser, wenn ich liegen bleibe."

„Das ist auch gut so. Ich mache dir gleich eine Kleinigkeit zu essen. Ich soll dir einen lieben Gruß von Lisa ausrichten. Sie macht sich Sorgen um dich, aber es geht ihr gut. Und auch von Dr. Volpert soll ich dich grüßen. Du sollst dich gefälligst erholen und wenn du willst, kannst du nächste Woche Urlaub nehmen, um dich um Lisa zu kümmern, und selbst wieder voll auf den Damm zu kommen."

„Danke, Vater. Glaubst du, ich kann später Lisa besuchen?"

„Das entscheiden wir, wenn ich aus der Praxis komme. Du solltest auf jeden Fall versuchen, nach dem Essen noch etwas zu schlafen. Und bevor du auf irgendwelche dummen Gedanken kommst – vergiss es! Ich habe deinen Schlüssel mitgenommen. Du kannst in deinem Zustand kein Fahrzeug bewegen, außerdem ist die Wirkung des Medikaments noch nicht vollständig abgeklungen, und du würdest dich strafbar machen. Also versuche es bitte gar nicht erst. Habe ich mich klar ausgedrückt?"

„Ja, Herr Doktor", lächelte Anton.

„Wenn du solche Sehnsucht nach Lisa hast, kannst du sie ja mal kurz anrufen, solange ich dir etwas koche. Ich gebe dir zehn Minuten – das muss fürs Erste reichen." Hubert reichte ihm sein Handy, das er wohlweißlich mitgenommen hatte, damit Anton nicht von irgendwelchen Anrufen gestört wurde. Grinsend schloss er die Tür hinter sich und verschwand in der Küche.

Eine viertel Stunde später kam er mit einem Tablett zurück, als Anton gerade sein Gespräch mit Lisa beendet hatte. Dieser ließ die Beine von der Bettkannte baumeln, während sein Vater das Tablett auf einen Stuhl stellte und diesen zu ihm hinschob. Dankbar löffelte sein Sohn die Suppe, die Hubert für ihn gemacht hatte. Dabei beobachtete dieser jede Bewegung des jungen Mannes und stellte zufrieden fest, dass das Zittern tatsächlich etwas besser war, als in der Nacht. Er bemerkte aber auch, dass ihn das Essen anstrengte und dass er froh war, als er sich wieder hinlegen konnte.

Hubert blieb noch eine Weile an seiner Seite, nachdem Anton wieder eingeschlafen war, bis es Zeit für ihn wurde, zurück in die Praxis zu fahren. Er hatte seine Sprechstundenhilfe bereits heute Morgen gebeten, sämtliche Termine für die nächsten beiden Tage auf heute oder die kommende Woche zu verlegen. Die Praxis würde in den nächsten zwei Tagen geschlossen bleiben, damit er sich um seinen Sohn und dessen Freundin kümmern konnte. Sonst würde er bald genauso enden wie Anton.

Als er am späten Nachmittag erneut nach Hause kam, wartete Anton bereits auf ihn. Er wollte gerne unter die Dusche, sah aber ein, dass dies in seinem Zustand gefährlich sein konnte, falls er die Kontrolle über seine Beine verlieren sollte und hatte daher gewartet, bis sein Vater zurück war. Nach einer Dusche, Rasur und frischen Klamotten fühlte er sich viel besser und kam zu seinem Vater ins Wohnzimmer. Zufrieden stellte dieser fest, dass er zwar vorsichtig, aber doch normal lief. Das Zittern in den Beinen war verschwunden. Er wirkte viel entspannter und ausgeruhter, war aber immer noch nervös und seine Hände hatte er auch noch nicht ganz unter Kontrolle.

Anton versuchte das zu verbergen, als sie eine halbe Stunde später das Krankenhaus betraten, doch als ihm ausgerechnet sein Chef über den Weg lief, warf dieser ihm einen prüfenden Blick zu. „Wie ich sehe, geht es Ihnen ein bisschen besser, Dr. Bär. Aber fit sieht anders aus. Ihr Vater hat Recht getan, sie aus dem Verkehr zu ziehen. Ich hoffe, das haben Sie inzwischen auch eingesehen."

Beschämt nickte Anton ihm zu. „Ich weiß, ich hätte viel früher reagieren müssen. Es tut mir leid, Dr. Volpert. Es wird nicht wieder vorkommen."

„Das will ich hoffen. Wir möchten nämlich nur ungern auf Sie verzichten. Hat Ihnen Ihr Vater von meinem Angebot erzählt?"

„Wegen des Urlaubs? Ja, hat er. Und ich würde es gerne annehmen, wenn es geht."

„Natürlich geht das. Sehen Sie ihren Antrag als erledigt an. Den Papierkram erledigen wir, wenn Sie wieder fit sind. Und Dr. Bär… auch wenn sie Urlaub nehmen, und tun und lassen können, was sie wollen, möchte ich sie nicht den ganzen Tag in der Klinik sehen. Es ist schön und gut, wenn Sie für ihre Frau da sind, aber Sie müssen auch an sich selber denken."

„Das werde ich. Vielen Dank."

Kurz darauf betraten Hubert und Anton das Zimmer von Lisa und das Strahlen ihrer Augen, als sie ihn erblickte, ließ dem jungen Mann das Herz aufgehen. „Anton! Wie geht es dir?"

Anton trat an ihr Bett und gab ihr einen Kuss, während Hubert zwei Stühle heranzog. Lisa lag inzwischen alleine, ihre Bettnachbarin war heute Morgen entlassen worden und eine neue Patientin war noch nicht auf das Zimmer gekommen. „Mir geht es gut, Lisa. Aber eigentlich sind wir gekommen, um zu sehen, wie es dir geht."

„Wie immer. Ein bisschen langweilig, aber sonst gut. Ich habe mir Sorgen gemacht, Schatz. Als dein Vater heute Morgen in der Tür stand, dachte ich schon das Schlimmste."

„Mein Vater neigt manchmal zu Übertreibungen", versuchte Anton sie zu beruhigen und griff ihre Hand, um sie in seine zu nehmen. Hubert warf ihm einen strengen Blick zu, doch Lisa wusste auch so, dass er nicht ganz die Wahrheit sagte, da er das Beben seiner Hand nicht vollständig unterdrücken konnte, auch wenn er es zu überspielen versuchte, indem er seine Hand wieder löste und ihre streichelte, anstatt sie festzuhalten.

„Das glaube ich nicht", stellte sie fest, griff sein Handgelenk und zog seinen Oberkörper zu sich herunter, damit sie sein Gesicht erreichen konnte. Mit beiden Händen hielt sie es sanft fest, damit er ihr in die Augen sehen musste. „Warum lügst du mich an? Ich weiß, dass ich gerade keine große Hilfe bin, eher im Gegenteil, aber ich dachte, wir wollten uns vertrauen – uns gegenseitig die Wahrheit sagen. Wir haben es schon einmal nicht geschafft, ehrlich miteinander zu sein und das hat uns zehn lange Jahre unseres Lebens und eine Menge Kummer gekostet."

„Es tut mir leid", antwortete er kleinlaut. „Ich wollte dich nicht noch mehr belasten. Du bist krank."

„Na und? Du auch und trotzdem bist du gekommen. Obwohl ich genau sehe, dass es dir nicht gut geht und du eigentlich ins Bett gehörst. Weil du mein Glück über dein eigenes stellst. Aber das ist nicht richtig. Also sag' mir endlich, wie ich dir helfen kann."

Anstatt einer Antwort legte Anton den Kopf auf ihre Brust und fing leise an zu weinen. Hubert stand auf und verließ das Zimmer, um die beiden nicht zu stören. Er würde sich in der Cafeteria einen Tee besorgen und ihnen ein bisschen Zeit geben.

Lisa streichelte sanft Antons Kopf, während seine Schulter kaum merklich zuckte. Wie gerne hätte sie ihn richtig in den Arm genommen, ihn an sich gedrückt und getröstet. Aber sie konnte nicht aufstehen, deshalb musste es eben so gehen. „Alles wird gut, Teddy. Wir schaffen das. Wir müssen nur zusammenhalten." Ganz unbewusst sagte sie ihm die gleichen Worte, die er auch ihr gesagt hatte, als sie verzweifelt gewesen war. Aber sie schienen ihre Wirkung nicht zu verfehlen.

Langsam wurden die Tränen weniger, das Beben verebbte und schließlich richtete sich Anton ein wenig auf. Lisa reichte ihm ein Taschentuch, damit er sich das Gesicht trocknen konnte. Er wischte sich die Tränen weg und atmete tief durch. Er fühlte sich wieder ein bisschen befreiter, aber gleichzeitig auch unheimlich verletzlich. Wo war nur der starke Mann geblieben, der er eigentlich war? Im Moment fühlte er sich überhaupt nicht stark, hatte das Gefühl, alles würde ihm entgleiten. „Es tut mir leid, Kleines. Was musst du nur von mir denken?"

„Was soll ich denn denken?", fragte sie lächelnd. „Dass ein Mann nicht weinen oder Schwäche zeigen darf? Teddy, wir sind nicht mehr im Mittelalter. Ich möchte wissen, wenn es dir nicht gut geht und dich trösten, wenn es nötig ist. Und verdammt noch mal, natürlich darfst du auch mal schwach sein. Das macht dich nur noch umso liebenswerter. Einen Eisklotz, den nichts aus der Ruhe bringt, will ich nicht. Das hatte ich zwei Jahre lang und du siehst ja, wohin es mich gebracht hat. Aber ich möchte dich: Anton Bär oder auch Teddy, mit all seinem Wissen, seinem Können und auch seinen Schwächen. Den Mann, der stark ist, wenn es drauf ankommt und der Gefühle zulässt, auch wenn sie ihm vielleicht peinlich sind. Der Mann, der mit seiner Zärtlichkeit und seiner Liebe Ketten sprengen kann und den ich nie wieder gehen lassen werde."

Erneut zog sie ihn zu sich hinunter und ihr anschließender Kuss ließ keinen Zweifel darüber aufkommen, dass sie die Wahrheit sagte. Als sie ihn wieder losließ, lächelte er ihr zu. „Weißt du eigentlich, wie unglaublich du bist, Schatz? Ich hoffe, ich kann mich irgendwann einmal revanchieren."

„Jetzt hör' aber auf", schimpfte sie lachend. „Wenn hier irgendjemand in der Schuld des Anderen steht, dann bin das ja wohl ich! Vor allem, weil ich nicht ganz unschuldig an deinem Zustand bin. Ich habe es als selbstverständlich angesehen, dass du da bist und mich aufbaust. Und dabei habe ich völlig übersehen, dass es dir immer schlechter ging. Es tut mir leid. Ich werde mich in Zukunft zusammenreißen und ein bisschen mehr auf dich achten, wenn du es schon nicht selber tust. Und deshalb werde ich dich auch nach Hause schicken, wenn Hubert zurück ist."

Anton blickte sich um. Er hatte gar nicht mitbekommen, wie sein Vater den Raum verlassen hatte. „Wo ist er denn hin?"

„Ich weiß es nicht. Aber ich vermute, er wollte uns das alleine klären lassen. Bestimmt taucht er bald wieder auf. Und dann gehst du mit ihm und ruhst dich aus. Versprichst du mir das?"

„Willst du mich loswerden?", grinste er.

„Bestimmt nicht. Im Gegenteil: ich möchte dich noch ganz lange behalten und deshalb muss ich jetzt eben auf dich verzichten. Und morgen früh bleibst du im Bett. Wenn es dir gut geht, kannst du morgen Nachmittag vorbeikommen, vorher möchte ich dich nicht sehen! Wir können gerne vormittags telefonieren, aber du kommst bitte erst, wenn du dich besser fühlst."

„Mann oh Mann. Unsere Kinder tun mir jetzt schon leid. Bist du bei denen auch so streng?"

„Wenn es sein muss – ja!", lachte Lisa vergnügt. „Aber vorher gibt es da noch ein paar Kleinigkeiten, bevor wir an eine Familie denken können."

Anton wusste natürlich, worauf sie anspielte, fragte aber dennoch: „Und die wären?"

Lisa errötete ein wenig. Dann zog sie ihn erneut näher und flüsterte: „Das sag' ich dir, sobald ich dieses Gestell endlich los bin."

„Das ,Gestell', wie du es nennst, heißt *Fixateur Extern* und ich fürchte, den musst du leider noch eine Weile ertragen. Aber wenigstens darfst du bald aus dem Bett raus. Das ist ja auch schon ein Fortschritt." In diesem Moment öffnete sich die Tür und Hubert betrat den Raum wieder. Erfreut stellte er fest, dass Anton sich nun im Griff hatte und ein normales Gespräch mit Lisa zu führen schien. „Also gut, dann werde ich mich mal deiner Autorität beugen und mich verabschieden", sagte er, stand auf und gab ihr einen zärtlichen Abschiedskuss. Als er sich aufrichtete, musste er sich kurz am Bettgestell festhalten. Hubert kam näher, um ihm notfalls zu helfen, doch genauso schnell, wie es begonnen hatte, war der Anfall auch schon wieder vorbei.

Lisa nahm Huberts Hand. „Passt du bitte auf ihn auf?", fragte sie leise.

„Natürlich, Kleines. Bis morgen." Er gab ihr einen Kuss auf die Stirn und ging vorsichtshalber neben Anton her, als dieser den Raum verließ.

„Ich rufe dich nachher nochmal an, wenn ich zu Hause bin, okay?"

„Ich freue mich", antwortete Lisa und blickte den beiden nach, bevor sie sich ihr Handy nahm und ein wenig Musik anmachte.

Wie versprochen rief Anton die junge Frau noch einmal an und sie unterhielten sich ein bisschen, während er es sich auf der Couch bequem gemacht hatte. Zum Essen stand er auf und anschließend ging er wieder in sein Zimmer. Obwohl er fast den ganzen Tag geschlafen hatte, war er von dem Ausflug erschöpft und schlief schnell ein.

Am nächsten Morgen stand er auf und kam zum Frühstück, legte sich aber auf Geheiß seines Vaters anschließend mit einer Wolldecke auf die Couch. Nach einem kurzen Gespräch mit Lisa legte er das Handy weg und schlief bald darauf erneut ein, während sich sein Vater in der Küche und an der Waschmaschine zu schaffen machte. Hin und wieder sah er nach Anton, doch dieser bemerkte es nicht einmal. Es war kaum zu glauben, wie viel Schlaf sein Körper scheinbar nachzuholen hatte. Erst zum Mittagessen weckte Hubert ihn auf. Bei einem anschließenden, kurzen Spaziergang stellte Hubert fest, dass Anton keine Probleme beim Laufen hatte und als er ihn bat, seine Hand auszustrecken, zitterte diese ebenfalls nicht mehr. Dennoch legte sich Anton nach dem Spaziergang wieder hin und schlief ein weiteres Mal ein.

Doch diesmal wachte er immer wieder auf, war nervös und hatte ein ungutes Gefühl, das er sich nicht erklären konnte. Dann schreckte er hoch und hatte Probleme, wieder ruhig genug zu werden, um einschlafen zu können. Hubert kam schließlich zu ihm und fragte, was los sei, doch sein Sohn wusste es selber nicht. „Ich kann es nicht erklären, aber ich habe Angst um Lisa."

„Aber Lisa geht es gut. Du hast doch vorhin mit ihr gesprochen."

„Ich weiß – und doch bekomme ich dieses Gefühl nicht los. Können wir nicht jetzt schon fahren?"

„Also gut", sagte Hubert, „mach' dich frisch und dann fahren wir in die Klinik."

Auch während der Fahrt konnte Anton dieses Gefühl der Nervosität und der Angst nicht verdrängen und konnte es kaum erwarten, bis sie endlich auf den Parkplatz des Krankenhauses fuhren. Hubert warf ihm hin und wieder einen Blick zu und konnte sich diese neuen Symptome nicht erklären. Sie hatten eigentlich nichts mit dem Erschöpfungs-zustand zu tun und seine Nervosität steckte auch irgendwie den älteren Mann an.

Erleichtert stellten die beiden fest, dass es Lisa gut ging. Sie hatte gerade Besuch von einer Frau im Rollstuhl, die Anton bekannt vorkam. Als sie eintra-ten, betrachtete er die Frau mit den langen, rotblon-den Haaren und den lustigen Sommersprossen, bis ihm plötzlich klar wurde, dass es sich um die Frau handelte, die die ersten zwei Wochen mit Lisa zusammen im Zimmer gelegen hatte.

„Hallo, ihr beiden", grüßte Lisa, „ihr erinnert euch noch an Andrea? Sie ist vor knapp zwei Wochen entlassen worden."

„Ja, natürlich. Frau Walter. Guten Tag", antwortete Anton höflich und reichte der Frau die

Hand, warf Lisa jedoch einen prüfenden Blick zu. Doch alles schien in Ordnung zu sein und langsam entspannte sich Anton wieder ein wenig und gab ihr einen Willkommenskuss. Auch Hubert war herangetreten und begrüßte die beiden Frauen freundlich.

„Warum seid ihr denn so früh?", fragte Lisa nun überrascht.

„Das kann ich dir nicht so genau erklären. Ich habe einfach das Gefühl nicht losbekommen, dass etwas nicht stimmt. Geht es dir wirklich gut?"

„Ja, natürlich. Andrea ist seit einer Stunde da und wir haben uns unterhalten. Alles ist gut. Ein bisschen schlapp vielleicht, aber das ist ja auch kein Wunder, wenn man sich nicht bewegen kann."

„Lisa, ich gehe dann mal wieder", sagte Frau Walter plötzlich. „Ich komme die Tage nochmal vorbei."

„Das ist lieb. Vielen Dank für deinen Besuch und das Buch, Andrea. Wir sehen uns."

„Auf Wiedersehen, die Herren."

„Auf Wiedersehen", antworteten die Männer und Anton öffnete die Tür für sie, damit sie mit dem Rollstuhl besser hindurchfahren konnte.

„Ich hoffe, wir haben sie jetzt nicht verscheucht", stellte Hubert lächelnd fest.

„Nein, habt ihr nicht. Sie wollte sowieso gerade gehen, als ihr reinkamt. Ihr Mann holt sie gleich ab."

„Sie hatte einen Reitunfall, richtig?", fragte Anton.

„Ja, das stimmt. Hat sich den Rücken gebrochen und wird vermutlich nie wieder laufen können.

Aber sie nimmt es mit Fassung. Und sie hat mir sehr geholfen in den langen Stunden des Rumliegens. Wir haben uns ein bisschen angefreundet in den zwei Wochen, die sie hier lag und wollen den Kontakt aufrechterhalten."

„Das ist schön, Schatz. Eine Freundin wird dir guttun. Manchmal braucht man eben eine Frau, um über bestimmte Dinge zu quatschen, richtig?"

„Stimmt", grinste Lisa, „Würde dir übrigens auch nicht schaden, dir einen Kumpel zu suchen. Vielleicht brauchst du ja auch mal einen Freund, mit dem du reden willst."

„Wieso? Ich habe doch Vater. Mit ihm kann ich stundenlang über Themen reden, wenn wir gut drauf sind. Und er ist da, wenn man ihn braucht. Hat er uns ja anschaulich bewiesen in den letzten Tagen." Anton griff über das Bett und drückte kurz die Hand seines Vaters, der ihn dankbar anlächelte.

„Jetzt übertreib' mal nicht, mein Sohn, sonst fange ich auch noch an zu weinen", grinste er.

„Na, das wollen wir natürlich auf keinen Fall", war die Antwort.

„Ich lasse euch mal einen Augenblick allein und besorge mir etwas zu trinken. Ihr habt bestimmt viel zu reden, nachdem ihr euch so lange nicht gesehen habt." Ein schelmisches Grinsen huschte über das Gesicht des alten Mannes und ließ ihn um Jahre jünger erscheinen.

„Mach' das, Vater. Vielleicht findest du in der Cafeteria nette Gesellschaft. Wir kommen schon klar, nicht wahr, Lisa?" Während Hubert zur Tür ging, drehte sich Anton zu seiner Freundin um, da sie nicht reagierte. „Lisa?", fragte er. Hubert konnte die Besorgnis deutlich hören und drehte sich wieder um. Die junge Frau griff sich an die Brust und schnappte plötzlich nach Luft. „Vater, hol' die Kollegen! Schnell!", rief Anton und fühlte Lisas Puls, der viel zu hoch war. Sein Vater war bereits verschwunden, kam jedoch kurz darauf mit einem Notfallwagen und einer Schwester wieder.

„Dr. Bär, die Kollegen sind in der Notaufnahme und im OP. Schwerer Unfall auf einer Baustelle mit vielen Schwerverletzten. Ich habe Verstärkung bereits gerufen, die sind aber noch nicht da."

„Verdammt!", entfuhr es Anton, während Hubert ihm ein Stethoskop reichte, und Lisa eine Sauerstoffmaske anlegte, da sie nach wie vor nach Luft rang. Dann zog er eine Spritze auf.

„Aber Sie können doch nicht…", fing die Schwester an.

„Mein Vater ist auch Arzt, Schwester. Und wenn sonst niemand da ist, nehme ich jede Hilfe, die ich kriegen kann. Ist ein OP frei?"

„Ja. Die zwei ist frei", antwortete die Schwester immer noch verwirrt.

„Dann melden Sie uns an. Verdacht auf Lungenembolie. Und das Ganze schnell, bitte."

„Vater, ich brauche…"

„Heparin, ich weiß schon. Hier…" Hubert reichte ihm die Spritze, die Anton dankbar annahm. Sein

Vater hatte nichts verlernt, auch wenn seine Zeit im Krankenhaus sehr lange her war. „Anton, traust du dir das zu?"

„Die Frage ist wohl eher, ob wir eine andere Wahl haben", antwortete sein Sohn, während sie das Bett auf den Gang hinaus und in Richtung OP-Bereich schoben. „Ich habe keine Ahnung, wann die Verstärkung eintrifft. Aber ich brauche deine Hilfe."

„Natürlich."

Nachdem Anton und Hubert sich umgezogen und gewaschen hatten, fragte Hubert: „Was ist mit deiner Hand?"

Anton verstand und hielt ihm beide Hände hin. Sie waren erstaunlich ruhig, angesichts der Tatsache, dass seine Freundin gerade um ihr Leben kämpfte. „Zufrieden?"

Hubert nickte. Wenn es darauf ankam, konnte man sich auf Anton verlassen. „Vollkommen. Lass' uns anfangen."

Die Verstärkung traf einige Zeit später in Form von Dr. Volpert ein, der den OP betrat, als Anton gerade das Blutgerinnsel entfernt hatte. Zufrieden betrachtete er das Werk des jungen Arztes. „Eigentlich hätte ich Sie lieber nicht im OP gesehen, junger Freund. Aber Sie haben Ihre Sache gut gemacht. Ich denke, gerade noch rechtzeitig."

„Danke. Wir hatten keine Wahl. Hätten wir gewartet, bis Verstärkung kommt..."

„Wäre es vermutlich zu spät gewesen. Ich weiß. Ich mache Ihnen und Ihrem Vater keinen Vorwurf, auch wenn wir uns auf ganz dünnem Eis bewegen, mit dem, was hier heute passiert ist. Besser, es erfährt nicht die ganze Klinik."

Anton wusste, dass er auf seinen Vater anspielte, der im OP rein gar nichts verloren hatte, weil er nicht für die Klinik arbeitete. Und er selber war offiziell krankgeschrieben. Dennoch hätten die beiden jederzeit wieder so gehandelt.

Während sich die drei Ärzte wieder umzogen, wurde Lisa bereits auf die Intensivstation gebracht, wo Anton und sein Vater nur wenige Minuten später ebenfalls erschienen. Beide wussten, dass die nächsten Stunden entscheidend waren und ließen es sich nicht nehmen, neben dem Bett Platz zu nehmen und Lisas Hände zu halten. Die junge Frau schlief jetzt, atmete aber wieder normal und gleichmäßig. Auch die Werte des Monitors waren wieder stabil.

Hubert hob den Kopf und blickte seinen Sohn nachdenklich an. „Glaubst du an Vorsehung?"

„Eigentlich nicht, wieso?", fragte dieser überrascht.

„Ich eigentlich auch nicht. Aber irgendetwas hat dich dazu gebracht, zwei Stunden früher in die Klinik zu kommen, obwohl es keinerlei Anzeichen für eine bevorstehende Komplikation gab. Und dieses Gefühl hattest du schon seit mehreren Stunden. Warum?"

„Ich habe keine Ahnung, Vater. Eigentlich habe ich mir darüber gar keine Gedanken gemacht. Aber du hast Recht. Ich hatte seit unserem Spaziergang das Gefühl, dass etwas passieren würde. Aber egal, was es wirklich war – ich bin froh, dass wir so früh gekommen sind. Und ich sage dir noch etwas: versuche nicht, mich heute Nacht nach Hause zu bringen. Es ist mir egal, dass ich nicht ganz fit bin, aber jetzt ist Lisa wichtiger."

Hubert nickte verstehend. Er hatte sich so etwas schon gedacht. Danach saßen sie schweigend neben der jungen Frau, warfen hin und wieder einen prüfenden Blick auf den Monitor und warteten auf eine Reaktion. Ein paar Stunden später schlug Lisa endlich die Augen auf. „Was ist passiert?", fragte sie mit schwacher Stimme.

Anton streichelte sanft ihre Wange. „Durch das lange Liegen hat sich ein Blutgerinnsel, ein sogenannter Thrombus, in deinem Bein gebildet, der sich gelöst und in deiner Lunge festgesetzt hat. Deshalb hast du plötzlich keine Luft mehr bekommen."

„Und jetzt?"

„Jetzt musst du dich erst einmal erholen, mein Schatz", stellte er fest und streichelte sie sanft.

„Und du?"

„Ich bleibe bei dir. Keine Angst."

„Aber du...", fing Lisa an, doch Anton legte ihr den Finger auf den Mund.

„Schscht. Ich weiß, was du sagen willst. Aber mir geht es gut. Ich werde schon nicht umkippen. Und du glaubst doch nicht im Ernst, dass ich dich jetzt alleine lasse? Ich kann morgen auch schlafen." Lisa gab sich geschlagen und drückte seine Hand.

Hubert legte ihr die Hand auf den Kopf und strich ihr die Haare aus der Stirn. „Ich werde euch dann mal alleine lassen, damit du dich ausruhen kannst. Morgen früh komme ich wieder, um Anton abzulösen. – Brauchst du noch etwas, Junge?"

„Nein danke, Vater. Ich habe eh keinen Hunger. Fahr' nach Hause und ruh' dich aus. – Und Vater? Danke für deine Hilfe im OP."

„Das war doch selbstverständlich, Anton."

„Trotzdem. Ich weiß nicht, ob ich es alleine geschafft hätte."

„Natürlich hättest du das." Hubert umarmte ihn kurz und wandte sich dann zum Gehen.

Lisa blickte ihm nach und drehte sich dann wieder ihrem Freund zu. „Was hast du eben gemeint? Hat Hubert mich operiert?"

„Wir beide haben das", gab der junge Arzt zu. „Es ging leider nicht anders. Wir durften keine Zeit verlieren."

GEMEINSAM SCHWEBEN

Glücklicherweise gab es keine weiteren Komplikationen. Anton verbrachte die ganze Nacht an ihrem Bett und überwachte ihren Schlaf. Erst in den frühen Morgenstunden übermannte auch ihn die Müdigkeit und er nickte immer wieder ein. Als Lisa die Augen öffnete, lag er schließlich mit dem Kopf auf ihrer Brust und sie beobachtete eine Weile das schlafende Gesicht. Als Hubert den Raum betrat, legte sie den Finger auf den Mund, um ihm zu bedeuten, leise zu sein. Der Mann nickte, trat näher und gab ihr einen Kuss auf die Wange.

„Guten Morgen, Kleines. Wie geht es dir?", flüsterte er sehr leise.

„Gut, danke. Ich bin zwar einige Male aufgewacht, habe aber sonst gut geschlafen. Anton ist erst vor einer halben Stunde eingenickt, glaube ich. War wohl doch ein bisschen lang, die ganze Nacht hier zu sitzen. Kannst du ihn nicht nach Hause fahren? Die Kollegen sind ja da."

„Vielleicht hast du Recht. Es ist wohl keine gute Idee, wenn er jetzt Auto fährt. Also gut. Ich bringe ihn kurz nach Hause, stecke ihn ins Bett und dann komme ich zurück. Hältst du es so lange aus?"

„Natürlich. Danke, Hubert." Lisa legte ihre Hand sanft auf Antons Wange und streichelte sie, um ihn zu wecken. Sofort riss er die Augen auf. „Alles gut, Anton. Aber es ist Zeit, nach Hause zu fahren. Hubert bringt dich schnell."

„Aber ich kann doch alleine fahren", stellte Anton verschlafen fest, was ihm einen strengen Blick von seiner Familie einbrachte. Er blickte von einem zum anderen. „Habt ihr euch gegen mich verbündet?", fragte er grinsend.

„Nein, wir sind nur um dein Wohl besorgt", antwortete Lisa und zog ihn zu sich hinunter, um ihn zu küssen. „Und jetzt Marsch nach Hause, Herr Doktor. Sie müssen sich ausruhen."

„Du auch", antwortete er sanft, drückte ihre Hand und folgte seinem Vater nach draußen.

Als er am Nachmittag zurückkehrte, hatte er sich wieder ein wenig erholt und geschlafen. Hubert erzählte ihm, dass die Kontroll-Untersuchungen keine weiteren Thromben ergeben hatten. Lisa ging es gut und sie konnte bereits wieder auf ein normales Krankenzimmer verlegt werden.

In den nächsten Tagen würde sie sich noch ein bisschen erholen, bevor in der kommenden Woche endlich der Fixateur von ihrer Hüfte entfernt werden konnte. Der Bruch war gut verheilt und sie würde endlich wieder mobilisiert werden können, wenn auch mit Krücken, da sie ja außer der Fraktur in der Hüfte noch einen Nagel in ihrem Bein hatte, der dieses stückchenweise verlängerte. In den letzten vier Wochen war das bereits um einen Zentimeter geschehen. Gut die Hälfte war geschafft. Bis Ende des Jahres würde die Verlängerung abgeschlossen sein und voraussichtlich Ende Januar würde Lisa wieder normal laufen können.

Am Mittwoch war es dann endlich so weit. An einem kalten Dezembertag kamen Anton und Hubert gemeinsam in die Klinik, bevor Lisa für den Eingriff abgeholt wurde. Hubert hatte die Praxis den Vormittag über geschlossen und würde sich am Nachmittag um seine Patienten kümmern. Derzeit arbeitete er alleine in der Praxis, sodass Anton seinen Urlaub in der Klinik damit verbringen konnte, sich um seine Freundin zu kümmern. Er war inzwischen auch wieder zurück ins Haus Rosengarten gegangen, aß aber regelmäßig zusammen mit seinem Vater entweder dort oder bei ihm. Nach der Lungenembolie hatte Anton nicht mehr so viele Albträume, schlief bedeutend besser und wirkte auch erholter, wenn er Lisa besuchen kam. Auch Lisa selber hatte sich inzwischen besser im Griff und blickte mit Freude auf die Zukunft, jetzt wo das Ende ihrer Bettlägerigkeit in Sicht war.

Der Eingriff dauerte nicht lange und als Lisa schließlich wieder auf ihr Zimmer geschoben wurde, wurde sie von den beiden Männern erwartet. Nachdem die Narkose abgeklungen war, erlaubte Dr. Wallmayer der jungen Frau das erste Mal, sich aufrecht hinzusetzten. Dazu fuhren sie die Kopfstütze langsam nach oben, bis sie schließlich aufrecht saß.

„Irgendwelche Schmerzen, Frau Bode?"

„Nein, überhaupt nicht. Nur die Wunden ziepen ein bisschen. Und mir ist ein bisschen schwummrig."

„Das ist normal. Sie haben lange gelegen, der Kreislauf muss erst einmal wieder in Schwung kommen. Deshalb belassen wir es erst einmal dabei. Mein Kollege wird sie gewiss im Auge behalten. Und heute Nachmittag gehen wir einen Schritt weiter und versuchen, sie auf die Bettkannte zu setzten. Einverstanden?"

Lisa nickte und der Arzt verließ das Zimmer. „Ich mache mich dann auch mal auf den Weg zu meinen Patienten", stellte Hubert mit einem Blick auf die Uhr fest. „Schön, dich wieder aufrecht zu sehen."

„Wem sagst du das, Hubert? Endlich kann ich mal wieder jemandem richtig in die Augen sehen. Im Liegen bekommt man immer nur die Hälfte mit, was um einen herum so geschieht."

Hubert grinste, verabschiedete sich von den beiden und verließ das Zimmer wieder.

„Komm' mal her!", gebot Lisa ihrem Freund und klopfte neben sich auf die Bettkannte. Der Schwindel ebbte langsam ab und als Anton sich neben sie setzte, schlang sie ihre Arme um seinen Hals. „Das wollte ich schon seit vier Wochen machen", flüsterte sie leise und drückte ihn fest an sich. Anton erwiderte ihre Umarmung und war genauso froh, sie wieder richtig festhalten zu können. Mehrere Minuten saßen sie so umschlungen, hielten sich einfach fest und genossen die Nähe des anderen, bis er sie sanft von sich schob und ihr eine Träne aus den Augenwinkeln wischte.

Am Nachmittag bekam Lisa Besuch des Physiotherapeuten, einem lustigen jungen Burschen namens Ben mit schwarzen Locken, Sommersprossen und einem frechen Gesicht. Seine Augen schienen zu lachen und Anton hatte das Gefühl, dass er auch Patienten mit Depressionen in gute Laune versetzen konnte. Gleichzeitig schien er aber auch einfühlsam zu sein und auf seine Patienten einzugehen. Anton hatte ihn schon ein paar Mal bei der Arbeit beobachten können, sonst aber noch nicht viel mit ihm zu tun gehabt. Zusammen mit Antons Hilfe setzte er Lisa auf die Bettkannte und ließ ihre Beine vom Bett baumeln. Die junge Frau hatte das Gefühl, als wenn eine Ameisen-Armee durch ihre Adern krabbelte, als die Beine nach vier Wochen wieder senkrecht hingen. Doch das Gefühl ging bald wieder vorbei. Aufstehen durfte sie jedoch nicht, denn durch das lange Liegen waren ihre Muskeln zu schwach, um sie zu tragen und Ben fing daher mit Übungen zur Stärkung der Muskulatur an, die Lisa begierig mitmachte. Anschließend durfte sie in einem Rollstuhl Platz nehmen, damit sie mit Anton mal ein bisschen an die frische Luft gehen konnte.

Mit Pullover, Winterjacke und einer dicken Wolldecke um die Beine und Füße machten sie sich auf den Weg. Seit über vier Wochen konnte sie endlich mal wieder nach draußen und genoss es in vollen Zügen. Lisa wollte gar nicht mehr rein, aber da es bereits die zweite Dezemberwoche war, war es zu kalt, um allzu lange die Frischluft zu genießen. Deshalb brachte Anton sie nach einer Viertelstunde wieder in die Klinik und sie setzten sich zusammen in die Cafeteria, um einen heißen Tee zu genießen.

Für den Rest der Woche kam Ben täglich und übte mit Lisa und Anfang der nächsten Woche stand Lisa endlich wieder auf ihren eigenen Füßen. Zwar anfangs ein wenig unsicher und zögerlich, doch sie machte schnell Fortschritte und durfte eine Woche nach der Entfernung des Fixateurs endlich die Klinik verlassen. Anton war ebenfalls wieder voll belastbar und arbeitete sowohl in der Praxis seines Vaters, als auch in der Klinik, verzichtete jedoch auf die Notarztfahrten, um vor allem nachts bei Lisa sein zu können.

Die junge Frau hatte beschlossen, die wenigen Tage bis Weihnachten von zu Hause zu arbeiten und erst nach dem Fest wieder in die Firma zu gehen. Mit dem Automatik-Fahrzeug konnte sie sogar selber fahren und da Leo inzwischen im Gefängnis saß, widersprach sie ihrem Lebensgefährten vehement, als dieser ihr anbot, sie zur Arbeit fahren zu wollen.

Das Weihnachtsfest verbrachten sie ganz besinnlich mit Hubert im Haus Rosengarten. Sie aßen zusammen, hörten Musik, tauschten ein paar kleine Geschenke aus und unterhielten sich. Auch als Hubert schließlich nach Hause ging, blieben Anton und Lisa auf der Couch sitzen, genossen die

Nähe des anderen und tauschten Zärtlichkeiten aus.

In den kommenden Wochen bekam ihr Leben wieder so etwas wie Normalität. Auch wenn Lisa noch immer an Krücken ging, versuchte sie so gut es ging im Haushalt zu helfen, damit nicht alles an Anton hängen blieb, der sowieso schon einen recht stressigen Job im Krankenhaus hatte.

Eines Freitagabends Anfang Februar, als sie endlich die Erlaubnis hatte, die Krücken in die Ecke zu stellen und ihr Bein wieder normal belasten konnte, räumten sie zusammen den Küchentisch ab, nachdem er ziemlich erschöpft aus der Klinik gekommen war und sie zusammen gegessen hatten. Sie blickte ihn nachdenklich an. „Sag' mal, hast du dir eigentlich schon mal überlegt, wie das in Zukunft sein soll?"

„Was?", fragte er, da er ihrem Gedankengang gerade nicht folgen konnte.

„Na mit deinen zwei Jobs. Wird dir das nicht irgendwann zu viel? Und was ist, wenn dein Vater irgendwann sagt, er möchte ganz aufhören? Habt ihr euch darüber schon mal Gedanken gemacht?"

Anton schien einen Augenblick zu überlegen. „Eigentlich nicht wirklich. Ich glaube, mein Vater ist immer davon ausgegangen, dass ich die Praxis irgendwann übernehme, aber..." Er brach ab und wusste nicht so ganz, wie er sich ausdrücken sollte.

„...du würdest die Chirurgie vermissen, richtig?", warf Lisa schließlich leise ein und Anton nickte. „Ja, das wird es sein. Ich operiere gerne und ich glaube, ich bin auch nicht schlecht. Auch macht es mir Spaß, als Notarzt unterwegs zu sein – vor Ort zu helfen, wenn es nötig ist. Es ist schwer, da eine Entscheidung zu treffen. Es macht alles irgendwie Spaß, aber ich weiß, dass ich nicht alles auf einmal machen kann."

Für ein paar Minuten schwieg er und Lisa fragte schließlich: „Warum denn nicht?"

Anton blickte hoch. „Wie meinst du das?"

„Na ja, du könntest doch vielleicht die Praxis nur an drei Tagen öffnen, sagen wir Montag, Mittwoch und Freitag – dann sind die Zwischenräume nicht so groß, als wenn du zum Beispiel montags bis mittwochs in der Praxis wärst. Und dann könntest du einen Tag in der Woche in der Klinik operieren. Oder auch zwei, wenn du das möchtest. Oder du nimmst einen Tag für ambulante Operationen in der Praxis selber. Du könntest sozusagen einen flexiblen Tag machen, an dem du entweder in der Praxis oder in der Klinik operierst oder auch im Krankenwagen unterwegs bist. Dann hättest du immer noch das Wochenende frei, zu mindestens in der Regel, um dich um deine Familie zu kümmern."

Anton blickte ihr liebevoll in die Augen. „Das ist gar nicht so dumm, Prinzessin Lilly. Da gibt es nur eine klitzekleine Winzigkeit, die du übersehen hast." Er grinste frech und Lisa dachte angestrengt nach, kam aber nicht drauf, von was er redete.

„Was meinst du? Dass dein Vater noch nicht aufhören will?"

„Ja, das auch. Aber davon rede ich nicht. Du hast gesagt, dass ich bei deiner Planung am Wochenende Zeit für meine Familie hätte."

„Ja, hast du das denn nicht?"

„Zeit schon." Er grinste erneut. „Nur mit der Familie hapert es noch. Und deshalb möchte ich das endlich ändern. Vorausgesetzt, dass das okay für dich ist."

Lisa zögerte kurz. Natürlich wollte sie ihn heiraten, mehr als alles andere und am liebsten gleich morgen. Doch etwas hielt sie zurück. Aufgrund ihrer Verletzung hatten sie noch immer nicht miteinander geschlafen und sie hatte Angst, ihn zu enttäuschen. Die Angst vor dem, was Leo getan und wie er sie ausgenutzt hatte, war noch immer präsent. Ein wenig verlegen senkte sie den Blick.

Anton wunderte sich über die fehlende Reaktion und drehte sich von der Spülmaschine zu ihr um. Als er die Tränen bemerkte, die in ihren Augen glitzerten, blickte er verwirrt und kam langsam auf sie zu. „Möchtest du mich nicht mehr heiraten?", fragte er vorsichtig.

„Mehr als alles andere auf der Welt", antwortete sie ehrlich. „Aber ich weiß nicht, ob du noch möchtest, wenn wir... ich meine, vielleicht bist du ja enttäuscht von mir, wenn das Wochenende vorbei ist. Keiner von uns weiß, wie ich reagieren werde, ob mich die Erinnerungen loslassen."

Anton nahm seine Freundin zärtlich in die Arme und gab ihr einen Kuss. „Selbst wenn sie dich nicht

276

loslassen, könntest du mich niemals enttäuschen, mein Schatz. Egal, was passiert: ich liebe dich, habe es schon die ganze Zeit getan, ohne dass wir miteinander geschlafen haben. Und daran wird sich auch in Zukunft nichts ändern. Vertrau' mir einfach ein bisschen. Lass' es auf dich zukommen und wenn es nicht geht, geht es nicht. Dann arbeiten wir gemeinsam daran. Egal, wie lange es dauert. Es ist mir egal. Aber ich möchte, dass du ganz offiziell zu mir gehörst, mit oder ohne körperliche Liebe. Das ist nicht alles. Glaubst du, das wäre machbar?"

Lisa nickte und schlang die Arme um seinen Hals. „Sobald, wie möglich", sagte sie leise und Anton drückte sie an sich. Kurz darauf nahm er ihre Hand und führte sie nach oben. Inzwischen konnte sie auch die Treppen ohne Probleme bewältigen, das Humpeln war fast vollständig verschwunden und zeugte nur noch davon, dass sie etwas vorsichtig lief, nicht aber, dass sie Probleme oder Schmerzen hatte.

Nach ihrem Gespräch in der Küche dachte Anton, dass Lisa wohl doch noch ein bisschen Zeit brauchte, um sich vollständig auf ihn einzulassen. Es war in Ordnung, auch wenn sein Körper sie zu gerne gespürt hätte. Doch als er sich auf die Bettkannte niederließ, um sich die Schuhe auszuziehen, kniete sie sich plötzlich hinter ihn und schlang ihre Arme um seinen Körper. „Teddy?", fragte sie leise.

„Ja?"

„Ich vertraue dir", sagte sie schlicht und Anton drehte sich langsam zu ihr um.

„Bist du sicher?" Sie nickte, zog sein Gesicht zu sich heran und ihre Lippen trafen sich zu einem langen Kuss. Ein Feuer entfachte in seinem Inneren, das er nur mit Mühe im Zaum halten konnte, als er aufstand und sie auf ihre Füße zog. Er wollte sich Zeit lassen, ihr die Zeit geben, die sie brauchte, um sich wirklich wohl zu fühlen. „Wollen wir tanzen?", fragte er leise und Lisa war zwar erstaunt über die Frage, fand die Idee jedoch sehr verlockend.

Anton ging kurz zu dem kleinen CD-Spieler und stellte leise, langsame Musik an, die sie manchmal in den Abendstunden hörten, wenn sie gemeinsam kuschelten. Dann kam er zurück, schloss sie in die Arme und fing an, sich langsam zu der Musik zu bewegen. Sie hatten ihre Hände zwischen ihrer und seiner Brust verschlungen und Anton spürte, wie ihr Herz gegen ihre Rippen schlug. Sie war nervös und genau das hatte er vermutet.

Immer weiter bewegten sie sich zu den leisen Tönen. Lisa schloss die Augen und ließ sich von ihm führen. Ihr Kopf ruhte auf seiner Schulter und sie merkte selber, wie sie langsam etwas ruhiger wurde. Sanft legte er ihre Arme um seinen Hals, während seine eigenen ihren Rücken und ihren Po sanft streichelten und schließlich unter ihr Shirt wanderten. Sie genoss seine warmen Hände auf ihrer Haut und bemerkte kaum, wie er ihr schließlich das Shirt über den Kopf zog. Ganz unbewusst hatte sie kurz den Kopf und die Arme gehoben, damit er es ihr abstreifen konnte, ihre Augen waren jedoch nach wie vor geschlossen.

Nun machte er sich an dem Verschluss ihres BHs zu schaffen und als die Seiten nach vorne rutschten, streichelten seine Hände weiterhin sanft über ihre nackte Haut. Ein angenehmes Kribbeln lief durch ihren Körper, als sie den Kopf hob und er ihre Lippen einfing.

Ihre Finger suchten die Knopfleiste seines Hemdes, das bald darauf zusammen mit ihrem BH auf einem Stuhl landete, auf dem schon ihr eigenes Oberteil einen Platz gefunden hatte. Sanft streichelten sie sich gegenseitig, erkundeten und liebkosten den Oberkörper des anderen, bis Anton schließlich das Gefühl hatte, er könne es wagen, einen Schritt weiter zu gehen. Fast heimlich öffnete er ihren langen Rock und ließ ihn einfach auf den Boden rutschen. Seine Hände wanderten erneut auf ihre Kehrseite und streichelten sie zärtlich.

Lisa hatte kein Problem damit, ließ ihn einfach machen und genoss seine Berührungen. Bisher hatte sie so etwas wie ein Vorspiel nicht gekannt, hatte nur darüber gelesen, doch die Bücher hatten ihr nicht vermitteln können, wie schön dieses Gefühl war, wenn der Partner um einen warb, einem das Gefühl von Wärme und Zuneigung vermittelte und ihren Körper vor Aufregung beben ließ. Lisa war vollkommen in diesem Gefühl verloren, so sehr, dass sie nicht einmal bemerkte, wie sie aufhörten zu tanzen und Anton sie sanft auf das breite Bett gleiten ließ.

Erst als er anfing, die Innenseiten ihrer Schenkel sanft zu streicheln, realisiert sie, dass sie auf dem Rücken lag und öffnete überrascht die Augen. Sofort nahm er die Hand von ihrem Bein, doch ein aufmunternder Blick und das Lächeln in ihrem Gesicht ließ ihn einen erneuten Versuch starten. Seine weichen Lippen schienen jeden Winkel ihres Körpers zu erforschen und zu liebkosen. Verträumt schloss sie erneut die Augen und konzentrierte sich auf jede Berührung. Da war kein Unbehagen, keine Angst oder ähnliches, die sie spürte, dafür aber der immer größer werdende Wunsch, ihm näher zu kommen, mehr zu spüren, als seine Hände und Lippen.

Ihre Finger folgten einem Instinkt, als sie seine Hose öffnete und sie ihm von den Hüften streifte. Lisa konnte sich nicht erinnern, ihren Händen einen entsprechenden Befehl dazu gegeben zu haben. Sie hatte die Kontrolle längst verloren, als Anton ihr den Slip auszog und einfach fallen ließ. Sein Körper strahlte eine angenehme Wärme aus, als er neben sie glitt und sie konnte deutlich seine Erregung spüren, während sie eng nebeneinander lagen. Neugierig ließ sie ihre Finger an ihm hinabgleiten, bis sie fanden, was sie suchten und ihn sanft streichelten. Ihre Berührungen machten es ihm umso schwerer, sich und ihr Zeit zu lassen, während er sie gleichzeitig unheimlich genoss.

Sie drängte sich immer näher an seinen Körper, während er mit ihr spielte; ihre Schenkel öffneten sich einladend und endlich gab er dem Verlangen nach, dass in ihren Körpern brannte. Lisa glaubte zu explodieren, als er schließlich ganz sanft in sie eindrang und ihre Beine schlangen sich fest um seinen Körper, während seine sanften Bewegungen stärker und fordernder wurden. Die junge Frau vergaß alles, was sie bisher erlebt hatte, schien nur für den Moment zu existieren, der hoffentlich nie enden würde. Sie hatte das Gefühl, keine Luft mehr zu bekommen und doch machte ihr das weder Angst, noch versetzte es sie in Unruhe.

Ihre Lippen trafen sich wieder und wieder und seine Hände schienen sie immer weiter anzustacheln, bis sie endlich genug hatten und, noch immer eng umschlungen und aneinandergeschmiegt, zur Ruhe kamen. Weiterhin liebkoste er ihren Körper, streichelte sanft ihre Brüste und ihren Rücken und Lisa wollte nicht, dass er aufhörte. Keiner von beiden sagte ein Wort, keiner wollte die Magie des Augenblicks durch eine unbedachte Bemerkung zerstören. Nach wie vor klangen die leisen Töne aus dem Radio und ihre Herzschläge schienen sich langsam wieder zu normalisieren.

Lisa kuschelte sich in Antons Arme, während er die Decke über sie beide zog, ihr sanft über die Wange streichelte und schließlich ganz leise sagte. „Ich liebe dich, Lisa."

Die junge Frau lächelte. „Nicht so sehr, wie ich dich."

„Da wäre ich mir nicht so sicher", lächelte er und

strich ihr über den Kopf. Ihr seliges Lächeln blieb auch noch auf ihrem Gesicht, als sie schließlich einschlief. Lange betrachtete er dieses Gesicht, das er so liebte, bis er schließlich ebenfalls die Augen schloss und mit ihr in den Armen in die Dunkelheit entschwand.

ÜBERRASCHUNGEN

Als Lisa am nächsten Morgen erwachte, fühlte sie sie einfach nur glücklich. Keine Schmerzen, kein unangenehmes Gefühl im Unterleib, wie es früher der Fall war. Anton war so sanft zu ihr gewesen, dass die Nacht keinerlei negative Auswirkungen gehabt hatte. Im Gegenteil, Lisa konnte es kaum erwarten, ihn wieder zu spüren, seine sanften Berührungen zu genießen. Anton ging es ähnlich und in den nächsten Wochen genossen sie die Zeit der Zweisamkeit noch mehr, als bisher.

Gleichzeitig gab sie auch dem Wunsch Antons nach, ihn zu heiraten und so gingen sie in der nächsten Woche gemeinsam zum Standesamt. Wie anders fühlte es sich doch an, wenn man eine Hochzeit plante mit dem Mann, den man über alles liebte. Im Gegensatz zum letzten Mal, bei dem sie den Termin absichtlich herausgezögert hatte, konnte es ihr diesmal gar nicht schnell genug gehen. So viele Jahre waren in ihren Augen unnütz verstrichen, dass sie es nicht abwarten konnte, ihr gemeinsames Leben zu beginnen. Auch wenn sich an ihrem Tagesablauf nicht wirklich etwas ändern würde, wäre es doch etwas völlig anderes, ganz offiziell eine Familie zu sein, ihm zu gehören mit Leib und Seele.

Die Hochzeit würde Mitte Mai stattfinden, wo es bereits wärmer wurde und sie sich nicht die Extremitäten abfrieren würde. Anton unterstütze Lisa bei ihrem Wunsch nach einer kleinen Traumhochzeit. Da sie keine Verwandten mehr hatte und sich Antons Verwandtschaft bis auf seinen Vater und eine Großmutter ebenfalls sehr dezimiert hatte, würden nicht allzu viele Gäste zur Hochzeit erscheinen. Außer Hubert und dem Anwalt Angelo Rossi mit seiner Frau würde noch Lisas Freundin Andrea, mit der sich Lisa inzwischen regelmäßig traf, mit ihrem Mann kommen. Lisa wollte sie noch fragen, ob sie ihre Trauzeugin sein wollte, hatte sich aber noch nicht getraut, weil sie sich erst seit wenigen Monaten kannten. Anton hatte noch ein paar Bekannte aus der Klinik, die zur Hochzeit eingeladen wurden, wusste aber noch nicht, wer sein Trauzeuge sein sollte.

Lisa würde traditionell in einem weißen Kleid heiraten, das sie mit Andrea zusammen besorgen wollte, falls diese mitmachte; Anton im schwarzen Anzug. Nach der standesamtlichen Trauung war die kirchliche geplant und anschließend würden sie im Rosengarten in einem Festzelt mit Freunden und Familie feiern. Dazu würde das Zelt um den Rosengarten gebaut werden, damit die Pflanzen, die ihrem Haus seinen Namen gaben, Teil der Dekoration werden würden. Um diese Jahreszeit würden zwar hauptsächlich Knospen vorhanden sein, doch mit ein bisschen Nachhilfe vom Floristen würde es trotzdem schön aussehen. Und bis zum Sommer wollte Lisa nicht warten, damit die Pflanzen in voller Blüte standen. Das war ihr eindeutig zu lang.

Neben ihrer Arbeit im Büro, verbrachte Lisa Stunden mit der Planung für die Feierlichkeiten, wobei ihr Anton mit Rat und Tat zur Verfügung stand. Er wusste, wie unendlich romantisch sie war und da er ebenfalls nicht gerade unromantisch veranlagt war, wollte er ihnen einen Tag bereiten, den sie ein Leben lang nicht vergessen würden.

Einen Monat später war alles durchgeplant, Blumendekoration bestellt, ein Caterer gefunden, der für das leibliche Wohl sorgen würde und die Einladungskarten verschickt. Anton hatte sogar heimlich ein kleines Feuerwerk organisiert und die Genehmigung dafür eingeholt. Hubert würde das Hochzeitsauto fahren, für dessen Blumendekoration ebenfalls gesorgt war und ein Bekannter von Hubert, mit dem er sonntags immer Skat spielte und der ein pensionierter Fotograf war, hatte sich bereit erklärt, noch einmal seine Kameras aus dem Schrank zu holen und für angemessene Erinnerungsfotos zu sorgen.

An einem Freitagabend Ende März traf sich Lisa mit Andrea in einem kleinen Café in der Stadt. Sie hatte bis vor wenigen Minuten gearbeitet und Andrea war sowieso in der Stadt gewesen, um ein paar Kleidungsstücke für ihre vierjährige Tochter zu besorgen. Deshalb hatten sie sich in dem gemütlichen Café verabredet. Anton hatte diese Nacht sowieso Dienst als Notarzt und würde voraussichtlich einen großen Teil des sonst gemeinsamen Abends verschwunden sein.

„Hallo Andrea. Wie geht's?", begrüßte Lisa die Freundin, die mit ihrem Rollstuhl in das Café kam, und schob einen Stuhl an einen Nachbartisch, damit Andrea an ihren Tisch fahren konnte.

„Ganz gut. Nur, dass mir langsam meine Hosen nicht mehr richtig passen", grinste die junge Frau. Andrea war etwa in Lisas Alter, sogar ein bisschen jünger, und eigentlich ebenfalls recht schlank.

„Hast du zugenommen?", fragte Lisa auf deren Bemerkung hin. „Konntest wohl der Schokolade nicht widerstehen?" Lisa wusste, dass Andrea ein Schokoladen-Fan war und daher lag die Vermutung nahe.

Andrea lachte. „Nein, die Schokolade ist an meinem Bauch weniger Schuld. Eher mein Mann."

Lisa brauchte eine Weile, bis sie begriff. „Wieso dein Mann? Kocht der zu gut? Oder... Moment! Bist du etwa schwanger?"

Andrea grinste. „Ja, im fünften Monat. Ich habe nur noch nichts gesagt, weil ich bereits schon einmal eine Fehlgeburt im vierten Monat hatte. Aber gestern habe ich erfahren, dass alles Bestens ist und nichts gegen eine komplikationslose Rest-Schwangerschaft spricht."

Lisa stand auf und umarmte die Freundin. „Das freut mich für euch. Weiß es eure Kleine schon?"

„Ja, der haben wir es gestern Abend gebeichtet. Sie ist total aus dem Häuschen und will unbedingt einen kleinen Bruder."

„Na, *die* Karten sind wohl schon gefallen, aber vielleicht bekommt sie ja ihren Wunsch."

„Das warten wir einfach ab. Hauptsache das Baby ist gesund. Alles andere findet sich dann schon. Aber eigentlich wolltest *du* mir etwas erzählen und nicht *ich*. Entschuldige bitte, aber ich konnte es nicht mehr zurückhalten."

„Kein Problem. Das sind doch tolle Neuigkeiten", antwortete Lisa und betrachtete das strahlende Gesicht der Freundin. Hoffentlich würde sie auch bald Antons Wunsch nach einem Kind erfüllen können und dann genauso glücklich wie Andrea sein. Sie hatte bereits vor ihrem ersten Zusammensein die Pille abgesetzt, weil sie sich einig gewesen waren, dass sie beide bereit für eine Familie waren. Natürlich wusste sie, dass es nach den schweren Verletzungen, den Medikamenten und dem stressigen Genesungsverlauf lange dauern konnte, bis sich alles normalisiert hatte und sie ein Kind empfangen konnte, aber als sie ihre Freundin betrachtete, konnte sie es kaum erwarten, selbst Mutter zu werden. Durch den ganzen Stress hatte sie nicht einmal ihre Tage bekommen und hoffte, dass sich das in den nächsten Monaten wieder einrenkte.

„Und, was wolltest du mit mir besprechen?", nahm nun Andrea den Faden wieder auf.

„Also, es ist so…", fing Lisa etwas umständlich an. „Du weißt doch, dass ich keine Verwandtschaft und genaugenommen auch keine anderen Freundinnen außer dir habe?"

„Ja, und?"

„Na ja... für die Hochzeit brauche ich eine Trauzeugin und da dachte ich: Vielleicht könntest du..."

Andreas Gesicht leuchtete noch ein bisschen mehr auf. „Ich soll deine Trauzeugin werden?"

„Nur, wenn du willst", warf Lisa schnell ein.

„Was für eine Frage! Natürlich will ich. Liebend gern sogar. Darf ich dir dann auch mit dem Kleid helfen?"

„Das war der Plan, ja. Da ich ja weder eine Mutter noch eine künftige Schwiegermutter habe, mit der ich ein Kleid kaufen kann, hatte ich gehofft, dass du mir dabei hilfst."

„Natürlich mache ich das. Das wird ein Spaß. Wenn ich nach Hause komme, suche ich gleich ein paar Geschäfte heraus. Wann soll's losgehen?"

„Ich denke, Ende April reicht völlig. Wir haben also noch etwas Zeit."

„Wenn du meinst. Aber warte nicht zu lange – oder gibt es Grund zu der Annahme, dass es sonst nicht mehr passt bis zur Hochzeit?" Andrea warf einen prüfenden Blick auf die schmale Taille ihrer Freundin.

„Was du gleich wieder denkst! Ich habe zwar tatsächlich meine Tage nicht bekommen, aber der Test war negativ. Also sollte ich das Problem eher weniger haben."

„Warst du denn schon beim Arzt?", fragte die

288

Freundin nun.

„Nee, wieso?"

„Na ja, irgendeinen Grund muss es ja haben, dass du überfällig bist. Entweder es steckt irgendetwas Organisches dahinter oder aber der Test war einfach falsch und du bist doch schwanger."

„Oder es war einfach ein bisschen stressig in den letzten Monaten", ergänzte Lisa.

„Auch möglich", gab Andrea zu. „Du solltest es auf jeden Fall abklären lassen. Nicht, dass etwas Schlimmes dahinter steckt."

„Mach' mir keine Angst, Andrea!"

„Das will ich auch nicht. Aber sicher ist sicher. Hast du schon einen Frauenarzt?"

„Nein, eigentlich nicht", gab Lisa zu.

„Kein Problem. Ich schicke dir die Daten von meinem aufs Handy. Der ist sehr gut. Ruf' ihn nächste Woche an und lass' dir sicherheitshalber einen Termin geben. Vielleicht ist es ja wirklich nur der Stress, aber schaden kann es auf keinen Fall."

„Na gut. Ich müsste eh mal dringend zur jährlichen Kontrolluntersuchung, also kann ich das gleich mal verbinden."

„Sehr vernünftig."

Lisa war überglücklich, dass Andrea zugesagt hatte und mit ihr das Kleid kaufen wollte. Anton war ebenfalls erleichtert, dass seine Partnerin endlich eine gute Freundin gefunden hatte, mit der sie auch mal über andere Themen reden konnte, als mit zwei männlichen Ärzten.

Wie versprochen rief Lisa in der kommenden Woche bei Andreas Gynäkologen an, um sich einen Termin geben zu lassen, den sie für Donnerstagvormittag bekam. Anton erzählte sie jedoch nur, dass sie einen Kontrolltermin hätte, da sie nicht wollte, dass er sich schon wieder Sorgen um sie machen musste. Das würde er ohnehin früh genug, sollte der Arzt irgendeinen medizinischen Grund für ihre Blutungsstörungen finden. Lisa hatte ein bisschen Angst, als der Termin näher rückte.

Was, wenn die Vergewaltigungen irgendetwas kaputt gemacht hatten, was im Krankenhaus übersehen wurde? Oder wenn sie irgendeine schlimme Krankheit hätte? Lisa wollte nicht mehr krank sein, hatte genug von Krankenhausaufenthalten und Medikamenten. Entsprechend unbehaglich betrat sie die Praxis von Dr. Schippers und ging zur Anmeldung.

Eine viertel Stunde später betrat sie das Sprechzimmer und fand sich einem älteren Herrn gegenüber, der ein bisschen wie ein gemütlicher Teddybär wirkte und sie freundlich begrüßte. Obwohl sie ihn nicht kannte, fasste sie sofort Vertrauen zu dem Mann, der ihr erst einmal einen Platz auf einem Stuhl anbot und sich die Zeit nahm, die neue Patientin kennenzulernen.

Lisa erzählte ihm von den Übergriffen und den Umständen ihrer Fehlgeburt im letzten Jahr und dass sie Angst hatte, im Krankenhaus könnte irgendetwas übersehen worden sein, was das Fehlen der Regelblutung erklären könnte. Auch von dem negativen Schwangerschaftstest berichtete sie, bevor er sie schließlich untersuchte. Dabei machte er auch einen internen Ultraschall und lächelte Lisa schließlich aufmunternd an. „Also, Frau Bode, ich kann Sie beruhigen. Sie sind weder krank, noch wurde eine Verletzung übersehen. Der Grund für Ihre fehlenden Blutungen ist der hier." Er deutete auf den Monitor und selbst Lisa konnte erkennen, was er meinte.

„Aber der Test war doch negativ", stellte sie perplex fest.

„So ein Test ist leider nicht hundertprozentig, Frau Bode. Aber der Ultraschall ist eindeutig: Sie sind in der zehnten Woche. Und soweit ich das sehe, ist alles in bester Ordnung."

Lisa schwebte wie auf Wolken, als sie die Praxis verließ und zog ihr Handy aus der Tasche. Doch dann stellte sie fest, dass ein Anruf vielleicht nicht der richtige Weg war, um Anton die Neuigkeit mitzuteilen. Deshalb steckte sie es wieder weg und ging auf dem Rückweg zum Büro an einem kleinen Laden für Deko-Artikel vorbei. Sie hatte sich vom Arzt einen Ausdruck des Ultraschallbildes geben lassen und suchte einen passenden Rahmen dafür aus. Nachdem sie das Bild dorthinein getan hatte, packte ihr die Verkäuferin den Rahmen noch hübsch ein und stolz ging sie mit ihrem Geschenk zurück zur Arbeit.

Den Rest des Tages konnte sie kaum erwarten, endlich Feierabend zu haben, doch die Stunden zogen sich endlos in die Länge, bis sie schließlich in ihren Wagen stieg. Leider musste sie noch warten, bis auch Anton nach Hause kam, da er in der Klinik aufgehalten worden war. Währenddessen bereitete sie das Abendessen vor und deckte den Tisch. Ihr kleines Geschenk legte sie auf Antons Teller.

Eine halbe Stunde später kam ihr Freund nach Hause und nahm sie zärtlich in die Arme. Dann schob er sie sanft von sich weg und blickte ihr in die Augen. „Ist irgendetwas passiert? Du siehst irgendwie so glücklich aus."

Lisa grinste. „Darf ich denn nicht glücklich sein, wenn mein Verlobter nach Hause kommt?"

„Natürlich! Ich möchte sogar darum bitten", lachte er amüsiert. „Dennoch weiß ich nicht, ob das der einzige Grund ist."

„Du hast Recht", gab Lisa schließlich zu. „ich habe noch eine Überraschung für dich."

„Oh, das klingt vielversprechend. Was ist es?"

Mit einem Lächeln antwortete sie: „Das kann ich dir leider noch nicht genau sagen."

„Okay", machte Anton verwirrt. „Aber du kannst mir doch sicher einen Tipp geben, ob es eine große oder eine kleine Überraschung ist, bevor ich kurz unter die Dusche hüpfe."

„Das kann ich dir auch nicht sagen. Denn einerseits ist es eine klitzekleine Überraschung, aber irgendwie auch eine ganz große." Jetzt musste Lisa sich zusammenreißen, um nicht loszulachen. Es machte ihr einen riesen Spaß, mit ihren versteckten Hinweisen Anton an der Nase herumzuführen, der keine Ahnung zu haben schien.

„Du verwirrst mich gerade. Lass' mich kurz duschen und dann schauen wir mal, ob ich danach mehr verstehe."

„Tue das. Ich mache noch schnell das Essen fertig. Dauert nicht mehr lange."

„Ich beeile mich", sagte Anton und eilte die Treppe hinauf, während er versuchte, hinter Lisas Andeutungen zu kommen. Hatte sie vielleicht schon das Hochzeitskleid gekauft? Aber das durfte er doch noch gar nicht sehen! Vielleicht hatte sie eine Beförderung bekommen, aber wäre das gleichzeitig eine große und eine kleine Überraschung? Es wäre zu mindestens möglich, wenn es zum Beispiel eine kleine Beförderung mit großen Auswirkungen wäre.

Seufzend zog er sich aus und stand keine zehn Minuten später frisch geduscht in der Küchentür. „Da bin ich, mein Schatz."

„Genau richtig. Essen ist gerade fertig. Setz' dich."

Anton folgte ihrer Aufforderung und bemerkte dabei das Päckchen. „Ist das für mich?"

„Ja, aber das gibt es erst zum Nachtisch", grinste Lisa.

„Schade. Als Nachtisch hatte ich eigentlich etwas anderes im Kopf", grinste er zweideutig.

„Keine Angst. Du wirst schon nicht zu kurz kommen. Vielleicht lasse ich mich zu einem zweiten

Nachtisch überreden."

Während des Essens versuchte er immer wieder, Lisa die Überraschung aus der Nase zu ziehen und es war für sie genauso schwer, ihre Neuigkeiten für sich zu behalten, wie für ihn, sich mit ihrem Schweigen abzufinden. Inzwischen war er so neugierig geworden, dass er sich wie ein kleiner Junge unter dem Tannenbaum fühlte. Endlich legten sie beide ihr Besteck auf die Teller und Anton blickte Lisa fragend an. „Bitte, Prinzessin! Darf ich es jetzt auspacken?"

„Ja, darfst du. Aber bitte nicht aufregen."

Anton zog die Augenbrauen hoch und blickte erneut ein wenig verwirrt. Doch dann nahm er das Päckchen und öffnete es neugierig. Als er den Bilderrahmen herausholte, hielt er ihn verkehrt herum, sodass er das Bild nicht sehen konnte. Deshalb drehte er ihn um und hätte ihn vor Überraschung beinahe fallen lassen. Gerade noch rechtzeitig fing er ihn auf und starrte auf das Ultraschallbild, während sich sein Mund zu einem breiten Grinsen verzog. Schließlich legte er es auf den Tisch, stand auf und zog Lisa in seine Arme.

Als er sie endlich wieder losließ, glänzten seine Augen verräterisch, doch das Strahlen auf seinem Gesicht war ungebrochen. Seine Stimme fühlte sich wie ein Streicheln an, als er endlich einen Ton herausbrachte. „Weißt du eigentlich, wie glücklich du mich damit machst, mein Schatz?"

„Du tust gerade so, als hätte ich das alleine hinbekommen, Anton. Ich glaube, ich muss den Herrn

294

Doktor mal aufklären, dass er nicht ganz unschuldig an meinem Zustand ist." Lisa lachte und gab ihm einen Kuss auf die Nasenspitze.

„Ich glaube, davon habe ich während der Ausbildung mal gehört", gab er lachend zu und drehte sich mit ihr in den Armen im Kreis. Dann hielt er plötzlich inne und setzte sie wieder ab. Erneut griff er das Foto, blickte eine Weile darauf und schien nachzudenken. „Du bist schon in der zehnten Woche, das bedeutet ja, dass…" Anton brach ab und Lisa vollendete den Satz für ihn: „…dass dieses Kind vermutlich in der schönsten Nacht meines Lebens gezeugt wurde. Der Nacht, in der du mir gezeigt hast, was wahre körperliche Liebe bedeutet; in der wir das erste Mal miteinander geschlafen haben."

„Dir ist es also auch aufgefallen?", stellte Anton fest.

„Natürlich. Ich werde diese Nacht nie vergessen, Anton. Mir war es sofort klar, als der Gynäkologe mir den Zeitraum genannt hat. – Es hätte keine bessere Nacht sein können."

„Aber warum hast du eigentlich nichts gesagt? Ich meine: du musst doch was gemerkt haben. Die Regel muss doch ausgeblieben sein."

„Ich weiß. Ich hätte mit dir reden müssen. Entschuldige bitte. Es war so viel los in den letzten Monaten. Ich dachte einfach, es liegt an dem Stress. Und als Andrea gemeint hat, dass es ja auch einen schlimmen Grund haben könnte, dass ich meine Tage nicht bekommen habe, hatte ich plötzlich

Angst, dass bei der Fehlgeburt, beziehungsweise deren Grund damals irgendetwas kaputt gegangen ist, das im Krankenhaus übersehen wurde."

„Gerade dann hättest du doch was sagen müssen. Vertraust du mir so wenig?" Anton klang ein wenig traurig.

„Natürlich vertraue ich dir. Aber ich wollte nicht, dass du..." Lisa stockte mitten im Satz.

„...dass ich mir Sorgen mache, richtig?", vollendete der Arzt ihren Satz und Lisa nickte verlegen. „Aber dafür bin ich da, Lisa. Begreife endlich, dass du nicht mehr alleine bist. Ich *möchte* mir Sorgen machen, wenn notwendig, - deine Sorgen mit dir teilen, genauso wie du es tun möchtest. Verstehst du das?"

„Du hast ja Recht. Es tut mir leid. Ich glaube, ich muss noch so einiges über Beziehungen von dir lernen. Kannst du mir noch einmal verzeihen?"

„Natürlich, mein Schatz. Aber bitte versprich mir, dass du mich in Zukunft mit einbeziehst. Egal, ob es um ein medizinisches oder etwas Anderes, zum Beispiel ein finanzielles Problem geht. Wir wollen bald heiraten und werden im Laufe des Jahres eine richtige kleine Familie werden."

„Ich verspreche es dir, Anton. Ich werde dich nicht noch einmal enttäuschen."

„Du hast mich nicht enttäuscht, Schatz. Ich verstehe ja den Grund und ich weiß, dass du mich schützen wolltest, genauso, wie ich es vermutlich tun würde. Ich war nur traurig, dass du mir nicht vertrauen konntest. Alles ist gut. Ich freue mich wirklich über unser Kind. Du kannst dir gar nicht vorstellen, wie oft ich davon geträumt habe, mit dir eine Familie zu gründen. Und ich hätte es nie für möglich gehalten, dass dieser Wunsch so schnell nach unserer Hochzeit in Erfüllung geht. Und mach' dir bloß keine Gedanken darüber, dass man etwas sehen könnte. Du wirst wunderschön aussehen, auch mit Babybauch."

ENDLICH EINE FAMILIE

Als Lisa sich mit Andrea zusammen wenige Wochen später auf die Suche nach dem perfekten Kleid begab, konnte man tatsächlich bereits eine kleine Wölbung erkennen, die Anton abends liebevoll streichelte. Er ließ es sich auch nicht nehmen, bei den regelmäßigen Untersuchungen dabei zu sein, worüber sich Lisa sehr freute. So nahm er auf seine Art von Anfang an an seinem Kind Anteil und die Art, wie er zärtlich mit dem kleinen Wesen in ihrem Bauch sprach, wenn er diesen streichelte, überzeugte Lisa davon, dass er ein wundervoller Vater sein würde.

Doch ihr Bauch war auch eine kleine Herausforderung. Abgesehen von der Tatsache, dass sie Mitte April plötzlich kein rohes Fleisch mehr riechen konnte und Anton dieses komplett alleine zubereiten musste, da sie es nicht mehr in der Küche aushielt, ohne dass ihr bei dem Geruch schlecht wurde, gab es noch ein anderes Problem. Sie wusste nicht, wie groß der Bauch in den nächsten drei Wochen noch werden würde und benötigte ein Kleid, in das sie auch noch hineinpasste, wenn er wuchs.

Bei ihrer Tour durch mehrere Brautmodengeschäfte probierte sie endlos viele Kleider an. Aber entweder passten sie gerade so und liefen Gefahr, bis zum großen Tag zu eng zu sein oder sie waren so weit, dass sie aussah, als hätte sie das falsche Kleid angezogen. Schließlich kam die Verkäuferin im vierten Geschäft mit einem Kleid aus den hinteren Räumen, das sie eigentlich noch gar nicht im Angebot hatten.

„Wäre das vielleicht etwas für Sie? Es ist ein Kleid, das wir noch gar nicht auf Vorrat haben. Ein Anschauungsstück sozusagen, aber die Größe müsste passen. Es hat eine Art Korsett obenherum, das im Rücken geschnürt wird – könnte also individuell angepasst werden, egal ob der Bauch noch ein wenig wächst oder auch nicht." Sie hielt das Kleid hoch und zeigte es den beiden Frauen. Es hatte kurze Ärmel und war obenherum mit glitzernden Pailletten bestickt. Auf der Rückseite konnte es wie erwähnt geschnürt werden. Der Rock war weit und mit vielen Rosen bedruckt, die man zwar nur sah, wenn man genau hinsah, aber den Rock dadurch nicht so schlicht wirken ließen.

„Na, das passt doch wundervoll zum Rosenthema und zum Haus", stellte Andrea mit einem erfreuten Lächeln fest. „Probiere es doch mal an!"

Als Lisa wenige Minuten später vollständig angezogen aus der Umkleide trat, pfiff die Freundin anerkennend durch die Zähne. „Du siehst toll aus, Lisa. Das ist dein Kleid! Wie sieht es mit dem Platz für den Bauch aus?" Andrea streichelte dabei über ihren eigenen Bauch, der bereits um einiges größer als der ihrer Freundin geworden war.

Lisa betrachtete sich neugierig im Spiegel. „Platz genug ist noch. Selbst deinen Bauch könnte ich im Notfall unterbekommen, und du bist schon einige Wochen weiter als ich."

„Das ist gut. Man weiß ja nie", grinste Andrea frech. „Also ich würde es nehmen. Allerdings würde ich mir noch einen Unterrock geben lassen, damit der Rock etwas weiter fällt."

„Das wollte ich auch gerade vorschlagen", stellte die Verkäuferin fest, die gerade den Raum wieder betrat und in der Hand eine kleine Auswahl an verschiedenen Unterröcken hatte. „Ich denke, der hier würde gut aussehen. Wollen Sie ihn mal drunter ziehen?"

Lisa nickte. Als sie sich kurz darauf ein zweites Mal im Spiegel betrachtete, war sie auch überzeugt und als die Verkäuferin schließlich noch ein mit kleinen, weißen Rosen besetztes Diadem inclusive Schleier auf ihre kurzen, braunen Haare steckte und ihr ein Paar passende Schuhe reichte, fühlte sich Lisa wie eine Prinzessin. „Prinzessin Lilly", entfuhr es ihr, als sie sich betrachtete.

Andrea stimmte ihr zu. „Du siehst wirklich wie eine Prinzessin aus, Lisa. Aber kannst du mir mal erklären, was es immer mit Teddy und Prinzessin Lilly auf sich hat? Ich habe das jetzt schon ein paar Mal bei euch gehört."

Lisa grinste, während sie die Sachen hinter dem Vorhang wieder auszog und in ihre normale Kleidung schlüpfte. „Ich habe dir doch erzählt, dass

Anton und ich uns schon kennen, seit ich ein kleines Mädchen war. Wir haben uns oft im Wald herumgetrieben und uns vorgestellt, ich wäre eine Prinzessin, die von ihm gerettet werden muss. Jetzt klang aber *Prinzessin Lisa* irgendwie doof und da hat er einfach Lilly draus gemacht."

„Und warum heißt er dann *Teddy* und nicht *Lancelot* oder so?"

„Weil er genau das war, als ich klein war: Mein bester Freund, der mich getröstet hat, wenn ich traurig war. Anton war schon immer mein Ruhepol, konnte aber kämpfen, wie ein Grizzly, wenn er oder ich ungerecht behandelt wurden. Und sein Nachname legte die Idee nahe, ihm den Namen Teddy zu geben. Und manchmal nenne ich ihn eben heute noch so."

„Jetzt verstehe ich", gab Andrea zu und lächelte. Die Beziehung zwischen den beiden war wirklich etwas ganz Besonderes.

Anton hatte Recht behalten. Als Lisa nach der standesamtlichen Trauung, bei der sie ein elegantes, unten eng geschnittenes Kleid getragen hatte, in das Brautkleid schlüpfte, sah sie tatsächlich wunderschön aus. Durch ihre sonst sehr schmale Figur, zeichnete sich der wachsende Bauch bereits leicht ab, aber nur, wenn man genau hinsah.

Da Lisa keinen Vater hatte, übernahm Hubert den Part des Brautvaters und führte die junge Frau zum Altar. Anton strahlte über das ganze Gesicht, als er sie erblickte und nahm Lisa von ihm entgegen. „Wahnsinn", flüsterte er anerkennend und Lisa lächelte ebenso glücklich wie er.

Bei den anschließenden Fotos vor der Kirche wurde auch eine Aufnahme gemacht, bei der Anton ihr von hinten die Hände auf den Bauch gelegt hatte und sie den Kopf zu ihm umwandte, um ihn zu küssen. Dieses Foto stand von diesem Tage an immer auf dem Schreibtisch im Arbeitszimmer und erinnerte sie beide täglich an einen wundervollen Tag. Nachdem die Fotos geschossen waren, stiegen Anton und seine Frau in Lisas Wagen, der mit weißen und roten Rosen geschmückt war, wie sie auch in ihrem Brautstrauß und Antons Revers steckten, und Hubert fuhr den Wagen zum Haus Rosengarten, während die restlichen Gäste folgten.

Im Zelt wurde die Kombination aus roten und weißen Rosen fortgesetzt. Selbst in den mit Knospen übersäten Rosensträuchern steckten einige Blüten und die Tische wurden von kleinen Gestecken geschmückt. Das Zelt wurde von mehreren Heizstrahlern erwärmt, da es – vor allem gegen Abend – doch noch etwas kühl war.

An einer Seite des großen Zeltes war eine Tanzfläche aufgebaut, an der gegenüberliegenden das abwechslungsreiche Buffet. Zusammen mit ihren Gästen aßen und tranken sie und tanzten eng umschlungen zu den verschiedenen Liedern. Immer wieder zog Anton Lisa in seine Arme und gab ihr einen Kuss. „Ich kann es immer noch nicht glauben, dass wir es nach so langer Zeit endlich geschafft haben. Ich fühle mich, als wäre ich endlich nach Hause gekommen", lächelte er dann.

„Ich auch, Teddy", flüsterte sie zurück. „Wer hätte das damals gedacht, als unsere Eltern sich angefreundet und dich gebeten hatten, ein Auge auf mich zu werfen."

„Tja, ich war damals schon gut erzogen", grinste der junge Mann. „Und ein Auge habe ich ja tatsächlich auf dich geworfen, wenn auch anders, als gedacht und auch erst einige Jahre später."

Als es schließlich dunkel wurde, bekam Lisa noch ihre Überraschung. Anton hatte Spezial-Brillen besorgt, mit denen man Lichter in Herzform sehen konnte, sodass das Feuerwerk, das die Hochzeitsgäste mit dem Brautpaar bestaunen konnten, aus tausenden kleinen Herzen bestand. Überglücklich kuschelte sich Lisa in dieser Nacht in die Arme ihres frisch gebackenen Ehemannes.

Zwei Tage später gingen die beiden auf Hochzeitsreise – nichts Außergewöhnliches, sondern nur ein paar Tage an die Nordsee, um ein bisschen Zweisamkeit zu verbringen und spazieren zu gehen. Stundenlang liefen sie am Meer entlang, hielten sich an den Händen und genossen die kalte Seeluft, bevor sie schließlich mit geröteten Wangen in ihr Hotelzimmer zurückkehrten. Abends gingen sie schön essen oder ins Kino, einmal sogar tanzen.

Eine Woche später kehrten sie erholt und glücklich ins Haus Rosengarten zurück. Lisa tat sich anfangs ein bisschen schwer, sich an den neuen Namen zu gewöhnen, doch einen Monat später war das kein Thema mehr. Auf der Arbeit lief alles super, auch wenn ihr Arbeitgeber natürlich nicht sehr glücklich darüber war, sie bald erneut für einen längeren Zeitraum zu verlieren. Lisa würde nach der Geburt erst einmal für mindestens ein halbes Jahr in Babypause gehen. Danach hatte sie vor, stundenweise von zu Hause aus zu arbeiten, sodass ihr genügend Zeit für das Baby und ihren Mann bleiben würde. Wie es weiterging, würde man dann sehen.

Obwohl Anton nach wie vor seine dreigeteilten Jobs machte, versuchte er zusätzlich, Lisa so viel wie möglich abzunehmen. Da sie sich mit fortschreitender Schwangerschaft immer mehr schonen musste, weil aufgrund der alten Verletzungen sonst die Gefahr einer Frühgeburt größer wurde, hatte er ab Juli eine Haushaltshilfe eingestellt, die sich um die Wäsche und ums Putzen kümmerte. Anton selber schaffte es nicht, zusätzlich zu seinen Diensten, diese Arbeiten auch noch zu erledigen. Doch mit Hilfe der bezahlten Unterstützung blieb ihnen abends auch mal die Zeit, sich gemütlich in den Rosengarten zu setzen.

Der errechnete Geburtstermin war Mitte Oktober, doch bereits Ende Juli fühlte sich Lisa, als wenn sie aus allen Nähten platzen würde. Jede Bewegung wurde schwierig und die Hitze machte ihr zu schaffen.

„Ich weiß gar nicht, wie ich das bis Oktober

durchhalten soll, wenn ich jetzt schon wie eine Tonne aussehe", schimpfte Lisa Anfang August.

„Keine Angst, mein Schatz. Das haben schon andere vor dir geschafft", grinste Anton und gab ihr einen Kuss. „Aber keine Frau sieht dabei so wunderschön aus, wie du."

„Jetzt übertreib' mal nicht!", widersprach die werdende Mutter. „Schön ist ja wohl etwas Anderes. Ich bin total unförmig geworden. Total unsportlich und unsexy."

„Also das kann ich ja wohl besser beurteilen. Und wenn du mir nicht glaubst, kann ich es dir gerne beweisen", lachte Anton und zog sie in seine Arme. „Was hältst du von ein wenig Schwangerschaftsgymnastik der besonderen Art?", fragte er zweideutig und Lisa kicherte wie ein junges Mädchen, als er ihr langsam die Bluse öffnete und sie bald darauf mit zärtlichen Küssen übersäte. Als er sich bis zu ihrem Bauch vorgearbeitet hatte, bekam er plötzlich vom Inneren ihres Körpers einen Tritt und fing an zu lachen. „Da hat jemand wohl etwas gegen meine Liebkosungen."

„Oder sie möchte einfach mit dir in Verbindung treten", grinste seine Frau.

„Tut mir Leid, mein Kleines", sagte Anton daraufhin zu ihrem Bauch, „aber ich muss mich erst einmal ein bisschen um deine Mama kümmern. Nachher kann ich mich mit dir unterhalten."

Und das tat er dann auch. Als sie einige Zeit später eng umschlungen im Bett lagen, setzte er sich plötzlich auf und streichelte sanft die Ausbeulung, in der seine kleine Tochter wohnte. Sie hatten erst vor kurzem erfahren, dass es ein Mädchen war. In der nächsten halben Stunde redete er sanft zu seiner Tochter, während ihm Lisa mit geschlossenen Augen lauschte. In diesem Moment fühlte sie sich völlig entspannt und hatte gar keine Angst mehr vor den kommenden Wochen.

In Gedanken stellte sie sich vor, wie die Geburt ablaufen würde. Wenn möglich, wollte sie gerne eine Wassergeburt haben, genau wie Andrea, die wenige Tage zuvor einem strammen Jungen das Leben geschenkt hatte. Die nun zweifache Mutter hatte ihr davon erzählt, wie ihre Tochter vor einigen Jahren auf die Welt gekommen war, und Lisa hatte daraufhin mit Anton gesprochen, der von der Idee ebenfalls begeistert war, da es ihm die Möglichkeit gab, aktiv an der Geburt teilzunehmen. Im Kranken-haus gab es diese Möglichkeit glücklicherweise, sodass ihrem Wunsch eigentlich nichts im Wege stehen sollte.

Im folgenden Monat wuchs der Bauch weiter und Lisa war fast froh, als sie gegen Mitte August ihrer Arbeit den Rücken kehrte. Sie hatte noch einige Tage Resturlaub und würde anschließend direkt in den Mutterschutz gehen. Die ersten Tage ihrer Freizeit nutzte sie, um die letzten Handgriffe im Kinder-zimmer zu erledigen. Anton und sie hatte ihr altes Kinderzimmer in ein Babyzimmer umgebaut. Lisa musste nur noch einige Sachen waschen und einräumen und noch ein paar Dekorationen anbringen. Zufrieden betrachtete sie ihr Werk, als es an der Tür klingelte. „Ich komme!", rief sie laut durch das Haus, da sie nicht mehr ganz so schnell die Treppe hinuntergehen konnte, wie noch vor einigen Monaten.

Als sie die Tür öffnete, wartete der Postbote noch geduldig und warf einen verständnisvollen Blick auf ihren Bauch. „Frau Bode?"

„Ja", antwortete Lisa automatisch, korrigierte sich dann aber sofort wieder: „Das heißt: eigentlich nein."

Der Briefträger schien ein wenig verwirrt. „Wie denn nun – ja oder nein?"

Lisa grinste. „Mein Name ist Lisa Bär, geborene Bode", klärte sie ihn dann auf.

„Ach so. Na ja – wie dem auch sei, ich habe hier ein Einschreiben für Lisa Bode."

„Dann geben Sie mal her", forderte sie ihn auf.

„Ich brauche erst noch eine Unterschrift. Hier bitte", sagte der Mann und deutete auf ein Schrift-stück. Lisa unterschrieb das Formular, nahm den Brief entgegen, bedankte sich bei dem Postboten und schloss die Tür. Neugierig blickte sie auf den Umschlag – er war vom Gericht. Sicher ging es darin um Leo. Lisa bemerkte, wie sich ihr Puls be-schleunigte, als sie nur an diesen Mann dachte, der insgesamt fünf Mal fast ihr Leben zerstört hätte und den sie eigentlich nie wiedersehen wollte.

Sie starrte noch immer auf den Umschlag in ihrer

Hand, als Anton nach Hause kam. „Hallo Schatz! Ich bin zu Hause!", rief er ins Haus, da er sie nicht gesehen hatte und daher vermutete, sie sei im Obergeschoss. Dann erst erblickte er seine Frau auf der Couch. Sie rührte sich nicht und schien ihn gar nicht zu bemerken. Alarmiert trat er auf sie zu und setzte sich neben sie. Lisa war kreidebleich im Gesicht und klammerte sich nach wie vor an dem Umschlag fest. Sanft legte er ihr die linke Hand an die Wange, während er mit der rechten nach ihrem Puls tastete. Sie sollte sich möglichst nicht aufregen, doch das, was er fühlte, beunruhigte auch ihn. „Was ist passiert?", fragte er leise und drehte ihr Gesicht, sodass sie ihn ansehen musste. Schweigend reichte sie ihm den Brief, der noch immer verschlossen war. Anton wusste sofort, um was es sich handelte, da er heute ebenfalls einen Brief über die Klinik erhalten hatte, in dem er als Zeuge für den anstehenden Prozess geladen worden war. Er wusste auch, dass der Termin Ende September, also gut drei Wochen vor dem Entbindungstermin stattfinden sollte.

Anton nahm ihr den Umschlag aus der Hand und legte ihn auf den Tisch. Dann zog er sie auf die Beine und nahm sie tröstend in seine Arme. „Mach' dir keine Gedanken. Ich werde bei dir sein. Wir stehen das gemeinsam durch. Leo hat es bisher nicht geschafft, dich zu brechen und du wirst ihm nicht die Genugtuung geben, es doch noch zu schaffen. Ich helfe dir dabei und werde dir nicht von der Seite weichen. Du warst bisher stark, Lisa. Jetzt musst du es noch einmal sein, damit er seine gerechte Strafe erhält. Komm', ich bringe dich erst einmal nach oben und dann mache ich dir einen Tee. Du musst dich jetzt erst einmal beruhigen, dir zuliebe und vor allem für die Kleine."

Lisa nickte und ließ sich anstandslos ins Schlafzimmer führen. Nach einer Tasse Tee, etwas Entspannungsmusik und einem ausgiebigen Gespräch mit ihrem Mann, beruhigte sich Lisa schließlich wieder. Das leichte Ziehen im Bauch, das sie gespürt hatte, verebbte wieder, woraufhin Antons Beunruhigung ebenfalls wieder wich.

An diesem Abend bekam sie ihr Abendessen ans Bett gebracht und nach dem Essen legte sich Anton neben sie. Seine Worte gaben ihr Zuversicht und schließlich war sie überzeugt davon, Leo entgegentreten zu können, ohne die Fassung zu verlieren.

Doch diese Überzeugung geriet dann doch ein wenig ins Wanken, als sie sich Auge in Auge mit ihrem Ex-Freund sah. Sie hatte aufgrund der fortgeschrittenen Schwangerschaft die Erlaubnis erhalten, dass Anton an ihrer Seite bleiben durfte. Leo saß im Rollstuhl an einem Tisch neben seinem Verteidiger und hatte nichts Besseres zu tun, als Lisa für seinen Zustand verantwortlich zu machen, woraufhin er eine Ermahnung des Richters erhielt. Während ihrer gesamten Vernehmung warf Leo immer wieder Kommentare und Beschimpfungen ein und es schien ihn nicht im Geringsten zu stören, dass er ein Ordnungsgeld nach dem anderen kassierte. Wieso auch? Immerhin saß er hier wegen versuchtem Mord, Vergewaltigung und schwerer Körperverletzung in mehreren Fällen und ihn erwartete noch ein weiteres Verfahren wegen der Morde in England. Was war da schon ein Ordnungsgeld? Es interessierte ihn nicht. Aber es gab ihm eine teuflische Befriedigung, Lisa leiden zu sehen und zu bemerken, wie Anton versuchte, seine Wut unter Kontrolle zu halten.

Der Arzt bemerkte natürlich, wie Lisas Zustand langsam kritisch wurde. Möglichst unauffällig behielt er ihren Puls und die Atmung im Auge. „Möchtest du nicht lieber eine kurze Pause machen?", fragte er schließlich. Der Richter stimmte dem Arzt zu, bevor die junge Frau überhaupt antworten konnte und verkündete eine fünfzehnminütige Pause. Obwohl Lisa am liebsten alles so schnell wie möglich hinter sich bringen wollte, war sie doch froh, als Anton sie einige Minuten an die frische Luft brachte und sie sich wieder ein wenig beruhigen konnte. Als sie schließlich zurückgingen, bemerkte sie ein Ziehen im Unterleib. Auch das noch! Diese blöden Trainingswehen hätten ja auch noch bis nach ihrer Aussage warten können! ,Bloß nichts anmerken lassen', sagte sie zu sich selbst. Anton würde sonst die Pferde scheu machen und Leo würde sich ins Fäustchen lachen. Also biss sie die Zähne zusammen und kämpfte sich durch eine weitere Stunde der Befragungen. Dummerweise hörten die Schmerzen nicht auf und es fiel ihr immer

310

schwerer, ihre kurzen Unterbrechungen zu überspielen.

Anton blickte immer besorgter. Er wusste, dass sie etwas verheimlichte und ihr Puls zeigte ihm deutlich, dass etwas nicht stimmte. Als sie endlich aus dem Zeugenstand entlassen wurde, bat er darum, dass seine eigene Aussage vorgezogen wurde, weil er seine Frau gerne nach Hause bringen wollte. Der Richter, der selber erst vor kurzem wieder Vater geworden war, hatte Verständnis dafür und nahm ihn direkt dran.

Anton versuchte, so schnell wie möglich seine Aussage zu machen, ohne etwas Wichtiges zu vergessen und war erleichtert, als sie beide schließlich den Raum verlassen durften. Lisa lief sehr langsam, als er sie in den Gang brachte und dort auf die Bank gleiten ließ. „Was ist los?", fragte er ohne Umschweife und kontrollierte erneut ihre Vitalwerte.

„Ich habe ein Ziehen im Unterleib, das nicht weggeht", gab sie schließlich zu. Sofort betastete er ihren Bauch und konnte die nächste Kontraktion deutlich spüren.

„Na toll", stellte er fest. „Du hast Wehen, Lisa. Ich muss dich sofort in die Klinik bringen."

„Aber es ist doch noch viel zu früh." Die junge Frau ergriff Panik. Hätte sie doch gleich etwas gesagt. Hoffentlich hatte sie keinen schwerwiegenden Fehler gemacht. Tränen traten ihr in die Augen und sie krallte sich an Antons Hand. „Ich habe Angst, Teddy."

„Das brauchst du nicht. Wir fahren jetzt sofort in die Klinik. Ich bin bei dir. Wir schaffen das schon", versuchte er, sie und auch sich selber zu beruhigen. Wenn jetzt etwas schief ging, würde er sich das nie verzeihen. Äußerlich blieb er ruhig und brachte Lisa ins Auto. Die Klinik war nicht weit vom Gericht entfernt und dort angekommen, brachte er Lisa direkt in die Gynäkologie, die er von unterwegs telefonisch informiert hatte.

Seine Kollegen standen schon bereit und nach einem CTG und einem Ultraschall bekamen sie die Bestätigung, dass die Geburt bereits nicht mehr aufzuhalten war. Der Muttermund öffnete sich schon und Lisas Schmerzen wurden immer stärker, auch wenn sie versuchte, sich so wenig wie möglich anmerken zu lassen.

Die Ärzte erklärten ihr, dass es für eine Anästhesie bereits zu spät wäre, und Lisa war froh, dass sie wenigstens in die große Wanne durfte. Das warme Wasser entspannte ein wenig und machte die Wehen erträglicher, die in immer kürzeren Abständen kamen. Anton saß hinter ihr in der Wanne und unterstütze sie beim Atmen.

Trotz des Wassers spürte sie deutlich seinen warmen Körper, der ihr Trost und Geborgenheit vermittelte. Sie schloss die Augen und konzentrierte sich auf ihre Atmung. Anton hatte seine Arme um sie gelegt und sprach leise mit ihr. Hin und wieder brach er mitten im Satz ab, wenn Lisa ihre Finger in seinen Unterarm krallte. Vermutlich würden seine

Arme morgen wie nach einem Straßenkampf aussehen, aber das war es wert.

Irgendwann bekam sie von der Hebamme die Erlaubnis, zu pressen und Anton half ihr, ihre Beine abzustützen. Langsam schob sich der Kopf seiner Tochter durch den Geburtskanal, bis er sie schließlich in Empfang nehmen und wenige Minuten später die Nabelschnur durchtrennen durfte. Überglücklich legte er Lisa das Baby in den Arm, bevor es einige Zeit später von den Kinderärzten für einen kurzen Check-up mitgenommen wurde.

„Wie soll die Kleine denn heißen?", fragte die Hebamme, während sich die frisch gebackenen Eltern abtrockneten und anzogen.

„Lilly", antworteten die beiden im Chor und mussten unwillkürlich lachen. Erst jetzt war ihnen aufgefallen, dass sie sich nie über einen Namen unterhalten hatten. Und doch hatten beide instinktiv den gleichen Namen gewählt, der für sie eine besondere Bedeutung hatte.

Es dauerte nicht lange, bis Lilly wieder zu ihren Eltern durfte und Anton sie Lisa auf die Brust legte, wo sie sofort nach einer der Brustwarzen schnappte. Lilly war zwar mit etwas über zweieinhalb Kilogramm und achtundvierzig Zentimetern Länge recht zierlich, aber sonst kerngesund und hatte die doch etwas spontane Geburt gut überstanden. Während das kleine Mädchen gierig an Lisas Brust saugte, informierte Anton seinen Vater über die kurzfristigen Ereignisse der letzten vier Stunden. Für eine

Erstgebärende war die Geburt extrem schnell gewesen, dennoch waren sie alle drei erschöpft und Anton bat seinen Vater daher, erst am Abend vorbeizukommen. Bis dahin konnte sich die kleine Familie in einem Familienzimmer erholen. Lilly schlief bereits während des Trinkens ein und Anton bettete sie liebevoll in das Babybettchen. Anschließend gönnten sich auch die frisch gebackenen Eltern ein wenig Ruhe, bis sie von der kräftigen Stimme ihrer Tochter am späten Nachmittag wieder geweckt wurden.

Nach wenigen Tagen durften Lisa und Lilly nach Hause. Anton würde in den ersten zwei Wochen ebenfalls zu Hause bleiben, damit sich das Leben mit dem neuen Familienmitglied in Ruhe einspielen konnte.

Etwa eine Woche nach der Entbindung saßen Anton und Lisa gemeinsam auf ihrem Lieblingsplatz im Rosengarten, während Lilly zufrieden und dick eingepackt im Kinderwagen neben ihnen lag. Lisa ließ ihren Blick über die nun fast verblühten Sträucher gleiten. Dann wandte sie sich schließlich Anton zu. „Glaubst du, dass Lilly hier genauso glücklich aufwachsen kann, wie ich damals?"

„Bist du das denn?", fragte er lächelnd.

„Für eine Weile schon. Dann wohl eher nicht mehr so", gab sie zu. „Im Gegenteil. Für eine Weile wollte ich eigentlich nur noch weg. Irgendwohin, wo ich deine Gegenwart nicht mehr spüren konnte. Vielleicht bin ich deshalb damals auch ohne zu überlegen in die USA gegangen.

„Siehst du?", fragte er daraufhin. „Nicht alles war schön hier. Wir können zwar dafür sorgen, dass Lilly so glücklich wie möglich ist, aber auch wir können sie nicht vor Missverständnissen oder Liebeskummer bewahren. Lilly wird ihren eigenen Weg finden und gehen und wir werden sie dabei unterstützen. Und ich denke, dieses Haus kann dazu beitragen, dass sie eine schöne Kindheit haben wird. Allein schon deshalb, weil wir hier so glücklich waren und es auch jetzt wieder sind. Und das wird hoffentlich noch ganz, ganz lange so bleiben." Anton küsste sie sanft und Lisa lehnte sich an seine Schulter.

„Ich wünsche mir für Lilly, dass sie auch einmal einen Menschen findet, mit dem sie alles machen kann und der hinter ihr steht. So wie du damals. Ein Freund, Beschützer oder fast ein großer Bruder. Es muss ja nicht gleich in einer Liebesgeschichte enden", fügte sie lächelnd hinzu.

Anton grinste ebenfalls. „Naja, mit einem großen Bruder wird es schwierig, aber wir könnten es ja mal mit einem kleinen versuchen."

Lisa blickte auf. „Du möchtest noch mehr?"

„Natürlich! Wenn du damit einverstanden bist, gerne noch ein bis zwei."

„Dann müssen wir aber anbauen", stellte Lisa fest. „Das Haus ist nicht für eine Großfamilie geplant worden."

„Das ist egal. Solange wir zusammenhalten, ist

das kein Problem. Das Wichtigste ist, dass es ein Heim ist, und das ist es inzwischen geworden: unser Heim – Haus Rosengarten."

ENDE

DANKSAGUNG

Als ich mich 2018 dazu entschlossen habe, eine Geschichte, die ihren Ursprung vor zwanzig Jahren hatte, endlich einmal zu Ende zu schreiben, ahnte ich nicht, dass dies der Beginn einer Leidenschaft sein würde, die fast dreißig Jahre in meinem Inneren schlummerte, bevor sie nun kaum noch zu bändigen ist. Heute ist das Schreiben für mich ein Ausgleich zu Beruf, Familie und Haushalt. Beim Schreiben kann ich entspannen und meine Träume und Gefühle in Worte fassen.

Ich möchte meiner Familie und vor allem meinen beiden Kindern danken, dass sie mir diese Freiheit lassen und sogar meine Freude am Schreiben ein wenig mit mir teilen. Besonders meine Tochter steht mir gerne mit Rat und Tat zur Seite, wenn es darum geht, passende Namen für meine Charaktere zu finden.

Ein großes Dankeschön geht auch an meine Probeleserinnen, die mir Feedback zu Inhalt und Rechtschreibung gegeben und mich motiviert haben, dieses Buch zu veröffentlichen: meine Mutter Arietta Ziegelmayer und meine Tochter Jessica.

Zum Schluss möchte ich mich auch bei meinen Lesern bedanken, die ich hoffentlich mit dieser Geschichte über Hass und Gewalt, aber auch die Kraft der ersten Liebe für eine Weile in ein Land der Phantasie entführen konnte.

Claudia Choate, November 2019

Verlorene Seelen 1 – Licht am Ende des Tunnels

Verlorene Seelen 2 – Ein Hundeleben

Verlorene Seelen 3 – Stumme Schreie

Verlorene Seelen 4 – Sprung ins Ungewisse

Verlorene Seelen 5 – Tiefe Wunden

Flucht in die Freiheit

C. CHOATE

Verlorene Seelen 1
Licht am Ende des Tunnels
ca. 430 Seiten

Die 15-jährige Waise Charlotte Rudd, genannt Charlie, wird aufgrund ihrer Herkunft von ihren Klassenkameraden gemobbt, verprügelt und zum Diebstahl genötigt, schließlich sogar für ein Verbrechen verurteilt, dass sie nie begangen hat.

Als alles verloren scheint, tritt der junge Polizist Stefan Wagner in ihr Leben und Charlie sieht zum ersten Mal in ihrem dunklen Leben ein Licht am Ende des Tunnels.

Bis ein weiterer Schicksalsschlag erneut ihr Leben aus den Bahnen wirft.

ISBN: 978-3-74818-996-1

C. CHOATE

Verlorene Seelen 2
Ein Hundeleben
ca. 270 Seiten

In der Schule ahnt anfangs niemand, dass der aufgeweckte Jason zu Hause die Hölle durchmacht. Nach der harten Arbeit auf dem Hof und im Haushalt ist der 12-jährige oft zu erschöpft, um noch für die Schule zu lernen, während sein gewalttätiger Vater sich vom Nichts-tun ausruht.

Doch der Junge hat Angst, sich irgendjemandem anzuvertrauen, bis ihn seine Neugierde eines Tages fast das Leben kostet und er begreift, dass auch er ein Recht auf ein Leben ohne Angst und Gewalt hat.

ISBN: 978-3-74819-337-1

C. CHOATE

Verlorene Seelen 3
Stumme Schreie
ca. 231 Seiten

Auch fast ein Jahr nach einem schweren Schicksalsschlag hat die 20-jährige Deutsch-Amerikanerin Jessica Brown kein Interesse an einer neuen Beziehung und lehnt daher die Annäherungsversuche eines Bekannten kategorisch ab. Am liebsten verbringt sie ihre Freizeit mit ihren besten Freunden Mischa und Carolin Wagner, mit denen sie in den Urlaub fährt, kocht oder im Country-Club tanzen geht.

Doch plötzlich verändert sich das sonst so offene, fröhliche Mädchen, zieht sich von den Freunden zurück und verkriecht sich in ihrer Wohnung. Mischa und Carolin machen sich große Sorgen und versuchen verzweifelt, ihr zerstörtes Vertrauen zurückzugewinnen.

ISBN: 978-3-73470-959-3

C. CHOATE

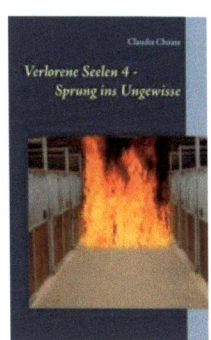

Verlorene Seelen 4
Sprung ins Ungewisse
ca. 257 Seiten

Die junge Robin-Marie Keller hat mit ihrem Pferd Jumping Jack, genau wie ihr Vater einige Jahre zuvor, gute Chancen, eine bekannte Springreiterin zu werden. Bis die Ignoranz und Unachtsamkeit ihres Ex-Freundes nicht nur ihren Traum, sondern beinahe ihr ganzes Leben zerstört.

Doch der seit Jahren an Leukämie erkrankte und von diesem Kampf gezeichnete Deutsch-Franzose Pierre Chevalier, der seit kurzem von Robins Vater im Anfängerkurs unterrichtet wird, gibt das Mädchen nicht auf. Verbissen kämpft er gegen Koma, Verzweiflung und Angst, um ihr zurück ins Leben zu helfen.

ISBN: 978-3-74946-627-6

C. CHOATE

Verlorene Seelen 5
Tiefe Wunden
ca. 171 Seiten

Auch noch Jahre nach dem tödlichen Verkehrsunfall, bei dem die heute 16-jährige
Brigitte ihre Familie verloren hat, kämpft das
Mädchen im Heim mit den schweren Folgen
des Unfalls und deren Auswirkungen auf ihr
Leben. Von ihrem letzten Pflegevater monate-
lang missbraucht, ist sie nicht sicher, was
schlimmer ist: eine neue Familie oder die Mob-
bing-Attacken der anderen Heimbewohner.

Als sie in eine neue Pflegefamilie kommt,
blüht das Mädchen erstmals auf. Doch werden
es die Sandbachs und deren Söhne Patrick und
Timon es wirklich schaffen, die tiefen Wunden
zu heilen, mit denen das Mädchen zu kämpfen
hat?

ISBN: 978-3-75041-566-9

C. CHOATE

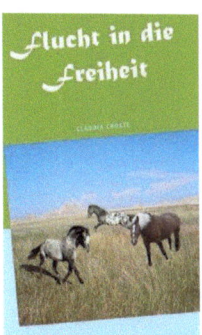

Flucht in die Freiheit
ca. 688 Seiten

Der Halbindianer Justin Healing Fox Baker lernt bereits im jungen Alter von sechs Jahren die Wildnis der USA kennen. Er kümmert sich liebevoll um kranke Tiere und muss auf eine beinahe tödliche Art und Weise lernen, dass diese manchmal unberechenbar sein können. Doch als junger Mann glaubt er, seinen Weg deutlich vor sich zu sehen.

Die Zwillinge Alexa und Niklas Ravenhorst hingegen kommen aus gutem Hause und sind zwischen Dienstboten und Bodyguards auf einem Schloss in Deutschland aufgewachsen. Nach ihrem Abschluss träumen sie von ganz normalen Reiterferien in den USA – bis ihre Herkunft sie auch dort einholt. Ihre einzige Chance ist die Flucht, die beinahe tödlich endet.

ISBN: 978-3-75041-570-6